贖罪奏鳴曲｜印刷簽名版

ダークヒーローを描くのは
これが初めての試みでした。
彼の行末を見守ってください。

中山七里

「生平首次嘗試闇黑英雄，今後還望不吝多多關照。」—— 中山七里

讀小說
Reading Novel

贖罪奏鳴曲

贖罪の奏鳴曲（ソナタ）

中山七里

李彥樺／譯

瑞昇文化

目次

第一章

罪行鮮度

1

這是御子柴禮司生平第二次碰觸屍體。

雖說是第二次，手指並沒有習慣屍體的觸感。開始硬化的肉體早已失去彈力與體溫，稱不上是「生命」，但活生生的感覺卻又與「物體」有著一線之隔。這種介於「生命」與「物體」之間的模糊定位，在手指上造成了一種莫名的不適感。遭擠壓的皮膚沒有恢復原狀，簡直像是尚未凝固的黏土人偶。

自嘴角延伸而出的舌頭幾乎觸及地面，模樣宛如另一種不同生物的屍骸，看起來詭異可怖。但即使再怎麼不想靠近，畢竟不能將屍體放置不理。幸好腸胃及膀胱的內容物不多，沒有發生脫糞或失禁的現象。然而死後持續分泌的胃液正在融解胃壁，讓屍體從內部開始腐敗。倘若再過幾天，屍體將因內部自然發生的腐氣而逐漸膨脹，將腐臭屍液自全身上下大小孔穴擠出體外。到那時候，別說是處理毛髮及指紋的問題，光是將周圍地面清洗乾淨就得花上不少功夫。絕對不能讓警察知道犯案的真正地點。沒錯，至少短時間內不行。

御子柴禮司一一脫去屍體身上的衣物。脫下鞋子時，忽感覺重量有些不大尋常。翻起鞋底一瞧，上頭釘著止滑釘。或許是死者認為膠底的鞋子容易滑倒，所以釘上了這玩意吧。如此行事謹慎的人竟然就這麼死了，真是一件諷刺的事情。御子柴一邊想著，一邊以塑膠布將屍體裹得密不透風，接著一口氣扛在肩上。

屍體沉重得令御子柴腳下踉蹌了好幾步。

御子柴向來對自己的體力很有自信，何況死者身材又瘦又小。沒想到實際扛起來，竟是如此吃力。這讓御子柴產生了一種錯覺，彷彿死者的怨念全轉化成了屍體的重量。失去了靈魂的肉體，反而變得更重了。一想到這裡，御子柴心中驀然浮現塵封在回憶深處的一幅畫面。那是個死在自己手裡的小女孩。明明體型纖細嬌小，當初搬運時也是費了一番功夫。

屋外依然下著傾盆大雨。深邃夜色中，可以看見一縷縷自天上射來的銀槍。關東地區進入梅雨季，到今天已是第十一天。前幾天下的都是毛毛細雨，直到今天傍晚雨勢才突然轉強，彷彿要將之前累積的雨水全部下完似的。根據氣象報導，緩緩北上的梅雨線與來自大陸的熱帶高氣壓撞在一起，將為局部地區帶來每小時五十公釐的豪雨。對御子柴來說，這場雨簡直是上天的恩賜。看來老天爺也是站在自己這一邊的。大雨不但洗掉了柏油路面上的車輪痕跡及沙地上的足跡，雨滴衝擊地面的聲音也掩蓋了包含慘叫聲在內的一切聲響。昂貴的西裝雖然溼透，只要送乾洗就行了。至於鞋子，還是處理掉比較保險，畢竟鞋底可能附著了自己意想不到的東西。

他打開汽車後車廂，將屍體塞進去，這個步驟最重要的一點就是方向。一直到剛剛為止，屍體一直處於臉部朝下的俯臥姿勢，因此身體前側已出現屍斑現象。如今移至後車廂內，必須盡量讓屍體維持原本的姿勢。假如開車的過程讓屍體處於長時間的蜷曲姿勢，血液凝結造成的屍斑位置可能會有所不同。如此一來，就會讓警察產生疑竇。雖說不管將屍體遺棄在哪裡，警察首先假設的搬運方式一定是汽車，但留在屍體上的證據總是愈少愈好。幸好這輛車子是賓士SL550，後車廂的寬度要塞下一個身材矮小的男人可說是綽綽有餘。御子柴身為律師，平常仰賴這輛賓士車來提升職業及人品形象，但若要舉出這輛車帶來的最大貢獻，恐怕就屬這次的屍體搬運了。戴姆勒汽車公司的員工要是知道自己製造的賓士車被拿來搬運屍體，恐怕會氣得直跳腳吧。

御子柴輕輕關上車廂門，轉頭環視左右，看不見任何人影。畢竟時間接近午夜十二點，加上滂沱大雨，幾乎不會有人願意在這時候出門。對御子柴而言，這又是另一項上天的恩賜；但畢竟夜長夢多，還是別在這裡久留為妙。

御子柴一坐上車，立刻發動了引擎。一股乾燥的微風自出風口向外傾洩，在溼潤的肌膚上輕撫，但這股微風並沒有辦法拂去御子柴心中的不適感。脫下吸了雨水後變得沉重不已的西裝外套，但半冷不熱的雨水早已滲透進了底下的襯衫裡。黏附在皮膚上的，除了雨水之外，還有屍臭及宛如撫摸熟透水果的觸感。不過，這些只是往日回憶的重現而已。

賓士車在僅容一輛車通行的狹窄巷道內緩緩前進，來到大馬路上才開始加速。路上雖有些許行人，但肩膀以上全被雨傘遮住，根本沒有人注意到這輛賓士車。此時路面已形成水深十公分的小河，雨水宛如瀑布般打在擋風玻璃上，雨刷即使開到最高速也無法發揮效果。不過御子柴並不焦急，反正現在的路況根本不可能提高車速。

棄置屍體的地點，御子柴心裡早已想好了。諸如樹林、郊區空地或垃圾收集場這類地方，絕對不是棄置屍體的好選擇。因為這一類地點只有本地人才會知道，雖然能拖延屍體遭發現的時間，卻會令警方做出縮小調查範圍的判斷。最理想的棄屍地點，應該是外來者也能輕易找到的地方。說得更具體點，就是雖有少數行人，但外來者隨手棄置垃圾也不會引人注意的地方。

話雖如此，但絕對不能將屍體棄置在東京都內。

由破案率來看，將屍體丟棄在東京都警視廳的管轄內可說是最愚蠢的行為。光看去年的統計數據，埼玉縣警本部的重大犯罪破案率不到五成，相較之下東京都警視廳卻高達七成。同樣是棄屍，當然要選擇比較安全的埼玉縣境內。這聽起來簡直像是把棄屍當成違法丟棄產業廢棄物之類的小事，卻是鐵錚錚的事實。許多兇手在東京殺了人後，都會大老遠將屍體搬運到埼玉丟棄。過去曾有委託御子柴進行辯護的客戶，也曾這麼幹過。埼玉縣要應付這些額外增加的重大案件，警力卻相當有限，每個警察都忙得焦頭爛額，造成的結果當然是破案率持續下滑；而東京警視廳的破案率卻是節節攀升。

御子柴想到這裡，驀然驚覺一件事。為何自己可以維持如此客觀的態度？一般人在搬運屍體的時候，不是會內心焦躁不安，滿腦子想的都是遭人發現時的情境嗎？難道自己擁有犯罪的天賦？

雨勢已稍見減弱，雨刷卻依然忙碌地動個不停。車窗外除了雨聲之外，還有輪胎激起水花的聲音。

車子在十字路口右轉，進入國道一六號線，持續往北行駛。

御子柴並不熟悉入間川附近這一帶。不過從前曾有一次前往狹山警署面晤嫌疑犯的經驗，因此對大致的地理環境略知一二。當然，這僅限於市政大樓等公共設施林立的狹山市中心區域。現在這年頭，導航系統早已成為汽車標準配備，縣外人士要前往狹山市中心可說是不費吹灰之力。將屍體棄置在這樣的地方，警察絕對無法鎖定棄屍者的身分。

沿著堤防開了一會，耳中聽見車窗外傳來混濁川水沖刷岸壁的轟隆聲。御子柴避開街燈，將車子停在路旁，走出了車外。這裡的位置，是入間川沿岸某市民運動場附近。若從這裡往南走一陣子，就會看見狹山警署。如今值勤中的那些調查員，做夢也想不到有人會在距離警署近在咫尺的地方棄屍吧。

雨水的特殊氣味灌進了鼻孔，眼皮因來勢猛烈的雨滴而不停眨動。御子柴左右張望，此時既沒有路人，也沒有往來車輛的燈光。不斷衝擊崖邊的波濤川面在昏暗夜色中依然看得一清二楚，簡直就像是一尾扭著身軀等待獵物上門的茶褐色水龍。不管是流木、岩石，甚至是屋宅房舍，一靠近水面就會轉眼遭受吞噬，更何況只是區區一具屍首。

御子柴打開後車廂，扛出屍體，走向川岸邊。低頭一瞧，翻騰激盪的水花幾乎延伸到腳邊。御子柴毫不遲疑地放下屍體，抓住塑膠布的一角，將裡頭的屍體甩入川面。

屍體在傾斜的岸壁不斷往下滾，御子柴原本預期它會就這麼滾進水裡，沒想到它竟然在接近水面處停了下來。

御子柴心中不禁有些緊張。難道是被什麼東西卡住了嗎？是否該下去看一看？但這斜坡這麼陡，很可能會失足滑落水裡。偏偏屍體停在那裡，總不能就這麼放著不管。

就在一股焦躁感湧上御子柴的心頭時，一股巨浪推來，將原本停在水邊的屍體完全吞沒。水面上只看得見屍體的後腦杓及背部，轉眼間已被沖向遠方。這轉瞬間的變化，帶給御子柴一陣錯愕。

不過，比起棄屍行動的意外順利，更讓御子柴感到驚訝的是自己的精神狀態。自己遺棄了一具屍體，內心卻沒有一絲一毫的猶豫、恐懼甚至是興奮。心中的感受，只像是剛剛扔掉了一包大型垃圾。手不僅沒發抖，甚至連一滴汗也沒流。為何自己能維持沉著冷靜？是因為從前曾有類似的經驗，還是因為自己擁有與生俱來的資質？御子柴不禁對自己的內心狀態感到不寒而慄。

屍體愈漂愈遠，最後終於完全消失在視線的彼端。御子柴確認屍體已完全看不見後，轉身回到車內。時間已過午夜三點，立刻回家也只能睡三小時。就算不睡，至少也得換個衣服，像平常一樣上班、過日子。要是讓助理或工作上往來的對象心生懷疑，可就不妙了。

但御子柴接著又想，依自己的能耐，多半不會有問題吧。跟上次遭逮捕時比起來，自己變得狡猾多了。不僅學會了說謊的技巧，而且面對警察或法官也不再害怕。原本應該捍衛法律的人，卻藉由專業來規避法律，真是太諷刺了。

御子柴回到位於四谷的公寓，沖了澡後睡了三小時。起床後取來早報一看，社會版上大篇幅報導著連夜豪雨所引發的災情。局部性豪雨的涵蓋面積包含東京都，令市區巷道一時成了水鄉澤國。對御子柴而言，這樣的天氣實在是再好也不過了。在這時將西裝送洗，也不會引來任何懷疑。

御子柴依照平常的時間出門。由於平常睡眠時間就短，因此並不感到特別疲倦。御子柴甚至沒忘記吃早餐。在經常光顧的咖啡廳買了兩塊麵包，以及一杯含糖的咖啡。從前曾聽熟識的醫生說過，早上若沒有攝取充足糖分，會妨礙腦細胞運作。因為這句話，御子柴一直維持著早上喝加糖咖啡的習慣。在這緊要時期，平常做慣了的事情更是非做不可。

御子柴坐進了賓士車內。後車廂還放著裝了男人衣褲的塑膠袋，但御子柴並不慌張。湮滅證據的方法早在昨晚就想好了，此刻要做的事只是一如往常地開車上班。

御子柴按下了車內音響的播放鍵，從喇叭流出來的是貝多芬的鋼琴奏鳴曲《熱情》。每天早上，御子柴一定要聽這首曲子。御子柴心裡早已將三個樂章的所有節奏及旋律記得滾瓜爛熟，但實際聽在耳裡，還是能發揮安定精神的效果。抵達位於虎之門的辦公大樓時，大約是九點半，這也跟平常一樣。「御子柴法律事務所」這名稱雖然既俗氣又有一種拒人於千里之外的感覺，御子柴自己卻是相當中意。最近有些法律事務所為了與客戶拉近距離，故意以花草的名稱或外來語為事務所命名，但御子柴認為律師這個工作往往會影響客戶的一生，客戶沒有理由會在意事務所的名稱是否帥氣或親切。何況這裡因鄰近東京地方法院的關係，法律事務所櫛比鱗次，競爭可說是相當激烈。若有人認為靠新奇的招牌就可以脫穎而出，那實在是太天真了。

搭電梯來到三樓，第一眼看見的是助理日下部洋子的背影。她站在事務所前，不知在做什麼。

「啊，老闆……早……早安。」

洋子吃驚得像是惡作劇被大人發現的小孩。她雖將臉轉向御子柴，脖子以下卻故意擋住了門口。

御子柴默默站著，什麼話也沒說。洋子自知掩藏不了，無奈地退向一旁。門上印著事務所名稱的塑膠門牌裂成了兩截。

門牌雖破，底下的玻璃卻是完好無損，可見得是有人刻意以某種工具插進門牌及玻璃之間，將門牌扳斷了。這樣的手法，絕不是出於一時衝動。門牌裂得大膽，歹徒的心思卻是縝密而冷靜，並且透著一股極深的恨意。

御子柴猜得出是誰幹了這種事。正因為曉得歹徒的身分，因此御子柴心中只有厭惡，卻沒有一絲一毫的恐懼。

「對不起……」

「這不是妳做的，何必道歉？」

「要不要報警？這已經是第二次了。上個星期，我們掛在外牆的招牌也遭人潑灑油漆……」

「這棟大樓的一樓大門沒有自動上鎖功能，任何人都能在三更半夜來到三樓。何況我們的損失，不過是區區一塊門牌。報警只是打擾我工作而已，不如快叫人來換新吧。」

洋子一接到指示，立即快步走向辦公室內的電話。這名女助理做起事來相當勤快俐落，唯一美中不足的是經常在小事情上吹毛求疵、鑽牛角尖。這當然稱不上是缺失，畢竟她還太過年輕。然而法律事務所是一種樹敵眾多的行業，要在這一行當助理，就得擁有粗線條的個性。

御子柴每天早上的第一件工作，就是確認電話答錄機的訊息。有一件法律諮詢，是來自御子柴擔任顧問律師的出版社，原因似乎是出版社揭穿某明星議員的醜聞，因而遭議員控告毀謗。另外還有一件，則是某養護中心遭人控告違約，想請御子柴幫忙打官司。出版社的法務處以傳真送來詳細的訴訟狀資料，經過洋子的整理，整齊排列在眼前的檔案夾內。御子柴瞥了那份訴訟狀一眼，不禁發出冷笑。依右手邊的頁碼來看，顯然對方搞錯了訴訟聲明及當事人資料的順序，是細心的洋子將其調換了。一家以幫助弱勢為口號的企業卻設置了法務處，這點本就有引人非議之處。而明明是法務處，卻又表現得毫無實務經驗，更是貽笑大方。不過正因為有這些打腫臉充胖子的門外漢，自己的律師事務所才不乏生意上門。

洋子看著今天的行程表，告知下午四點後能安排與出版社面談。

事實上，今天的訪客只有這一組而已，因此御子柴可以自由行動。雖然這是一家做事鬼鬼祟祟的出版社，但當其顧問可說是只有好處沒有壞處。每個月匯進戶頭的顧問費用，可以填補事務所的大小開銷，不必像其他律師一樣東奔西走，或是應付不斷上門的法律諮詢。

「不過只有兩小時。一到六點，您就必須動身前往律師公會會館。」

御子柴揮了揮手，說道：「妳指的是律師會議吧？那種會議，就算遲到也沒什麼關係。不，乾脆別去了，以客戶為優先吧。反正就算出席，也沒有錢拿。」

「今天是會長選舉的準備會議，谷崎先生說請您務必出席……」

「聽妳這麼一說，我更不想去了。谷崎若是來電，就說我突然接了件急案。」

「谷崎先生說，若您今天不到場，今後將不再與您往來。」

洋子的雙眸在一瞬間流露出責備的神情，那是一種鄙視功利主義的眼神。御子柴心想，這麼耿直的人，到了其他業界一定會大受歡迎吧，可惜她待的是法律界。

事實上谷崎對御子柴頗有恩情。好幾次御子柴即將遭律師公會懲處，都是谷崎幫忙壓了下來。御子柴對律師公會並不抱持一絲一毫的責任心或歸屬感，但假如遭到除名，畢竟有些麻煩。一個曾遭除名的律師，其他縣的律師公會也不可能收留。

「好吧，妳就說我會到，只是可能會晚一點。」御子柴接著又指示了兩、三件工作後，起身走出事務所。

「我到小菅一趟，大概兩點回來。」

洋子默默行了一禮，臉上又是另一番神情。御子柴看出了她心中想說的話。既然一天到晚往小菅跑，怎麼不將事務所設在小菅，卻設在這虎之門？

車子下了高速公路，沿著綾瀨川前進一會，前方出現一棟高聳混凝土牆環繞的十二層樓建築。

葛飾區小菅一—三五—一，東京看守所。

經過十四年前的改建，看守所的外觀變得相當現代化，與政府機關沒什麼不同，實在令人難以想像裡頭有著執行死刑的設備。

但是開進停車場一瞧，印象登時有了大幅度的改變。賓士、BMW、凱迪拉克、凌志LS……放眼望去一整排的高級車，訴說著來此的訪客都不是什麼善類。東京看守所裡關了不少黑道流氓，這些車子的主人多半都是來探監的吧。御子柴的賓士車，在眾高級車種裡變得一點也不起眼。

在《暴力團對策法》實施之前，黑道幹的事多半是討債、帳務清算及談判，而如今這些全成了律師的工作。換句話說，黑道與律師的差別只在於有無證照而已。就連開的車子，也是大同小異。

來到訪客出入口，詭異的氣氛更加濃厚。跟外觀時髦的管理大樓相較之下，訪客出入口的大門卻是長滿了紅色鐵鏽的老舊鐵門。兩者之間的落差，訴說著管理者的心態。

御子柴走進門內，填了律師專用的訪客申請單。等候室裡有塊電子看板，其他訪客不時舉目確認上頭的數字。光看這副景象，與醫院等候室可說是毫無不同，只不過這裡沒有消毒藥水的味道，取而代之的是一股火藥味。

御子柴聽到自己的號碼，走向位於服務窗口後頭的檢查室。接受了簡單的行李檢查後，來到電梯前。一看手上的號碼牌，探訪對象在八樓。

抵達八樓後，依服務人員的指示走進七號室。透明壓克力板的對面，坐著一個男人。

「你來了，律師先生。我是委託辯護的錦織拓也。」那男人猛然張開雙臂，若不是隔了一塊板子，恐怕整個人會撲過來。

「唔，我是不是走錯了？」

「咦？」

「我的委託人是因詐欺嫌疑而遭羈押的鈴木浩志。」

男人微微皺眉，馬上又恢復生硬的笑容。

「逮捕令上確實是這麼寫的，但我就是討厭這個名字。怪只怪我的父母沒有取名字的天分。」

自稱姓錦織的男人露出苦笑。御子柴看在眼裡，內心湧起一股厭惡感。

依報紙上記載，這男人應該三十歲了，年紀看起來卻相當輕。他遭逮捕並羈押是前天的事，此時臉上長了兩天份的鬍碴。但因五官稚嫩，非但不顯驃悍，反而看起來更加孩子氣。身上的西裝一看就知道是高級的亞曼尼，穿在這個人身上卻只像是在兒童節盛裝打扮的孩童。

「也罷，名字並不重要。總之你願不願意幫我辯護？」

「在我回答你這個問題之前，你先回答我一個問題。你是怎麼找上我的？我的顧客圈裡，應該不包含你這號人物。」

「檯面上確實是如此，但在檯面下，你可是名聲響亮。在我們那圈子裡，每個人都知道你是打遍天下無敵手的律師。任何罪名到了你手上，都會獲得緩刑。」

這次輪到御子柴露出了苦笑。這小子口中所說的名聲，多半指的是臭名吧。

「你以為只要找上我，就能得到緩刑？若是如此，我只能說你還沒有看清現實。你遭羈押的這段期間沒辦法閱讀報章雜誌，但你總記得當初因匯款詐欺罪遭到逮捕時的景象吧？你沒看見那些記者及主播那副深惡痛絕的嘴臉？你沒聽見震耳欲聾的怒罵聲及鼓譟聲？」

「依稀還有些印象，但馬上就會忘得一乾二淨了。那些人說出來的話，以及寫出來的文章，都只是為了迎合大眾的喜好而已。只要一發生其他大案，他們也會立刻將我遺忘。」

「你太天真了，有些人說什麼也不會忘記。」

「若你指的是受害者，那你大可以放心。他們馬上就會忘記自己曾遭到欺騙。御子柴先生，你聽我說，不管是我幹的那些『生意』，還是其他人幹的信用卡詐欺或保證金詐欺，受騙的永遠是同一批人。你明白我的意思嗎？同樣一群人，可能重複上當好幾次，那是因為他們心裡渴望受到欺騙。御子柴先生，天底下就是有這樣的人。」

「什麼樣的人會渴望受到欺騙？」

「自以為是英雄，想要幫助孩子脫離危險的人；認為自己得天獨厚，發現千載難逢賺錢機會的人；遇上完美無缺的伴侶，認為未來將幸福燦爛的人。這些人為了陶醉在自己的幻想裡，甘願受到欺騙。明明知道上了當，卻無法從幻想中清醒。就算被騙了一次，也會選擇遺忘，繼續尋找下一次受騙的機會。」

御子柴聽錦織得意洋洋地說完，哼了一聲說道：

「你的意思是說，這是一種供給與需求？」

「沒錯，一邊想騙人，另一邊想受騙。我們提供欺騙服務，獲取合理的報酬，在我看來這跟一般的生意毫無兩樣。」

御子柴聽男人頻頻說出「生意」這個字眼，想起了報紙上的記載。這男人將聚眾行騙的集團稱為「公司」，將分贓稱為「發薪」，由自己擔任「社長」，並將左右手稱為「部長」。不僅如此，他還製作出各種不得對外公開的作業手冊，甚至還制定了精神口號。在他們當作藏匿地點的公寓房間牆上，張貼著當月目標及行程計畫表。

化名錦織拓也的鈴木浩志，原本是資訊科技企業的職員，後來遭到裁員，想找新工作又到處碰壁，最後只好幹起匯款詐欺的生意。

遭公司驅逐的人理應對公司制度心生厭惡，但錦織卻反而將自己組成的詐欺集團稱為公司。

這讓御子柴驀然想起了從前喧騰一時的宗教團體恐怖攻擊事件。那起事件的參與者，也是一些號稱上流階級卻時運不濟的人。這些人憑藉著腦中的幻想，在教團裡建立起省廳組織，自認為是神所選中的使者。

說穿了，錦織跟那些人沒什麼不同。他不肯承認自己在現實社會遭到淘汰，整天活在自己的小框框裡，胡謅一些狗屁不通的道理，大玩經營公司的遊戲。

「我感受得到你努力將責任轉嫁到受害者頭上的苦心，但我指的並非受害當事人的想法，而是裁判員對這個案子抱持什麼樣的印象。」

「裁判員？你指的是『裁判員制度』？那不是殺人或搶劫行兇致死之類的重大刑案，才會採用的制度？」

「你進來之前也不看報紙嗎？最近連搶劫及偽造貨幣都成了裁判員制度的審理對象。不久前，大阪地方法院還審理了一起毒品走私案。換句話說，只要能跟重大刑案扯上邊，全都在裁判員制度的適用範圍內。你這起總額高達二十一億七千五百萬圓的匯款詐欺案，說起來也算是重大刑案吧？」

錦織臉色驟變。

「有人估算過，全國的匯款詐欺受害總額高達一千五百億圓，其中曝光的比率不到兩成。正因為如此，你的落網吸引了整個社會的目光。就連新聞媒體，也對你這起案子特別關心。」

「這又是為什麼？」

「受害者為數眾多，而且不乏下場淒慘的例子。好比住在宮城縣的某位七十歲老婦人，平常仰賴購自國外的昂貴藥物來治療癌症。被騙走的四百萬圓，是她一生的積蓄。沒了這筆錢，她無法繼續購買藥物，只好在家裡等死。據說一直到臨死前一刻，她還咬牙切齒地罵著喪盡天

1　「裁判員制度」指的是讓一般民眾以裁判員身分參與重大案件審判的司法制度，在日本於二〇〇九年施行，類似台灣的「國民法官」制度，但細部規定方面仍有差異。

良的騙徒。」

錦織哼了一聲，將頭別向一旁。

「石川縣那對老夫妻的下場，更是讓人鼻酸。為了籌措受騙的那一大筆錢，只好找上高利貸。夫妻兩人原本都是靠支領年金過活，根本無力償還，最後兩人一起上吊自盡。如何，還想多聽一些例子嗎？」

「是他們自己要自殺，關我什麼事？」

「沒錯，是他們自己將槍口對準太陽穴，並扣下扳機。但是將裝有子彈的手槍交到他們手上的人，卻是你。至少媒體是這麼認為，社會大眾也是這麼認為。像這種吸引社會關切的重大刑案，很有可能採用裁判員制度進行審理。到那時候，裁判員的內心觀感當然會大大影響審判結果。」

錦織的臉上早已看不見剛剛那副做作的笑容。如今他的表情所流露出的，是與年紀相稱的幼稚與焦躁。

「刑法第二四六條的詐欺罪一旦成立，可處十年以下有期徒刑，就算檢察官求刑十年，只要辯護得當，法官從寬量刑，大概只會判個五年。但你的情況，可就沒這麼樂觀了。那些裁判員恐怕不會從寬量刑，檢察官甚至還會依刑法加重求刑一點五倍，倘若沒有減刑，最高就是十五年。等你出獄的時候，已經幾歲了？四十五歲？」

「但……但是那些受騙的傢伙自己也有錯！若不是他們想靠錢來擺平交通事故、傷害未遂、器物毀損或小孩子闖下的禍，怎麼會受騙上當？這種投機取巧的心態，不也是一種反社會行為嗎？」

「這番話對不食人間煙火的法官或許有效，但聽在一般人耳裡，只會產生反效果。那些從一般民眾中挑選出來的裁判員，看了受害者的報導後，恐怕個個早已氣得直跳腳。我看你還在做著美夢，根本沒有搞清楚狀況。即將審判你的人，不是過去那種依照判例冷靜量刑的法官，而是一群被新聞媒體牽著鼻子走的老百姓。那是一群想要替天行道的正義使者。面對這種人，講道理是沒有用的。何況最近這幾年，就連法官在量刑時也會受輿論影響。換句話說，一旦成為人民公敵，還能不吃牢飯？」

「……別……別說得這麼絕情，你一定有什麼起死回生的妙計吧？」

「有是有。」御子柴輕描淡寫地說，「若由我來辯護，倒也不是全無希望。不過我用的都是些走後門的手法，其他律師恐怕做不到。」

錦織將臉貼近壓克力板，直盯著御子柴看，似乎拚了命想要從御子柴的臉上看出些什麼端倪。御子柴揚起嘴角，接著說道：

「聽說你經常拉職場失意的菁英份子進組織？既然你這麼有看人的眼光，應該看得出來你眼前這個男人不是個只會熟讀六法全書的白面書生。也罷，這或許是個重新做人的好機會，你不如選個正派的律師，堂堂正正地接受審判，補償過去的罪愆吧。」

御子柴說完這句話，起身準備離去，錦織登時急得有如熱鍋上的螞蟻。喪失了信心與氣勢的臉上，僅剩下宛如迷途孩子般的恐懼。

「律師先生！請你務必接受我的委託，當我的辯護人！不管多少錢，我都願意出！」

「不管多少錢？既然你聽過我的名頭，應該知道我的行情。這麼大一筆錢，你出得起嗎？」

「只要你開價，我一定給！」

「三億。」

「三億？別……別開玩笑了。律師先生，這金額至少多了兩個零。」

「既然如此，你去找正派的律師吧。」

「我現在是個階下囚，哪付得出這麼多錢？」

「受害總額二十一億七千五百萬圓，警方在你及其他同夥人的家中只搜出兩億兩千萬圓現金，以及四億七千五百萬圓的人頭帳戶。算一算，你還藏了十四億八千萬圓。」

「我得付店面租金，還有職員們的薪水，何況這兩年過得太奢侈，手邊根本沒有錢了。就算再怎麼湊，也只有五百萬左右……」

「夏威夷？還是德拉瓦？」

「……咦？」

「要不然就是韓國或香港。以美國而言，我剛剛說的這兩州的社會法最寬鬆，成立或解散法人都相當容易。只要隨便設立一個法人，將錢匯進法人戶頭裡，就可以避過政府的耳目。而且利息也比日本國內高得多，可說是名副其實的避稅天堂。任何有點腦筋的富翁，都知道這個手法。目前的《匯款詐欺救濟法》只能凍結犯罪時使用的人頭帳戶，根本拿這種手法沒轍。聽說你向來以創業家自詡，不可能連這點常識也沒有吧？」

錦織發出了哀嚎。

「你行騙了兩年，算起來每一年還有七億四千萬，就算你買跟房子一樣貴的高級進口車，戴價值兩百多萬的手錶，每晚花天酒地，也很難花光這筆錢。一個三十出頭的男人，就算再怎麼奢侈，能花的錢畢竟有限。據我大致估算，你至少還藏有七、八億圓，多半分別存在三個海外帳戶裡……我說的沒錯吧？對你來說，三億不過是小數目。」

「不管怎麼說，三億實在太多了。」

「別說傻話了。要減輕你的罪刑，就得弄到受害者的請願書。受害者多達數十人，甚至上百人，要說服這些人合作得花多少錢，你自己算算吧。還有，別以為你將錢藏在海外，就可以十幾年高枕無憂。警方受到輿論壓力，肯定會將調查的範圍往海外延伸。何況政權交替後的新政府以幫助弱勢為口號，一定會為了詐騙受害者向法務省或警察廳施壓。你在蹲苦牢的十幾年之間，別說是三億，恐怕大部分資金都會遭到扣押。」

錦織沉默不語，似乎正將御子柴這番話與三億圓的價值放在天秤上衡量。

「如果能夠縮短刑期，出獄後你還可以靠剩下的資金東山再起。我想你心裡已經在安排出獄後的創業計畫了，不是嗎？想獲得巨大利益，就得有相對應的付出，這社會就是這麼一回事。」

錦織緩緩抬頭，說道：

「……好吧，我付你三億。但你必須保證，我會在半年之內獲得釋放。」

「我沒辦法給你任何保證。法官要怎麼判，誰也說不準。何況刑期能縮得多短，得看你在牢裡的表現，別以為你可以對我下命令。不過，既然接下案子，我就會全力以赴，這點你大可放心。」

錦織心不甘情不願地坐了下來。御子柴暗自竊笑，看來這小子終於明白自己的立場了。接著御子柴要錦織當場簽下委任狀，並說出海外戶頭的戶名及帳號。名義上是委任狀，其實是一紙賣身契。只要當這小子的辯護律師一天，就可以將這小子當奴隸一樣使喚。

「對了，你父母還健在嗎？」

「老爸早死了，老媽再婚後住在島根……現在多半還活著吧。」

「很好，太完美了。」

「完美？」

「父親遇上詐欺後自殺，母親難以維持生計，只好將你趕出家門，跟情夫再婚。真是悲慘的人生。」

「你……你在說什麼啊？」

「詐欺案的主嫌其實也是詐欺的受害者，不斷欺騙他人的性格來自於遭受欺騙的過去……這樣的故事能夠淨化你的負面形象。最好再補上一句，你在被趕出家門前其實是個重情重義的好青年。說穿了，就是要拉攏輿論及裁判員的好感，藉以獲得從寬量刑的機會。對那些法律的門外漢，這一招挺有效。」

「但你編出這套瞞天大謊，要怎麼向裁判員證明？」

「有錢能使鬼推磨，不怕你的母親、同學及其他善良百姓不配合。我收取高額費用，正是為了做這些事。」

錦織聽得目瞪口呆，御子柴不再理會，轉身快步走出會客室。心裡盤算著該用什麼方法逼他盡早匯款，臉上卻不禁露出苦笑。這下子招牌遭人破壞的理由又多了一條。

2

天空萬里無雲，昨晚的豪雨簡直像一場夢境。

（這天氣真讓人捉摸不透。）

埼玉縣警本部搜查一課的古手川和也抹去脖子上的汗水，俯身鑽進位於上奥富運動公園一角的警方封鎖布條。空氣中依然飽含水分，加上宛如盛夏般炎熱的溫度，簡直就像置身在蒸籠裡一樣。這陣子的天氣不是艷陽高照就是滂沱大雨，出門遊玩或許還能忍受，對整天與屍體為伍的人來說只能以苦不堪言來形容。那股熟悉又令人作嘔的強烈惡臭，早已鑽入了古手川的鼻中。看來這個國家的天氣也跟經濟一樣，出現了兩極化的現象。

草叢四周圍繞著塑膠布[2]，一群身穿體育服的初中生從旁邊奔跑而過。無人問津的死，揚長而去的生。說起來，這也算是一種兩極化吧。

一進入塑膠布內，便看見了熟悉的背影。

「慢郎中，怎麼現在才到？你不能學學那些初中生，拿出點幹勁嗎？」

班長渡瀨在說這句話時，連頭也沒轉過來。

古手川忍不住想要反駁「是你來得太早。」渡瀨這個人向來坐不住辦公桌，只要一接獲各派出所傳來發現屍體的消息，就會立即飛奔趕往現場。

古手川低頭行了一禮，往前踏出一步，屍體就在眼前。

死者是男性，身上只穿著內衣及四角內褲，手上還戴了支手錶。年紀約三十出頭，身材矮小，雖然腹部並無贅肉，但頭頂已禿了一半。由於身上只有內衣，大部分皮膚都裸露在外。身上到處可見大大小小的撞擊傷痕，就連臉部也不例外。臉頰及額頭扭曲變形，簡直就像是曾遭受數人同時圍毆。全身皮膚白中泛青，令黑褐色的傷痕更加醒目。臨死之際是什麼樣的表情，此時已無從得知，但猙獰的五官配上稀疏的頭髮，讓死後的容貌看起來簡直像惡鬼。

古手川回想起來，過去曾聽法醫學教室的老教授提過，古代傳說的「惡鬼」其實是由屍體的模樣轉化而來。皮膚內側的腐氣不斷產生，令身體向外膨脹，配上毫無血色的青白膚色，這就是「青鬼」。接著自然分泌的胃液讓蛋白質發生變質現象，全身轉為泛紅，這就是「赤鬼」。

若說殺人者是惡鬼，被殺者更是惡鬼。

「看起來像是流浪漢遭一大群人凌虐致死……」

「不，這些傷痕都沒有生體反應，是漂流造成的結果。」

2 日本警察在處理命案現場時經常會以藍色塑膠布圍起，避免引發不必要的騷動。

「漂流？」

「這是一具浮屍，自入間川上游漂下來後，被橋墩之間的流木卡住，其後被來自上游的大大小小漂流物撞得滿身是傷，才變成這副德性。對死者來說，不知是被流木卡住比較幸運，還是就這麼流進大海比較幸運。」

古手川心想，恐怕兩者皆非。入間川裡有許多雜食性的黑鱸魚，屍體若繼續漂流，恐怕還沒抵達大海就會被啃得一乾二淨。

以溺斃的屍體而言，死者身體的膨脹狀況並不嚴重，顯然浸在水裡的時間並不算長。而且身上僅穿著內衣褲，絕對不會是自殺或意外事故。

「你說說看，為何兇手要脫去他的衣服？」渡瀨問。

「或許是為了隱藏身分吧……例如警察或宅配業者，只要靠制服就可以鎖定身分。」

「聽來挺有道理，但倘若是為了隱藏身分，應該將臉也毀了。任何人在生活上都會與他人產生交流，只要有人失去下落，周圍的人就會開始議論紛紛。我們只要公布死者長相，就會有人出來指認。光是脫去衣服，沒有太大意義。」

「他的臉已經變成這副模樣，誰還認得出來？」

「這只是偶然結果。屍體要是繼續漂流而沒有受到阻擋，臉部不會傷得這麼嚴重。」

「不然，又是為什麼？」

「第一個可能，是兇手需要死者的衣服。例如殺人的時候，兇手身體接近赤裸狀態，因此在行兇之後，必須穿上死者的衣服才能離開現場。」

「你說『第一個可能』，意思是還有其他可能？」

「另一個可能，是衣服上殘留著有助鎖定兇手身分或犯案現場的特殊物質，例如愛滋病患者的血液，或是只存在於犯案現場的某種物質。」

「……不愧是經驗老道的前輩，竟然能想到這些。」

「都是推理小說上看來的。」

古手川不禁心想，這男人整天忙著辦案，怎麼還會有時間看書？

「還有，死因到底是不是溺死，還是個疑問。剛剛鑑識班的人說，在檢查口腔的時候，發現還殘留著濃濃的口臭。如果是溺死的屍體，死前灌了一大堆泥水，口臭應該早就沖淡了才對。」

古手川聽渡瀨這麼一說，將屍體從頭到腳再次仔細打量了一遍。由於屍體呈現半裸狀態，若有致命傷，應該一眼就能看得出來。但古手川瞪大了眼睛觀察，還是找不到穿刺傷或是明顯的索狀傷痕。渡瀨耐不住性子，朝屍體身上的某處甩了甩下巴，古手川朝渡瀨所示意的方向望去，發現左手手掌的掌心有一小塊圓形的泛紅凹陷痕跡。

古手川以手帕摀住口鼻，將臉湊向屍體，確認那凹陷處的紅色並非附著之物。

「這是……燙傷？」

「不算對，但也沒差多遠。」

「不然是什麼？」

「就像你說的，這是一種燙傷。怎麼造成的，我現在也不敢肯定。在光崎教授的司法解剖報告出爐前，先記在心上吧。」

「沒有絞痕，沒有穿刺傷，沒有致命的毆打傷，又不是溺死。班長，你認為死因是什麼？」

「不清楚。」

「不清楚……？」

「像這種不確定的線索，就先收在腦袋的抽屜裡，必要時再拿出來就行了。調查的第一步，是從確定的線索開始查起。目前的第一件事，就是確認死者的身分。臉部雖因撞擊而扭曲，但並非遭到刻意破壞，要修正成原狀並非難事，何況還有隨身物品這條線索。」

「找到了什麼隨身物品？」

「目前只有這支手錶，其他什麼也沒找到。兇手或許將其他隨身物品一起扔進河裡了，也或許拿到別的地方丟棄了。剛剛我已派人到河裡打撈，但河水太急，潛水員光是保護自己不被沖走都不是件容易的事。」

總而言之，目前已知的隨身物品只有內衣褲及手錶。然而素色內衣跟格紋內褲一看就知道是工廠大量生產的廉價商品，令古手川忍不住想要詛咒死者的毫無個性。手錶雖是機械式的金屬錶，但錶帶生鏽嚴重，顯然不是什麼高級品。死者若非不喜歡花錢在打扮或飾品上，就是個窮鬼。主人已變成不會動的屍體，錶上的秒針卻還若無其事地走著。

「手錶是進口的，買的時候或許不便宜，但舊成這樣，就算拿到當鋪也換不了錢。」古手川說。

「不是什麼稀有貨？」渡瀨問。

「至少不是名牌。不過，我對手錶也不算很懂。」

古手川的半吊子鑑定只有這個程度，細節僅能仰賴鑑識班及司法解剖的報告。若能在前科資料庫中找到相同的指紋，那可就要謝天謝地了。

「接下來能做的，只剩蒐集證詞了。調查範圍有多大？」

「沒你的份。」

「咦？」

「署長親自坐鎮指揮，所有署員正對半徑一公里的範圍進行地毯式調查。你這個本部的年輕小夥子要是強出頭，可是會吃不了兜著走。」

古手川略一思索，終於醒悟。屍體發現地點是狹山大橋，與狹山警署只有一箭之遙。這就跟自家庭院遭人棄屍一樣，今年才剛上任的狹山警署署長絕對嚥不下這口氣。

「兇手在太歲頭上動土，不僅是新署長，整個狹山署的人都覺得顏面掃地。那些傢伙拚了命到處打探消息，今天之內或許就能查出一些眉目。」

看來中央管理單位與地方基層調查員的鬥爭，在這起案子上將更加激烈。

「跟我搭擋的轄區刑警是哪一位？」

「沒有人跟你搭檔，你就跟我一起行動吧。」

「又是這樣？你們什麼時候才願意讓我獨當一面？」

「真是學不乖的小子。上次是誰擅自行動，結果遭到歹徒攻擊，幾乎丟了性命？」

「那次只是……」

「何況我說過了，這案子攸關狹山警署的面子問題。讓你跟那些說話直來直往的刑警混在一起，遲早會出亂子。」

古手川滿心無奈地鑽出塑膠布，忽在封鎖線外看見一張此時最不想看見的臉，忍不住嘖了一聲。

埼玉日報社會組記者尾上善二。這個人在記者同伴之間有個綽號叫「老鼠」，因為他身材矮小，卻是行動靈敏，為了尋找獵物可說是無孔不入。強人所難的功力及挖新聞的嗅覺都是第一流，但做作的笑容底下總是隱含著猥瑣與冷酷。討厭他的人多得數不清，古手川也是其中之一。

這次的案子就跟往常一樣，不但得被渡瀨牽著鼻子走，還得時時應付尾上的騷擾。

（這就是所謂的內憂外患吧。）

古手川唉聲歎氣的同時，調查員們正忙著將屍體包在塑膠布裡搬離現場。

搜查本部設置在狹山警署。一進署內，便看見記者俱樂部[3]的記者早已守候多時。由於死者是個身分不詳的男人，他們的神情皆顯得興致缺缺。當然，一方面也是因為記者知道警方連搜查會議都還沒開，現階段能公布的訊息恐怕少之又少。

出席記者會的警方人員只有狹山警署的鍋島署長、縣警本部的栗栖課長、以及渡瀨警部三人。調查行動才剛開始，縣警本部部長、管理官等高層都還沒有出面，這點記者們也是不以為奇。與渡瀨搭檔的古手川坐在記者會的末座，一臉無所事事的神情。

記者會一開始，由鍋島署長報告屍體發現時的狀況及初步調查的結果。當然，在這階段幾乎沒有任何可以公布的消息。

「既然死者身分不明，為什麼不公布肖像？」

3 「記者俱樂部」是日本各大媒體為了長期進行採訪而設置在公家機構或大型企業內的單位，多半有記者輪流值班，以便一有風吹草動可以立即採訪。

「死者的五官受流木之類的物體撞擊，相貌稍有改變，等修正後就會公布。」

「有沒有遺留下什麼隨身物品？」

警方於是在記者會前方的螢幕上公布了內衣褲的照片。記者們見了大量生產型式的髒汙內衣褲，似乎不感興趣。但下一張照片一出現，場上氣氛登時有了微妙的變化。

帶上鏽點斑斑的機械式金屬錶……

「唔？」

「咦？」

渡瀨睜大了原本半開半闔的眼睛。

「喂，埼玉日報的！」

綽號老鼠的尾上善二嚇得縮起了脖子。

「你剛剛故意不看我，一定是知道死者的身分吧？你那賊頭賊腦的模樣，我早摸熟了，別給我裝蒜。」

「警……警部，你的觀察力還是跟雷射感應器一樣敏銳。在你面前，可真是半點也鬆懈不得。若是其他新手記者，被你這麼一叫，肯定會嚇出一身冷汗吧。」

「像你這老賊，一副隨時要哼歌的悠哉態度，肯定是一滴冷汗也沒流。好了，快說吧，這死者到底是誰？你一看手錶就這麼吃驚，應該是心裡有底吧？」

「別說是我，在場所有記者都是心裡有底……警部，我問你，這手錶的錶面背後是否刻著什麼圖案？」

「刻著筆的圖案。」

渡瀨此話一出，現場更是一片驚呼。

「警部，我還有個請求，能不能讓我看看修正前的死者臉部照片？」

渡瀨使了個眼色，鍋島署長無奈地點點頭，派屬下取來一張照片，在記者席的前排開始傳閱。

「傷得很嚴重，但勉強可看出生前的長相，加上這半禿的腦袋……若不是剛好長得很像，多半就是我心裡所想的那個人了。」

「死者到底是什麼來頭？」

「他叫加賀谷龍次，跟我們算是同業。在記者這個業界裡，還算小有名氣。」

「同業？哪一家的？」

「現在是自由記者。我沒記錯的話，他剛開始時是某家中堅出版社旗下的記者，但沒多久就變成了自由記者。這陣子我沒聽說他跟哪一家出版社簽約，不過挖新聞的工作倒是一直沒停過。」

「光看手錶就認得出來？你跟他很熟嗎？」

「我跟他很熟？警部，你別損我了。」

尾上苦笑著揮手。古手川見了這模樣，不禁感到有些驚訝。尾上向來是著名的口蜜腹劍，過去很少看他如此大剌剌地貶低一個人。

「警部，你聽過《頭條週刊》嗎？」尾上接著說，「前幾年休刊的那本專門報導情色新聞及名人隱私的八卦雜誌？」

「那本雜誌有一陣子賣得不錯，全盛時期還曾頒發獎品及獎金給對銷量貢獻最大的記者。這傢伙所戴的手錶，就是當時的獎品之一。五年前，在野黨主席的長男吸毒遭逮捕那件事，相信你還記得吧？當時加賀谷拍到了毒品交易的畫面，才讓這件事曝光。加賀谷總是戴著那支手錶，一有機會就解釋手錶的來歷及如何拍到獨家照片的過程，大家都快被他煩死了。只要是見過他的記者，多半都曾聽他提過當年勇。對他來說，這手錶就像是勳章一樣。」

「聽你談起他的口吻，他在記者之間的人緣似乎不太好？」

「後來出版業的不景氣波及到了八卦雜誌，那傢伙知道混不下去，決定換個發錢的老闆。」

「換個發錢的老闆？」

「他照常想盡辦法拍攝證據照片，寫些以偽善及諷刺來掩飾惡意的文章，但販賣的對象不再是出版社，而是當事人。」

說穿了就是威脅勒索。

「我這個人向來人緣不好，但跟這傢伙比起來，可真是八面玲瓏了。我再怎麼窩囊，好歹算是個記者，這傢伙卻只是個無賴。」

「看來是個勒索的慣犯，過去有多少人受害？」

「沒有一百也有五十。加賀谷的收入來源，似乎只有這個而已。警部，我真同情你，想殺加賀谷的善良百姓恐怕十根手指加十根腳趾也數不完。」

渡瀨以半開半闔的雙眼瞪著尾上，興致闌珊地問：

「最近他勒索了誰？他在追哪條新聞？」

「這種事，警部怎麼問我？」

「人家說壞事傳千里，何況天底下有什麼事能瞞得過你這順風耳？」

「就是這裡。」尾上伸出拇指，轉了一百八十度，指著地板說道，「當然，這只是傳聞，並非他自己親口說的。是不是要當作勒索的對象，也不清楚。但總而言之，據說加賀川最近在追的正是發生在這狹山市發生的保險金凶殺案。東條美津子遭起訴，新聞界鬧得沸沸揚揚，相信你一定聽過。」

3

御子柴抵達律師會館時，已遲到了四十分鐘，卻沒有人對他出言指責。

律師會館最大的會議室裡擠滿了律師，放眼望去人數至少超過上百。所有律師各自組成小團體，忙著交頭接耳，鬧哄哄的說話聲將遲到者的腳步聲完全掩蓋。

（若不論外貌長相，律師公會會長選舉跟小學生選班長也沒什麼差別。）

任何隸屬於律師公會的律師，此時的當務之急都是趕緊找個交情好的朋友，加入小團體。然而不知該說是幸還是不幸，御子柴在律師公會裡根本沒有談得來的朋友。

「哎呀，御子柴先生，你來了？」

御子柴轉頭一望，不禁暗自嘖了一聲。被其他任何人搭話，都比眼前這個人好得多。可惜現在才想閃避，已經太遲了。

寶來兼人臉上帶著典型的虛偽笑容，朝御子柴走近。這男人約四十歲出頭，已幹了將近二十年律師。一般來說幹了這麼久的律師，外表應該會展現出威儀與氣度，但這男人表現出的形象卻是齷齪與市儈。

「怎麼現在才來？我等你好久了。」

「跟客戶面談，多花了些時間。其他律師都已開始討論了，何必特意等我？」

「你誤會了，現在還是接受自薦與他薦的階段，尚未正式進入討論……對了，你心中是否有適合的人選？」

「目前沒什麼想法。」

「既然如此，請務必投我一票。」

寶來說得開門見山，御子柴一時還以為自己聽錯了。

「改朝換代的時候到了。律師公會應該由你我這樣的中堅律師來領導，才能為社會上的弱勢族群貢獻心力。」

寶來一邊說一邊伸出右手。御子柴忍不住想要反諷一句「你不正是壓榨社會弱勢族群的高手？」話還沒出口，卻聽見遠處又傳來呼喚聲。

「御子柴先生，請過來一下。」

谷崎自會議室深處朝御子柴招手。

「抱歉，會長叫我。」

御子柴不理會伸出右手的寶來，轉身快步離開。寶來此刻一定相當尷尬，御子柴卻毫不在意。

谷崎身穿剪裁高雅洗鍊的西裝，一頭銀髮梳得整齊服貼，雙眸散發著睿智的神采。宛如貓頭鷹般的風貌，與一年前並無不同，但臉頰削瘦不少，眼中的霸氣也大不如前。

「這麼久沒見，你一看見我就露出驚訝表情，是不是我臉上出現了死相？」

「不，絕對沒那回事。」

「不用隱瞞了。我明年就八十了，身體瘦得像皮包骨，皮膚長滿老人斑，要是還活力十足，豈不成了怪物？事實上，這次的會長改選，也是因為我的健康出了問題。」

「會長日理萬機，請保重身體。」

「日理萬機？哼，我只是被派系鬥爭及膚淺可笑的人際關係搞得每天心浮氣躁而已。」

御子柴聽到「派系」這字眼，不禁有些莞爾。在律師這個業界裡，所謂的派系，指的是剛出道時受雇於哪一家律師事務所。御子柴當年是在東京以外的地方成為律師，因此並不屬於東京律師公會的任何派系。就意義上來看，律師的派系就跟黑道的幫派沒什麼不同。

谷崎要御子柴坐在自己身旁，壓低了聲音說道：

「我這位置由誰來接，我沒多大興趣，但絕對不能被寶來那傢伙搶去。那傢伙毛遂自薦，已經讓我有些驚訝，看他似乎打算玩真的，更是讓我心裡發毛。」

「他剛剛邀我一同努力，讓律師公會成為幫助弱勢族群的團體。」

「哼，整天只會幫人清算債務的傢伙，還敢大言不慚。那傢伙根本沒有那麼高尚的理想，他想要的只是名聲而已。他賺飽了荷包，對錢已不再看重。人家說『衣食足而知禮節』，對這種凡夫俗子而言卻是『衣食足而求虛名』。一旦當上律師公會的會長，依規定將兼任日本律師聯合會的副會長。提高了知名度，客戶當然也會源源不絕。」

正如同谷崎的指責，寶來賺錢的手法，在律師業界可說是惡名昭彰。自從他將服務項目鎖定在債務清算後，業績大幅成長，不僅將雇用律師增加至五十名，而且還申請法人、開設分店，引起不小話題。不止是電視廣告及車廂內廣告，最近就連球場及溜冰場都可以看見該法律事務所的廣告看板。除此之外，他本人還經常參加綜藝節目演出，簡直把自己當成了明星。

「律師也得吃飯，並不是說打廣告不好，但他的手法跟過去的小額信貸公司一模一樣，實在讓人看不下去。而且他把全副精力都投注在報酬豐厚的過度繳息案件上，對破產案件長期擱置不理，讓客戶蒙受損失，因而遭客戶控告求償。還有，他聲稱自己所寫的過度繳息因應手冊，也遭他人控告抄襲。這種人竟然還有臉參加會長選舉，簡直就像是縱火狂想當消防局長。」

事實上這種情況近年來並不罕見。債務清算其實不須要專業知識，就算是門外漢也能夠勝任，因此有些律師只負責收錢，卻將與客戶面談及與債權人交涉等工作全交給助理處理。甚至還有一些律師打了全國性的廣告後，卻懶得到偏僻地區與客戶面談，因此以每次兩萬圓的條件在各地募集協助面談的律師。

客戶的申訴案件絡繹不絕，日本律師聯合理事會再也看不下去，決定為債務清理案件訂下處理規範。換句話說，社會上多了許多打著律師招牌的勢利商人，就連向來不聞不問的日本律師聯合會也不得不重視這個亂象。

「類似的事情，並非只有他在做而已。」

「正因為不只他一人，更令我感到悲哀。每個律師都爭先恐後以相同手法接案，聽說還有人守在信貸業者的提款櫃台門口，向走出來的人招攬生意。堂堂的律師，竟然幹起了拉客的行徑。律師這個工作的尊嚴，都被這些混帳丟光了。」

「但靠著這些人的努力，聽說律師的平均年所得增加了。」

「或許這句話不該從我口中說出來，但我認為律師一旦開始賺錢，這個社會就完蛋了。」

御子柴忍不住轉開了視線。谷崎這句話是不是諷刺或數落呢？放眼整個會場，除了寶來之外，就數自己最會向客戶壓榨錢財，只不過自己不像寶來那麼樹大招風而已。谷崎似乎心知肚明，臉上帶著若有深意的笑容。

從當初第一次相遇，這老人就是這樣。他總是對眼前的人觀察入微，而且樂在其中。有時突然說出一句辛辣卻一針見血的警語，令對方狼狽不堪，簡直把這當成了一種樂子。

「當然，律師又不是餐風飲露的仙人，總是得過日子。就算跟他人一樣擁有金錢慾望，也不是什麼必須遭到譴責的大錯。說到底，賦予律師資格的司法考試，可沒有『人格』這個科目。短短一年的研修期間，也不可能培養出什麼高尚的品格。但即使如此，身為律師，還是有一項無論如何必須遵守的原則。」

「保密義務嗎？」

「不，是保護委託人的義務。委託人比錢財更重要，比名聲更重要，有時甚至比法律更重要。為了保護委託人，就算與全世界為敵也在所不惜。不然的話，律師就沒有存在的意義。背叛了委託人的律師，充其量只是個靠買賣法律混飯吃的商人。」

谷崎一邊說，一邊望向站在遠處談笑風生的寶來，那眼神簡直像是在看著路旁的狗糞。

「真是忠言逆耳。」

「唉，我看你是個不屬於任何派系的獨行俠，才放心嘮叨了幾句。」

「你把我叫來，就是為了對我嘮叨？」

「這也是理由之一，你多包涵些。我是個一條腿踏進棺材的老人，你就讓我任性一下，別跟我計較了。」

「既然是理由之一，意思是還有其他理由？」

「是啊，我就直話直說了……你有沒有興趣當黑馬？」

「……我不明白你的意思。」

「這次的選舉，除了那個寶來之外，還有四名副會長打算角逐會長的座位。你也知道，這些人都是各大派系領袖，個個權勢薰心，不像我這麼淡泊名利。」

御子柴雖對政治不縈於心，卻還有這麼一點常識。如今律師公會共有五個派系，分別為保守派的清風會、革新派的友愛會、左派的創新會、右派的火曜會及谷崎所領導的中庸派的自由會。這五個派系底下，又各有十至二十個分會。如今在這會議室裡的，都是各分會的領導者。其實各會之間的主張並無太大歧異，卻是近者互相牽制、遠者批評謾罵，簡直跟政治家沒兩樣。看來人類真的是一種喜歡群聚卻又喜歡搞小團體的生物。

「這五派的成員都是六百人左右，差距並不大，所以四名副會長為了爭奪我自由會的選票，可說是無所不用其極。這兩個星期更是變本加厲，許多新進及中堅成員都受到了金錢誘惑。公會會長選舉不受公職選罷法限制，那些人幹起賄賂、招待的把戲，可說是肆無忌憚。不過，只要我這一派也推出候選人，局勢多少會穩定些。如何，你有沒有興趣試試看？」

「……我嗎？」

「只要我指名你為後繼人選，整個自由會都是你的後盾。不僅如此，經過我的遊說，想必還能獲得不少其他派系的選票。這場選戰，贏面並不小。」

御子柴恍然大悟，原來這就是谷崎的真正用意。然而理解了谷崎的意圖後，心裡反而更加納悶。谷崎若是真心想挑個繼承者，怎麼會選上自己？難道他年紀太大，腦袋已經糊塗了？還是他對律師公會已完全失去興趣，想要在最後將公會搞得一團亂？

這傢伙竟然想選我當律師公會會長……御子柴一想到這裡，忍不住露出苦笑。如果他知道我曾經犯下的罪，不知會露出什麼樣的表情？

「你說笑了，谷崎先生。像我這樣的人，怎麼有資格當會長？何況我一點也不想將自己的相片公開在網站或會報上。」御子柴說。

「擔任區域公會的會長能提升知名度，或許會吸引一些有錢的客戶上門，卻也會忙於瑣事而沒有時間工作，造成收入大減。那些貪婪無度的傢伙根本不了解狀況，所以絕對幹不好這職務。」

「會長先生，恕我說句失禮的話，你恐怕真的糊塗了，看人的眼光大不如前。若要比貪婪無度，我可不會輸給他人，這點你應該很清楚。我接案的手法，比寶來還惡劣得多，若是在以前那個律師只能依規定收取報酬的時代，我肯定是第一個遭受懲處的人。」

「是嗎？我可不這麼想。到目前為止，我從未聽過有任何一個客戶當面向你要求賠償。你所壓榨的對象，都是比你更加惡毒的人物，因此他們無法向警察檢舉你，不是嗎？何況我還聽說，你有時會主動接下賺不了錢的公設[4]案子。」

離開律師會館時，外頭已一片漆黑。御子柴打電話至事務所，告知助理自己將直接回家，接著開車前往位於狹山市的委託人住處。

4 「公設」原文為「国選」，指的是被告無力延請律師，由法院代為指定公設辯護人的情況。

航空自衛隊入間基地附近，中小型的工廠四處林立。或許是鄰近軍事基地的關係，工廠比一般住宅多得多，偶而可以看見燈泡不亮的街燈，更讓整個市街充塞著蕭條之氣。交通網絡的建設速度跟不上毫無秩序的衛星都市開發計畫，都市基礎工程一再延宕，這樣的現象並非只發生在這個區域。然而近幾年的經濟不景氣，造成工廠地區變得鴉雀無聲，更增添了三分寂寥。

沿著高聳的圍牆前進一會，便看見委託人的工廠透出黯淡的燈火。

東條製材所。飛蟲圍繞的照明燈，朦朧照出了紅鏽斑斑、四角漆面剝落的鐵板招牌。還沒走進工廠，濃濃的木材粉塵味道已竄入鼻中。

工廠的鐵捲門並未關上。走進一看，明明機器處於靜止狀態，卻有一種粉塵瀰漫的錯覺。若是患有花粉症的人，絕對不會想來這樣的地方吧。御子柴自堆積如山的木材之間穿過，天花板陡然變低，前方出現住處兼辦公室的大門。又前進一會兒，通路左右排放著堆高機，顯得更加狹窄。腳底下的地面似乎愈來愈暗，抬頭一看，日光燈正不停閃爍。燈架已經損壞，造成燈管外露，或許是接觸不良也不一定。燈管位置並不高，只要站在椅子上就能修理，可惜如今這個家裡沒有人能做這件事。御子柴打橫身子，自空隙之間穿過。

御子柴隔著對講機說明了來意，數分鐘後，屋內浮現一道人影。

「是我，御子柴。」

東條幹也坐在電動輪椅上，腦袋向右傾斜，嘴唇半開半闔，眼睛也有一點斜視。但若仔細觀察，可以發現他的視線正準確地對著御子柴。雖然年僅十八歲，但陰沉的表情令他看起來比實際年齡更加老成得多。

「在探望你母親之前，有幾件事想跟你談一談，不知現在方不方便？」御子柴問。

幹也拿起左手的手機，以快得令人看不清楚的速度按了一會，將畫面舉到御子柴面前。

〈沒問題，但我先把堆高機移開。抱歉，阻礙了通行。〉

幹也打出這段文字，只花了不到十秒鐘。接著幹也移動到辦公桌前，敲打起了桌上的電腦鍵盤。雖然他只能使用左手，速度與正確性與使用雙手的正常人比起來可說是有過之而無不及。無人駕駛的堆高機接收到指令，往通道兩旁退開。

御子柴再度驚愕於幹也的手指打字能力，卻也不禁感到諷刺。幹也的手指雖靈活，但全身上下能自由移動的也只有左手而已。除此之外的肌肉，全是處於動彈不得的狀態。沒辦法走路，沒辦法站立，就連獨自離開輪椅都得耗費一番力氣及時間。不僅如此，而且幹也還患有語言障礙，沒辦法像正常人一樣說話。幹也得的是先天性的腦性麻痺。根據母親的轉述，似乎是在胎兒時期就因某種原因而造成腦部發育異常。損傷部位包含小腦及大腦基底核的一部分，造成了四肢麻痺及語言障礙。然而不知該說是神的慈悲，抑或該說是神的惡作劇，幹也的左手、視聽覺及思考能力與正常人無異，嗅覺甚至比正常人更加敏銳。

御子柴第一次遇到幹也時，也誤以為幹也是智能障礙患者。由於表情缺乏變化，較無接觸殘疾患者經驗的人很容易將四肢麻痺當成是智能障礙。然而當御子柴察覺自己的誤解後，立即又醒悟這是一件多麼悲哀的事情。

一個健全的心靈，卻必須接受身體殘疾及無法自由傳達意志這些殘酷事實。相較之下，智能障礙或許還幸福得多。

「別費心招呼，我只是想看看保單，馬上就走。」御子柴輕描淡寫地說道。

〈好歹也得請你喝杯茶。〉

幹也以手機回答後，迅速消失在屋內深處。幹也接下來的行動，可以很容易想像得出來。他會以熱水瓶燒水，將熱水沖入放了茶葉的壺內，接著將茶倒入茶杯。如此簡單的動作，幹也卻得做得全神貫注。雖然這些動作都能以一隻左手完成，但由於幹也的肌肉不具備反射神經，因此對他而言滾燙的熱水就跟劇毒沒兩樣。因為這個緣故，每次泡茶時，幹也都會在下半身鋪上一條隔熱墊。在正常人眼裡輕而易舉的動作，卻會讓幹也費盡苦心。

屋內深處傳來器皿碰撞聲。蒸氣聲愈來愈高亢，接著驀然止歇。

御子柴豎起耳朵聆聽。

靜靜等了數分鐘之久，幹也終於回來了。他的下半身鋪著隔熱墊，左手捧了一個托盤，盤內放著一杯茶。御子柴一等托盤進入手指可及的範圍，立刻拿起茶杯。

「那就謝謝了。」

〈律師先生，你不是第一次遇到我這樣的人，對吧？〉

「為何這麼問？」

〈一般人會慌忙阻止我獨自泡茶，但你沒這麼做。〉

「你希望我阻止？」

〈不，剛好相反。讓對方做想做的事，才是真正的體貼。可惜絕大部分的人都沒有想通這一點。他們還以為將我拉離危險的地方，什麼都不讓我做，就是對我親切。〉

「原來如此，但我只是不想在接受委託的事項之外干涉他人之事。」

幹也這番話確實有些道理。在許多情況下，所謂的體貼只是一些錯覺、自我陶醉及偽善。什麼是親切，什麼是找麻煩，只有站在相同境遇、相同立場上的人才能理解。

幹也的自立精神，來自於父親彰一的諄諄教誨。根據幹也的轉述，父親生前不斷提醒他，身為殘障者也得照顧好自己的生活。不，應該說正因為是殘障者，更必須好好思考雙親過世後該怎麼繼續活下去。正因為這樣的觀念，所以父親除非必要，否則盡量不協助幹也處理生活瑣事。即使再怎麼花時間，也要讓幹也自己獨力完成。就連最困難的大小便，也不例外。

但父親彰一絕非對幹也袖手旁觀。為了幹也，父親盡量排除了家中的障礙。門口的平緩斜坡、方便輪椅移動的房間格局及家具擺設、遙控式照明燈、比瓦斯爐安全的電磁爐等等，到處可見父親為了讓幹也活得毫無壓力所付出的心血。父親的用心，甚至在自家的工廠內也可看業。

見。雖然可以讓幹也到殘障者訓練學校習得一技之長，但父親卻決定讓幹也繼承工廠的經營事

從前東條製材所共有十名員工，父親彰一卻將員工減少至一半，並且大力推動工廠的全自動化。購置無人堆高機、無人搬運機及無人送材車，從木材的進出到加工全由電腦控制。這套系統相當昂貴，但少了五名員工後，人事成本大幅下降。而且更重要的是，控制電腦的工作即使是幹也也能勝任。

不一會兒，幹也取來保單，接著又敲打起了電腦鍵盤。畫面上出現了滿是數字的表格。

「你在做什麼？」

〈核對會計單據，確認下單及出貨，檢查庫存。〉

「你懂會計？」

〈我擁有二級會計執照。而且這裡只是個人經營的小工廠，處理項目不多，一點也不困難。〉

如此看來，從接單到庫存管理，幹也可說是一手包辦。再加上幹也會操縱堆高機，將整間工廠維持得有模有樣。彰一當初讓幹也繼承工廠，可說是正確的決定。

然而即使彰一再怎麼妥善安排，畢竟天有不測風雲。某一天，彰一因卡車意外事故而身受重傷。一輛超載的大卡車在轉彎時，固定木材的鋼纜斷裂，彰一剛好站在旁邊，遭跌落的木材

擊中頭部。彰一立即被送進醫院，卻遲遲沒有醒來。

經過檢查，醫生研判是腦挫傷。

幹也無法等到彰一清醒，只好正式接手製材所的財務工作。一查之下，幹也大吃一驚。雖然過去早已隱約猜到製材所多半經營不善，但負債的金額竟遠遠超過原本的預期。

日本國內的木材需求原本就有逐年減少的趨勢。占了所有木材用途約四成比例的建材需求量，也跌落至全盛時期的將近一半。再加上平成七年實施《改正建築基準法》，木造住宅的施工戶數大幅減少。來自亞洲諸國的廉價木材，更是讓情況雪上加霜。就連大型企業也是捉襟見肘，像東條製材所這種中小企業更是有如風中殘燭。

彰一正是在這樣的局勢下，推動了工廠的全自動化。雖說導入最新設備來減少人事成本是時代趨勢，但先行投資還來不及回收，彰一就遭遇意外事故，更是讓負債愈積愈多。

然而這還不是東條家所面臨的最大災厄。彰一終於在加護病房內斷了氣，死因卻不是腦挫傷。

〈我最近還是常常夢到當時的事。〉幹也舉起液晶螢幕，〈媽媽整天為了製材所的負債及爸爸的住院費用忙得焦頭爛額，但我相信她絕對沒有殺死爸爸的意圖。我想那應該只是……某種意外事故。〉

去年五月二日下午兩點多，狹山市立綜合醫療中心的監控室響起了病患狀態異常的警報聲。負責醫師立即趕往加護病房，但病患東條彰一的腦波已完全停止。在前來探病的妻子美津子及兒子幹也的環視下，醫生進行了數次急救，可惜呼吸及心跳都沒有恢復。

剛開始的時候，並沒有人發現人工呼吸器的異狀，但負責醫師檢查裝置後，卻察覺了可疑之處。似乎有人故意關掉了人工呼吸器的電源。狹山警署的調查員接獲醫院的通報，立即調閱錄影畫面。病患出現異常狀況時，病房裡只有美津子及幹也兩人。緊接著，調查員又在電源開關上發現了美津子的指紋。於是，美津子以殺人罪嫌遭到逮捕。

不過，最初警察跟媒體都對美津子的處境抱持同情。大家看了美津子那憔悴的面容，都認為這可憐的妻子只是因照顧丈夫太過勞累才一時衝動關掉了維生裝置的開關。正當社會輿論藉由這起案子大談看護及安樂死問題時，搜查本部又取得了一張證據。就從那一刻起，整個社會的觀感有了一百八十度的變化。

那就是如今御子柴手中的這張保單。

御子柴仔細凝視這張已看過不知多少遍的保單。即使閉上眼睛，腦中也可以清楚浮現保單上的每一個字。其中最令御子柴印象深刻的，是右上角的契約日期。三月二十四日，彰一遭遇事故的短短十天之前。

遭遇事故的不久前才簽下的一紙保險契約，死亡理賠金竟高達三億圓。這消息一曝光，整起事件登時從安樂死議題變成了保險金殺人案。受益人雖為美津子及幹也兩人，但幹也患有嚴重殘疾，實質上的受益人其實是美津子一人，而這也是引起調查員疑心的原因之一。簡單來說，警方認為這是一起利用身患殘疾的兒子當掩飾，企圖獨佔保險理賠金的謀殺案。當然，警方針對造成腦挫傷的那起卡車超重意外也重新展開調查，但決定木材載運量的人是彰一自己，而且沒有任何證據顯示駕駛者與美津子之間有不尋常的關係。不過，這樣的調查結果並沒有減少外界對美津子的懷疑。

新聞媒體的反應，甚至比警方還要激烈。原本世人對疲於看護的妻子寄予同情，因此反作用力的聲浪也是非同小可，所有媒體都指責美津子是世上少見的蛇蠍女。負責審判的裁判員也是市井小民，當然會受這些輿論影響。刑事訴訟法庭上，檢察官對被告東條美津子大加撻伐。辯護律師聲稱這只是突發性的行為，請求從寬量刑，但六名裁判員看著被告席上情緒激動的美津子，皆露出不滿的表情。他們非但不同情被告，反而認為檢察官的譴責還是太過溫和。六名裁判員中，有半數為女性，這三人的態度更是嚴厲。最不巧的是三人之中剛好有一人家中也有需要看護的家人，這種與被告相同的處境反而讓裁判員對被告更加深惡痛絕。雖然境遇相同，但該裁判員認為殺死家人來謀取保險金簡直是狼心狗肺的行徑。裁判員之間的祕密討論，似乎全由這名義憤填膺的女裁判員主導。開庭八次後公布的判決結果，是依照檢察官的求刑內容，判處無期徒刑。這個判決結果在司法界一時之間引起不小的話題。檢察官求刑的輕重並非基於檢察官的個人見解，而是必須根據過去的龐大案例來計算出客觀的刑期，並報請上級裁決。因此法官在宣判時，會以檢察官的求刑內容為重要參考依據。不過一般而言，法官的判決多半只會取檢察官求刑的八成，反過來說，假如法官完全依照檢察官的求刑內容宣判，意味著法官認為檢察官的求刑太輕了。

被告當天便以量刑不當為理由提出上訴。審判的舞台，轉移到了東京高等法院。然而被告辯護律師在二審所採取的策略，再度引發了輿論的批判。一審時，辯護訴求是被告情有可原，請求從寬量刑；但是到了二審，辯護律師竟改口聲稱被告沒有殺人意圖，因此主張無罪開釋。當時的辯護律師表示，這與其說是辯護方針，不如說是被告的希望。原本被告以為只要以從寬量刑為訴求，就算判處徒刑，也可以獲得緩刑。沒想到實際的判決結果竟然如此之重，被告於是決定說出內心的真正想法。

站在辯護的角度上來看，這樣的新主張並無可議之處，但是對抱持懲奸除惡心態的社會輿論來說，卻是如同火上加油。在這樣的批判聲浪中，檢察官又提出了許多對美津子不利的證據。彰一在遭遇事故的前幾天曾與美津子發生口角；負責簽下三億圓契約的保險業務員是美津子的舊識；二十年前美津子曾因吸食大麻而遭逮捕。

事發當時美津子因極度疲勞而處於無判斷能力狀態，並非刻意殺人。辯護律師秉持此主張說得口沫橫飛，卻無法挽回頹勢。就在這樣的情況下，二審判決出爐。

駁回上訴。

二審結果與一審完全相同，並沒有減刑，更是引起了世人的關注。就在這個時期，社會上還發生了不少重大案件，例如有人為了領取保險金而殺死自己的兒子。有評論家認為二審如此宣判是帶有殺雞儆猴的意味，但真相如何沒有人知道。唯一可以肯定的一點，是被告在二審的辯護策略並非明智的決定。許多司法界的人士皆指出了這個癥結，判決文中有一句「被告毫無悔意」更是最大的證明。

辯護律師接獲判決後，再度提出上訴。但是，這卻成了辯護律師的最後一項工作。該辯護律師年事已高，加上為了案件而勞神費心，在二審宣判的隔天便因身體健康出問題而緊急住院治療。律師公會一時措手不及，正不知如何善後，御子柴竟自願擔任接棒的辯護律師。

〈律師先生，我能問個問題嗎？〉

幹也突然將手機液晶螢幕舉到保單前。

「什麼問題？」

〈你為什麼接下媽媽的辯護工作？公設辯護人的報酬不高吧？我們家可沒有錢支付律師費用……〉

「為被告進行辯護，本來就是律師的職責……這樣的答案，沒辦法令你滿意？」

〈前一位律師可不像你這麼熱心。〉

「你無論如何都想知道答案？」

〈是的。〉

「那我就告訴你吧。這案子如今已是全國知名的大案，雖然報酬不高，卻是最好的廣告。上訴到最高法院的案子，絕大部分在宣判後都會舉行記者會，辯護律師當然也會列席。」

幹也聽完後，愣愣看著御子柴一會兒，收起了手機，操縱輪椅掉頭離去。

「這份保單暫時借個幾天，可以嗎？」

幹也沒有回答。

御子柴連道別的話也沒說，就這麼離開了工廠。夜晚的天空上，竟看不見一顆星星。

突然颳起了一陣強風。以這個季節來說，很少有這麼強的風。

三審就跟二審一樣，辯護方必須提出新證據。但目前手頭沒有任何新證據，只好從檢察官提出的美津子訊問筆錄下手。是否有明顯的誤導發言？證詞是否遭到恐嚇威脅？首先得從訊問筆錄的字裡行間找出這一類的蛛絲馬跡。

看來這陣子得緊盯著訊問筆錄不放了。心裡正這麼想著，忽然一陣更強的風迎面撲來。西裝外套高高鼓起，御子柴為了避免灰塵進入眼睛，趕緊閉上雙眼。風聲在耳畔呼嘯而過。強風穿梭在工廠與工廠之間的狹窄縫隙，拖了長長的尾巴，彷彿永無止境。

啊啊，又是那股聲音。

那是令御子柴打從心底厭惡的聲音。是一種喚醒回憶的聲音，更是撬開封印大門的聲音。

到底得經過多少年，自己才不必對風聲感到恐懼？

御子柴一邊這麼想著，一邊握住賓士車的門把。就在這時，御子柴忽然有種奇妙的感覺。

好像有人正在注視自己。

但他環顧左右，卻沒看到任何人影。就算真的有人隱匿在夜色之中，憑肉眼也看不見。

「有人嗎？」

御子柴喊了一聲，卻沒有人回答，耳中只聽見風與樹葉的怒吼。

4

九日上午，渡瀨接到了來自法醫學教室的解剖報告。這一天是發現屍體的兩天後。

「光崎爺爺辦事還是一樣這麼有效率。他手邊須要解剖的屍體絕對不止一具，真不曉得他哪來那麼多時間。」

古手川心想，光崎教授多半連吃晚飯的時候，也是一手扒飯一手切割屍體吧。

從前古手川曾觀摩過光崎教授解剖屍體的過程，腦中可以輕易想像出那畫面。

「『大小外傷極多，但全無生體反應，顯然是死後才造成的傷痕』，嗯，這點跟我判斷的一樣。『顏面及肺部內有瘀血，屍斑以背部為主，範圍相當廣，符合窒息死亡的特徵。肺部沒有膨脹，亦無其他溺死跡象。身體表面沒有索狀傷痕、皮下出血或軟骨骨折，因此亦無法斷定為縊死、絞死或扼死。此外，左手掌心有一小塊圓形傷痕，正如同負責人員所言，極有可能是電流紋』……嗯，照字面上看來，教授挺認同我的推測。」

文中所稱的負責人員，指的就是渡瀨吧。

「班長，什麼是電流紋？」

「顧名思義，就是電流造成的紋路。但若不是強大到足以電死人的電流，不會造成那麼明顯的傷痕。」

人體任何部位的電阻值都很小，因此一旦高壓電流通過人體，就會造成中樞神經系統的異常。尤其是呼吸中樞麻痺及心律不整，會造成呼吸困難及心跳停止。

「死者是觸電而死？難不成是被雷打中？」

「不，被雷打中的痕跡稱為閃電紋，特徵是像閃電一樣的分岔線條。而且發現屍體的前一天夜晚雖然下大雨，卻沒有任何地區發生打雷現象，這一點我剛剛已經跟氣象廳確認過了。」

「這麼說來，兇手殺人的手法可真是大費周章。他得先準備好能夠產生高壓電的機器，以及讓人觸電的機關。與其這麼麻煩，為什麼不直接勒死？」

「倒也沒那麼麻煩。只要符合條件，就算是家用電器也能電死人。讓接觸面處於溼潤狀態，通上五十毫安培的電力，心臟就會麻痺。何況跟直流電比起來，家用的交流電更加危險。」

「交流電比較危險？是誰比較出來的？怎麼比較出來的？」

「發明大王愛迪生。他發明了一張死刑用的電椅，採用的是直流電。但實際用了之後，發現死刑犯只是痛苦掙扎，卻電了半天也電不死。大家認為這太不人道，於是改採哈羅德·布朗發明的交流電式電椅。死刑犯一坐上去，馬上就斷氣了。話說回來，到底什麼樣的做法人道，什麼樣的做法不人道，恐怕有人抱持不同意見。」

又來了。古手川心裡如此抱怨著。為什麼這個上司會對電椅這種絲毫派不上用場的領域擁有這麼多知識？

「而且利用微弱電流將人電死，對兇手來說有不少好處。譬如因觸電死於心律不整，屍體外表看不出明顯特徵。若是因呼吸系統麻痺而死，屍體只會出現臉部及肺部瘀血，與一般的窒息死亡毫無分別。若要偽裝成自然死亡，這是相當高明的手法。」

「但實際狀況是屍體手掌留下了電流紋。何況若是要偽裝成自然死亡，不是應該先讓受害者喝下一大堆河水再殺死嗎？」

「是啊，可見得兇手並不在乎犯行曝光。或許兇手明白警察遲早會查出身分吧。不過，兇手不想讓警察查出殺害地點或殺害理由，因此將屍體扔進了河裡。」

「……班長，聽你的口氣，你好像已經對犯案手法瞭然於胸？」

「根本不需要什麼麻煩的裝置。只要以電線連接插座的正極及某種電導體，再讓受害者握住電導體的另一端就行了。只要電流超過十毫安培，人體的肌肉就會失去控制，無法將電導體放開，直到心臟麻痺為止。」

「外行人也能做出這種殺人裝置？」

「若想要更確實將人殺死，只要拿市售的電擊棒來改造，增強電力就行了。到秋葉原走一趟，收音機會館[5]裡的老頭會細心地教你怎麼做。」

古手川不禁心想，這男人說得繪聲繪影，恐怕是真的走了一趟秋葉原。

「一般人的刻板印象裡，電擊棒是護身的道具，但屠夫宰殺牛馬，有時用的正是電擊棒。只要對中樞神經進行電擊，就可以奪走性命。最近為了殺死罹患狂牛症的牛隻，電擊棒相當熱銷，你不知道嗎？」

我怎麼會知道這種只有畜產業者才會知道的事？古手川心中暗罵。

「死者六日的行蹤，已經查清楚了嗎？」

「加賀谷似乎真的在追那件保險金殺人案，這點已經向其他記者同業求證過。還有，他最近似乎很缺錢，不僅房租欠繳，連手機也被停話了。」

「『老鼠』說他是恐嚇取財的慣犯，怎麼還這麼窮？沒有從醜聞對象身上挖到錢？」

「他是為了賠錢才落到這個地步。從前曾經威脅過的對象找了律師，要求他歸還過去恐嚇的錢財，否則就要帶著遭恐嚇的證據向警察報案。而且對方是七人聯名，並非只有一人而已。加賀谷過去早有前科，這次一旦遭起訴，肯定會坐牢。加賀谷不敢反抗，只好乖乖就範。對方也知道就算上法庭也討不回多少錢，只是為了爭一口氣而已。總賠償金額三千兩百萬圓，加賀谷被迫賣掉了高級公寓及愛快羅密歐跑車，存款全拿去賠錢，還欠下不少債務。這一陣子，聽

5 「收音機會館」是位於東京秋葉原的一棟綜合商業大樓，裡頭的店家以販賣家電產品為主。

說他連吃飯的錢也沒有，但他到處向人吹噓，說什麼這次的案子能讓他起死回生。」

「東條家只剩下一個年僅十八歲的長男，加賀谷打算怎麼挖錢？」

「這我就不清楚了……接下來是他當天的行蹤。上午七點四十分，他離開了位於東京都內的自家公寓，這點有管理員可以作證。他沒有車子，多半只能靠電車移動，以時間上來看也很合理。九點半左右，車站前的提款機攝影鏡頭拍到了他提領現金的影像。經過銀行證實，他提領了兩千圓，戶頭內剩下一千兩百五十圓，可見得他真的是山窮水盡了。」

「一千兩百五十圓……這年頭的流浪漢手上的現金都超過這個數字。」

「接著他在車站前的速食店吃了早餐。店內監視器拍到了他，確認是本人無誤。他點了兩個一百圓的漢堡，以及無限續杯的咖啡。他喝了好幾杯咖啡，直到十點五十分才走出速食店。」

「這符合解剖結果。屍體的胃部殘留物為麵包、絞肉及酸黃瓜，可見死者最後吃下的食物是漢堡，其後再也沒進食。這最後的晚餐，實在是寒酸了點。」

「十一點三十五分，市政大樓附近的防盜監視器拍到了疑似加賀谷的人物。由於沒有拍到長相，無法確認是不是本人，但以穿著及體格來看，應該不會錯。這棟市政大樓，就在前往東條製材所的路上。」

「這麼說來，死者的目的地很可能是東條家？」

「是啊，過去曾有當地居民目擊加賀谷經過同一條路，那時加賀谷正是在前往東條家的途中。」

「東條家……唯一還住在家裡的長男怎麼說？」

「請容我先提醒一點，這名長男罹患腦性麻痺，沒辦法說話。據說詢問過程是透過手機打字來溝通。」

「據說？問話的人不是你？」

「不是我，是該轄區的調查員。」

「透過手機溝通……這麼說來，我確實曾聽過，現在有很多聾啞人士不會手語，全靠手機當作溝通工具。手機能在短時間內傳達比手語更多的訊息，搞不好以後會成為主流……好吧，這姑且不提，總之長男說了什麼？」

「他說那天加賀谷沒來家裡。」

「有辦法證實嗎？」

「沒有。那段期間這附近地區下起間歇性豪雨，路上沒有行人，因此沒有人目擊死者走進東條製材所。換句話說，自從在市政大樓附近被拍到後，死者的行蹤成謎。」

「解剖報告上說，根據胃部殘留物的消化狀況研判，推測死亡時間是下午一點至四點。這麼說來，至少有一個半小時，死者不知去了哪裡……話說回來，死者到底是看上那起保險金殺人案的哪一點，認為有利可圖？」

「保險受益人是妻子及長男，若說有利可圖倒也沒錯。」

「但母親的審判結束之前，保險公司不會支付理賠金，何況當前局勢對母親相當不利……等等，加賀谷的住處是否查到了些什麼？筆記本或是電腦裡，應該有一些蛛絲馬跡吧？」

「當然有，但是關於保險金殺人案，只有縣警本部公布的消息，以及法院紀錄的部分節錄，沒什麼新東西。」

「履歷呢？電腦裡總有些網頁瀏覽履歷吧？」

古手川心裡不禁湧起一股敬意。過去渡瀨總是將網路搜尋之類的工作丟給年輕後輩處理，但從他這句話聽來，他現在也開始學習電腦知識了。從前他總說自己患有電腦過敏症，但是必要的時候，他還是會親自學習。雖然他平日一副目中無人的態度，但光是這種活到老學到老的精神，就令人不得不佩服。

「電腦裡有最近兩星期的網頁瀏覽履歷。從前的愛車『愛快羅密歐』的網站、記者俱樂部的網站、狹山市地圖、律師公會、法律諮詢服務、日本心肺輔助協會……他怎麼會看這個？還有就是常見的色情網站，以及三大報的速報版、電車時刻表。但是瀏覽次數最多的網頁，是一個名為『少年犯罪網』的網站的第九頁。」

「只有第九頁？」

「是啊，他似乎重複瀏覽了這個頁面很多次。頁面上只有一張照片，照片裡的人是距今大約四分之一個世紀前的一起血腥犯罪的加害少年。或許派得上用場，所以我列印了下來。」

古手川說完，遞出一張列印紙。

紙上的少年有著一對尖聳的耳朵，嘴角微微上揚，笑意中透著一股殘忍。名字是「園部信一郎」。

＊

「惡魔都是狡猾的。」

安武里美今天一如往常對著照片中的晃說話。晃的臉上永遠帶著微笑。那傢伙是惡魔，兒子卻是貨真價實的天使。對了，那傢伙剛剛不是見了那個名叫東條幹也的可憐孩子嗎？晃假如活著，現在差不多跟那孩子一樣大了。

「聽說公設辯護人的報酬不高，媽媽相信那傢伙心裡一定在打什麼鬼主意。他主動承接那個完全沒有勝算的案子，被告的家人肯定將他當成了神膜拜吧。不過，媽媽心裡很清楚，惡魔在接近世人時，臉上總是帶著笑容的。」

沒錯，惡魔總是戴著偽善的面具，隱藏起惡意，以親切的態度引誘世人卸下心防。利用充滿魅力的聲音及溫暖的雙手，將迷途之人緊緊抓著不放，並在不知不覺中獲得強大力量。

相較之下，善人卻是如此無力。

那一天，安武里美趁著天未亮時前往那個人的事務所，將門上的門牌割成了兩半。實際做起來，花了比預期更多的時間。首先劃出一道深深的刮痕，接著以鑿子一擊，門牌發出清脆的聲響，應聲斷成兩截。雖然左手手掌瘀青，但聽到聲音的那一瞬間，還是忍不住想要大呼痛快。然而事後想想，這麼做有何意義？割斷一塊門牌，又能改變什麼？這件事對那個人來說不痛不癢，他看了多半只是微微冷笑而已。

一股不甘心的焦躁感在胸口翻騰。

為什麼世上會有那種人？

為什麼自己如此無力？

但是安武里美知道，再怎麼自怨自艾也是無濟於事。若不盡快行動，將會出現下一個犧牲者。

「媽媽該怎麼辦才好？不管是社會地位、金錢還是力量，媽媽都贏不了那傢伙。但是如果放著不管，東條家也會遭遇相同的不幸。」

委託人、律師公會及警察都沒有察覺，可怕的危機正靜悄悄地降臨。不知該說是幸運還是不幸，只有自己知道這個真相。知道災禍將至卻不聞不問，是卑劣的行徑。得知災禍者，有義務對全天下人提出警告。若有必要，甚至必須獨自對抗災禍。

沒錯，就算是孤身奮戰，也不能退縮。

「媽媽會努力的。」

將內心的想法說出口後，驀然感覺有股力量自胸口湧現。

「媽媽一定會跟御子柴周旋到底。晃，你一定要守護媽媽。」

第二章

懲罰跫音

1

睜開雙眼，看見的是自窗外透入的淡淡光芒。這個時間卻只有這個亮度，肯定是陰天吧。

幹也轉頭望向牆上的掛鐘。上午七點整。每天總是在熟悉的地點、熟悉的時間清醒。自懂事以來，幹也從沒用過鬧鐘。除了將鬧鈴按停的動作相當費力之外，還有另一個原因是幹也的身體不需要時鐘。只要每天按時起床、就寢及進食三餐，時間到了就會自動醒來。不過這並非幹也刻意維持，而是配合吃藥時間的結果。

躺在床上發了一會愣，枕邊的擴音器在預期的時刻傳出了說話聲。

「幹也先生，你醒了嗎？我是健朗看護中心的桑野。」

那是看護師朝對講機發出的說話聲。七點二十五分。跟過去的看護師比起來，桑野算是相當遵守時間，但還是會在十五分鐘的範圍之內遲到或早到。

幹也按下擴音器旁的按鈕，開啟了門鎖，等了片刻後，桑野走進房間內。

「早安，我們來換衣服吧。」

桑野一說完，便以熟稔的動作脫去了幹也的睡衣。他沒有等待幹也應答，因為幹也沒辦法應答。換衣服的過程中，桑野不發一語，但這對幹也來說反而是件好事。有很多看護師遇上患有語言障礙的幹也，會刻意找話題閒聊，這反而會讓幹也產生必須應答的義務感，因而心生厭煩。

桑野是個男人，這點也讓幹也感到慶幸。幹也雖然身體患有殘疾，精神卻是十八歲少年。就算對方是從事看護工作的專業看護師，畢竟不希望讓異性為自己脫衣服，看見自己的裸體。何況幹也的左手雖然能動，但換衣服及移動到輪椅上依然得借助看護師的幫忙。男性看護師的力氣較大，才能輕而易舉地將幹也抱起。

換完了衣服，並且移動到輪椅上後，上午的看護工作就告一段落。從前還會請看護師協助排便及進食，但為了節省費用，從前年起取消了這兩項服務。桑野漫不經心地告辭後，快步趕往下一個看護對象的住處。

桑野會在傍晚五點再度來訪，但是在那之前，幹也必須自行處理大小事。去年之前還有美津子在一旁幫忙，如今什麼都得自己來。

幹也用來代步的輪椅是以手動操縱盤控制的最新機型，操縱盤上有六個按鈕，包含加速、減速、旋轉速度及最高速限都可以詳細設定。行駛在坡道上時，還具有自動煞車機能。原本操縱盤應該是在右側，但幹也只能使用左手，所以改為設置在左側。跟以前的搖桿控制方式比起來，操控性及安全性都大幅提升，幹也的日常生活品質也因而受益不少。父親曾說過「科技進步的意義，就在於排除不便。」如今幹也深深體會到這句話的真諦。世上有些人主張科技不應該無止盡地進步，但幹也認為那些人只是從沒真正嚐到不便的滋味。

幹也總是稱呼輪椅為「我的腳」，這並非只是一種比喻。這台電腦控制的高科技機器，確實已成了幹也身體的一部分。至於連在腰部以下的那兩根棒子，只是裝飾品而已。電視的體育節目有時會轉播田徑比賽，畫面上那些田徑選手的雙腿，與幹也的雙腿可說是完全不同。從小到大，幹也的雙腿不曾運動過，因此瘦得有如皮包骨，幾乎跟手腕一樣細。這樣的兩根細棒，當然不能跟田徑選手那強而有力的雙腿相提並論。真的要比較，也是跟輪椅比。

早餐相當簡單，只有吐司跟牛奶。如今幹也已能輕易地以單手將奶油塗抹在剛烤好的吐司上。剛開始的時候，光是要將凝固的奶油從盒中挖起，就得耗費不少功夫。要將奶油均勻塗抹在吐司上，更是難上加難。

「只要習慣就行了。」彰一曾這麼說過。再困難的事情，只要習慣了，就會融入日常生活之中，每天做得理所當然。

彰一這麼說，只是為了激勵身患殘疾的兒子。但是像這樣的論調，說穿了只是沒有真正嚐過痛苦滋味的人隨口胡謅的荒謬論調。若有人不同意，可以試著以左手撐起身體，從輪椅移動到馬桶上，單手脫下褲子，便溺後將這一串動作倒過來再做一次看看。這樣的日常生活，絕對不會是「做得理所當然」。

八點半，員工陸續抵達工廠。

第一個到的是工廠主任高城。這是個頭髮花白、面無表情的男人，對製材的知識及技術卻沒有人比得上。自從幹也懂事以來，高城就是工廠裡的員工。他跟著彰一奠定了這間製材所的基礎，是眾員工裡的老前輩。彰一過世後，他更率領員工協助幹也經營工廠。在幹也還是嬰兒時，高城就在工廠裡工作，對幹也而言，高城不是員工而是家人。但是這個家人最近卻起了一些微妙的變化。高城有時會望著彰一購買的最新型機器，臉色相當難看。理由大家心知肚明。導入自動化機械的結果，就是解僱員工。就算彰一大力推動工廠的合理化是為了幹也的將來打算，畢竟有些操之過急了。何況若只是要輔助幹也，為什麼彰一選擇了機器，而不是長年來同甘共苦的弟兄？高城的眼神中，流露著這些抱怨。

又過一會，四名員工都到齊了。雖然人數只有從前的一半，作業效率卻反而提升了，因此大家也找不到抗議的理由。

事實上如今員工需要做的事，只有開卡車運送原木及完成的木材，還有運送前的打包作業而已。最重要的製材作業，全由機器負責。工廠內放眼望去盡是軌道，堆高機及無人搬運機往來通行，從切割到製材全是自動化處理。

這些機械全由設置在辦公室內的一台電腦所控制，而幹也的工作就是操縱這台電腦。除了幹也之外，其他員工無法勝任這個工作，因為彰一當初購買自動化機械時，僅將操縱手冊交給幹也一個人。這一點，也引起了高城及其他員工的不滿。

然而幹也操縱電腦的能力，卻足以令所有員工嘖嘖稱奇。

一到九點，工廠開始上工，幹也駕著輪椅來到電腦鍵盤前。電腦螢幕上出現了工廠平面圖，上頭有著一條條軌道。軌道上散落著一至十二的數字，分別代表每一台堆高機之類的無人機器。幹也一敲打起鍵盤，這些機器就像一群小蜘蛛一樣忙碌地動了起來。無人機器的啟動聲及移動聲籠罩整座工廠，驅走了原本的寂靜。

幹也只有左手能動，但這五根手指敲打鍵盤的速度，卻連鋼琴家也自歎不如。在幹也的操作下，大大小小的各種機器宛如幹也的四肢般靈活運作。任何人第一次看見這一幕，都會露出瞠目結舌的表情。

機器一開始切割原木，空氣中頓時會瀰漫杉木、檜木等木材的味道及粉塵。日光燈的正下方甚至會因粉塵的關係而看起來像是起了濃霧。

最令人感到諷刺的一點，是幹也擁有過人的敏銳嗅覺。幹也從小就生活在木材邊，因此可以分辨出杉木、松木、檜木、鐵杉等各種木材的味道。只要在工廠內吸一口氣，就可以知道目前正在切割的各類木材的大致比例。

今天好像是檜木比較多……不，似乎是赤松比較多一點……幹也正漫不經心地想著，忽看見高城走了過來。

「幹也，來了兩個警察。」

警察？

幹也打開手機的簡訊輸入畫面。

〈警察昨天不是來過了嗎？〉

「今天來的是刑警。如何，見不見？」

幹也以手機答應了，不一會便看見兩名刑警走了進來。其中一人約五十歲年紀，身材中等；另一人是二十多歲的年輕人，看起來簡直像是穿上了西裝的不良學生。

幹也原本以為對方會掏出警察手冊，沒想到中年刑警掏出來的卻是名片。

埼玉縣警察本部刑事部搜查第一課　課長輔佐　警部

「敝姓渡瀨，他是古手川。」

年輕刑警微微點頭鞠躬。俯視幹也的眼神中，並不帶有第一次遇見身障人士的好奇，卻流露出一種更複雜的感情。幹也心想，或許這個人的親朋好友之中也有像自己這樣的人吧。

「百忙中前來叨擾，真是抱歉。今天的來意，只是想再次確認昨天其他調查員詢問過的事項。」

渡瀨彎下腰，以相同高度的視線對著幹也說話，令幹也不禁有些驚訝。絕大部分客人都是站得直挺挺，極少有人願意彎腰與自己說話。

「前天遭人發現死亡的雜誌記者加賀谷，從前曾到這裡拜訪……這點沒有錯吧？」

幹也以手機回答：

〈沒錯。〉

「關於你父親的事，加賀谷是否問了你什麼問題？」

〈父母感情好不好，以及工廠經營狀況等等。〉

「開門見山地問？」

〈對。〉

「哼，真是失禮的傢伙。那你怎麼回答？」

〈照實回答。父母感情很好，工廠雖然經營不善，但這年頭製材業都是大同小異。〉

「像那種記者，多半還沒採訪，腦袋裡已經寫好文章了。我很清楚他希望從你口中聽到什麼樣的話。除了剛剛那些，他是否還問了什麼令你不快的問題？」

〈不快的問題？〉

「是啊，例如母親的審判不樂觀，或是關於保險金的事。那個記者似乎特別擅長挖掘這一類問題。」

幹也想了片刻後按下按鍵。

〈沒有。〉

「喔？那我換個問題，依加賀谷當時的態度，他感興趣的事情是什麼？」

〈我不清楚。〉

「他是否曾引誘你說出什麼話？」

〈不清楚。〉

「好吧，那你記得他最後來訪是哪一天嗎？」

〈四天前。〉

「這麼說來，是六月五日，也就是發現屍體的兩天前。那一天，他問了什麼問題？」

幹也想起來了。那天他問了關於自己及家人以外的事情，因此特別留下了印象。

〈他提到新的律師。〉

「新的律師？他問了些什麼？」

〈新律師是個什麼樣的人，是不是從以前就認識，是否要求支付特別費用等等。〉

「特別費用？這可有點古怪。新的律師不也是公設的嗎？」

渡瀨這句話剛說完，兩人背後傳來了聲音。

「請到此為止吧。」

兩人一回頭，看見話題中的人物就站在眼前。

「我是律師御子柴禮司，委託人要我保護這名年輕人，避免遭受無心言詞的毀謗中傷。請問兩位是誰？」

「噢，御子柴禮司先生，你就是那案子的代理律師？我是埼玉縣警搜查一課的渡瀨。」

「縣警？不是狹山署的人？」

「我們正在追的是另一件案子。」

御子柴聲稱今天是來歸還上次借走的保單。渡瀨見機不可失，趕緊說明了加賀谷案的梗概。過程中另一名刑警古手川並沒有參與對話，卻是一對眼睛直盯著御子柴。

「簡單來說，你們認為那個叫加賀谷的痞子打算恐嚇東條家？」

「不，現階段只是一一清查死者生前去過的地方而已。然而依死者過去的所作所為來看，恐嚇東條家這假設恐怕是成立的。」

「加賀谷的死因是什麼？絞殺或刺殺之類明顯的他殺死亡嗎？」

「經解剖後認定為窒息死，卻不是灌入大量河水的溺死。何況就算是突然因某種疾病而出現窒息現象，也不可能脫得僅剩內衣內褲，然後跳進河裡。這顯然是起凶殺案，因此我們必須清查與死者有利害關係的一切人物。」

御子柴上下打量了渡瀨一眼，接著揚起嘴角，笑著說道：

「東條美津子那起官司，你們埼玉縣警不可能不清楚。我的委託人目前已被逼上絕路，幾乎無力回天。證據都已在法庭上被提出來了，還有什麼理由遭受恐嚇？」

「但如今東條家處於弱勢，這點是事實。不管是傳教也好，惡質的業者也好，這種人最喜歡趁人之危。」

「看來你對趁人之危似乎挺有研究，我還是別多說話，免得被你揪住什麼把柄。當然，請你也別再以各種言詞套取幹也的證詞。雖然在本人面前，我還是不得不說，你這種令殘障者身心俱疲的言行舉動，是一種不人道的行為。」

「律師先生說話真是不留情面。不過，我還是得問最後一個問題。請放心，這只是例行公事而已。幹也，請問你六日下午一點至四點這段期間，在什麼地方？」

幹也立即舉起手機的液晶螢幕。

〈那天我一直在家裡。若沒有專用車輛，我根本沒辦法外出。那天是假日，員工也沒上班。〉

「原來如此。我這麼形容或許有些失禮，但這恐怕是可信度最高的不在場證明。好吧，那我們該告辭了。對了，御子柴先生……」

「什麼事？」

「我可以肯定加賀谷龍次生前正在追查這起保險金殺人案，因此我們為了釐清死者生前的行蹤，必須詢問相關人士一些問題。倘若直接詢問並不適當，而你是代理律師，我們只好找你談一談，相信你不會拒絕吧？」

「無所謂，但我可提供不了什麼有用的訊息。」

渡瀨舉手告辭，接著轉身離開。古手川不停向他使眼色，他卻視而不見。古手川遲疑了半晌，最後心不甘情不願地跟在渡瀨身後走出工廠。

令幹也微感詫異的一點，竟是御子柴目送兩名刑警離開時的臉上神情。御子柴以眼角窺望著渡瀨及古手川逐漸遠去的背影。這律師平時總是沉著冷靜，如今卻顯得有些神經質。

2

「班長！等一等！」

古手川在後頭呼喊，渡瀨卻筆直走向巡邏車，一次也沒有回頭。

「你怎麼不理……」古手川一句話還沒說完，卻被渡瀨扯進了車裡。

「吵死了！別像三歲小孩一樣大呼小叫！你就不能靜一靜嗎？」

「但是剛剛那個律師……」

「你的反應那麼大，底細都被摸清了。從剛剛談話的時候，你的一對眼珠就直盯著對方猛瞧，我真是服了你。你沒聽過什麼叫撲克臉嗎？」

「班長，這麼說來你也發現了？」

「廢話，那個御子柴禮司跟園部信一郎長得那麼像，怎麼可能沒發現？」

豈止是像而已，根本是同一人物。古手川第一眼見到御子柴，內心便如此確信。園部信一郎是四分之一個世紀前的少年殺人犯。加賀谷瀏覽的那個網頁上，有著他的照片。這名少年長大之後，肯定就是如今御子柴那副長相。尤其是帶給人冷酷印象的薄嘴脣，以及獨特的尖聳耳朵，幾乎是同一個模子印出來的。

「不過這兩人有可能只是剛好長得像，也有可能是近親。我拜訪東條家的長男，原本只是碰碰運氣，這下子搞不好真的挖到了寶。喂，快去查查這個大律師的戶籍資料。」

「看起來是四十歲出頭。假如那少年犯案時是十四、五歲，年齡剛好吻合。」

「武斷是大忌。不過，倘若這假設是真的，加賀谷遇害的案子恐怕完全不是當初想的那麼回事。」

「什麼意思？」

「殺人動機確實是恐嚇，但恐嚇對象卻完全不同。你想想，假如遭加賀谷恐嚇勒索的人不是東條美津子，而是律師御子柴禮司，會演變出什麼結果？相信你也聽過這律師的大名吧？」

古手川確實曾聽過這個名字。聽說他是個相當高明的律師，縣警本部的人提到他與檢察官的關係時，總是形容成不共戴天的仇敵。各轄區警署或縣警本部辛苦抓到了凶惡的智慧型犯罪者，即使檢察官起訴時有十足的勝算，一旦遇上這個可怕的律師，被告就會像變魔術一樣獲得減刑，有時甚至還會獲判無罪。

「但過去這傢伙負責辯護的被告都是有錢人。理由很簡單，他擅長以辯護費用為名義，奪取惡人靠幹壞事得來的龐大錢財。雖然是敵人，但他的三寸不爛之舌，以及法庭上的戰術運用，實在令人不得不佩服。不像其他那些無能的律師，一天到晚只會申請精神鑑定。自從裁判員制度開始執行後，他在辯護時甚至會想辦法煽動人心。」

「是啊，我也聽說過檢察官只要聽到御子柴這個名字就會罵髒話。」

「雖然客戶都是些牛鬼蛇神，但身為律師的評價卻是第一流的。聽說他的收入，每一年都高達數億圓。在律師這個業界裡，算是成功人士吧。你想，如果少年時期的犯罪前科曝光，他會有什麼下場？不僅聲譽會大幅下滑，客戶企業會中止法律顧問契約，甚至還會遭社會輿論徹底封殺。」

「這麼說來，殺人動機是為了滅口？」

「遭殺害的加賀谷，一定也認為自己挖到了寶吧。這頭豺狼徘徊在東條家附近，本來只是想找些屍肉，沒想到竟然發現了新鮮可口的生肉。」

當務之急，是把御子柴的戶籍查個一清二楚。這年頭只要登入住民基本台帳網路系統[6]，就可以在一瞬間查出個人的戶籍資料。除此之外，還有警察廳的前科資料庫可以對照。政府機關搞出來的系統，果然只有政府機關才能善加利用。

當年那起女童凶殺案，古手川也曾聽過，但事隔二十六年，古手川那時尚未出生，當然不清楚詳情。一路上，渡瀨談起了那案子的來龍去脈。

6　日本地方公共團體與行政機關共同使用日本國民特定情報的系統。

案子發生在昭和六十年的八月。福岡市郊外某郵筒上，出現了一顆小女孩的頭顱。經過查證，小女孩是住在附近的佐原家次女佐原綠，當時只有五歲。

遭人發現的遺體，並非只有頭顱而已。隔天，右腳出現在幼稚園門口；再隔天，左腳出現在神社的賽錢箱上。每隔一天，就會出現遺體的一部分。整個社會驚恐萬分，還將歹徒取了個綽號叫「屍體郵差」。當時正值盛夏，遭肢解的遺體快速腐敗，不再是原本的模樣。第一發現者往往不是人，而是野狗或烏鴉。

右手及左手相繼出現，僅剩下軀體依然下落不明。就在這時，博多警署以殺人棄屍的罪名逮捕了一名十四歲少年。警方詢問殺害佐原綠的動機，少年的回答竟是「只是想殺人，殺誰都無所謂。」整個日本列島受到了極大的震撼。十四歲少年的殘忍犯行引起了一陣修改少年法的爭論，義務教育及小家庭結構的問題也成了各方討論的焦點。部分八卦雜誌公布了未成年少年園部信一郎的本名及照片，「屍體郵差」的名頭連日在報章雜誌上鬧得沸沸揚揚。福岡家庭法院做出了移送醫療少年院的判決，犯案少年進入關東醫療少年院接受治療後，新聞媒體才逐漸沉寂。其後又發生了不少殘忍凶殺案，這起少年分屍案就這麼遭世人埋沒在記憶深處。

位於狹山警署的搜查本部召開了第一次搜查會議。會議上，古手川公布戶籍調查結果，引起在場調查員一陣譁然。

「御子柴禮司確實是二十六年前，發生在福岡市的那起女童分屍案的兇手園部信一郎。」

坐在橫排座位最前列中央的管理官宇津木雙眉一揚，說道：

「真沒想到，律師御子柴就是號稱『屍體郵差』的少年……」

「分屍案發生在昭和六十年，園部信一郎於五年後自關東醫療少年院假釋出院，並在家庭法院的許可下變更姓名。」

「關東醫療少年院……看來他有很多時間可以準備司法考試。」

「是啊。御子柴禮司一次就考過了司法考試，當時是出院的三年後，他才二十二歲。後來他登記成為律師，在千葉的大河內法律事務所工作，兩年後獨立開業，一直到今天。」

「律師公會在接受登記時，實在應該先查查人格及經歷才對。不過這也怪不得律師公會，畢竟律師適任資格裡沒有人格這一項。一旦改了名，大家根本不知道他是誰。真不知該說這是更生人改過自新的成功經驗，還是一頭怪物混入社會的成功經驗。」

坐在宇津木管理官身旁的里中縣警本部長一臉無奈地說，「我並不是反對少年法，但聽到『屍體郵差』長大後竟然成為律師，心情實在很複雜。對了，他的家人後來怎麼了？」

「園部家共有四人，分別是雙親、少年及一個妹妹。死者佐原綠的家屬對園部家的雙親及信一郎提出民事訴訟，園部雙親賠償八千萬圓後達成和解。但園部家只是一般的上班族家庭，生活原本就不富裕，父親在一年後上吊自殺，母親及妹妹也失蹤了，再也沒有跟親戚聯絡。」

「但加賀谷怎麼會發現御子柴禮司就是『屍體郵差』？」

「是這樣的……」轄區調查員起身說道，「加賀谷去年接受八卦雜誌委託，寫了一篇專題報導，內容是關於過去重大犯罪的歹徒如今過著什麼樣的生活。為了寫這篇專題報導，加賀谷調查了過去的大案子，其中就包含發生於二十六年前的『屍體郵差』分屍案。他多半是在網路上蒐集資料時，偶然發現了少年的照片。」

宇津木恍然大悟，點了點頭。

「這次為了東條美津子的案子，他與御子柴打了照面，發現御子柴就是『屍體郵差』，因此企圖恐嚇勒索？這推測頗為合理。」

現場沒有任何調查員提出反對看法。經常逮捕兇惡歹徒的基層調查員，就跟檢察官一樣對御子柴禮司這號人物恨之入骨。如今一聽到御子柴曾是殺人犯，而且遭人以此為由恐嚇取財，都是毫不思索地認定這就是真相。

「很好，我們找到了第一名嫌犯，而且恐怕是最重要的嫌犯。該由誰來負責……」

「慢著。」管理官還沒說完，渡瀨突然舉起了手，「你們之中有誰曾經跟御子柴打過交道？」

沒有人應話。

「既然沒有，這工作就交給我吧。今天我才跟他見過面，這傢伙可不是省油的燈。若不小心對付，恐怕反而會被套出偵查進度。大部分的律師都是溫室裡的花朵，相當好對付，但這傢伙可不一樣。我聽了他的經歷才明白，原來他是為了生存才學會狡詐。」

對於渡瀨的毛遂自薦，在場沒有一人反對。渡瀨擁有縣警本部第一的破案率，明明有機會升遷為管理職，卻堅持待在基層崗位。除了里中縣警本部長之外，其他人的話根本撼動不了渡瀨的決定。

古手川抬頭仰望天花板，深深歎了口氣。一想到多半又得被這個上司牽著鼻子跑，內心便萬般無奈。可惜部下沒有選擇上司的權利，何況若要比狡詐，渡瀨絕不輸給御子柴，兩人之間的明槍暗箭肯定是精采可期。與其跟那些平庸的調查員搭檔，不如跟在彷彿生下來就註定要當刑警的渡瀨身旁，才能學到更多事情。

隔天，古手川打電話至御子柴法律事務所要求面談，對方竟爽快答應。原本古手川認為御子柴絕對不會答應見面，不如守在某個地方等他，但渡瀨卻說，「跟這種人玩小把戲只是浪費時間，不如採正攻法。」古手川於是依照渡瀨的指示打了電話，沒想到對方真的同意見面，古手川心裡反而有些錯愕。

渡瀨與古手川在約好的下午三點準時抵達法律事務所。拉開大門時，渡瀨朝印著事務所名稱的門牌瞥了一眼，古手川不禁也隨著渡瀨的視線方向望去。那塊門牌似乎曾經從中斷成兩半，卻以黏著劑接起，但接縫並不明顯，若不仔細看根本不會發現。渡瀨哼了一聲，什麼話也沒說，一旁的古手川卻不禁大感佩服。到底是渡瀨的觀察力太敏銳，還是自己太遲鈍？
兩人進入門內，報上姓名後，發現事務所內只有御子柴一人。
「助理小姐剛好上銀行去了，只好由我這麼一個大男人迎接兩位，真是抱歉。」
御子柴說得輕描淡寫，但兩人心裡明白，這場會談可能會提及祕密，因此御子柴故意將助理支開了。
「雖然是只有一名助理的小事務所，工作可還不少。我等等還得到法院一趟，兩位有什麼要事，請單刀直入地說吧，不必講客套話了。」
「有句話忘了問。就跟昨天一樣，這只是例行公事，請別介意。律師先生，六月六日的下午一點至四點，請問你在哪裡？」
御子柴一聽，登時皺起了眉頭。
「這麼單刀直入，可真是嚇壞我了。看來我也被列為嫌疑對象之一？」
「只是例行公事。」
「我沒興趣跟你玩心理戰。如果真的是例行公事，昨天就該問了。直到今天才問，可見得你們是在昨天到今天這段期間才對我產生懷疑。你們是不是發現了什麼線索，證明我跟死亡的加賀谷之間有某種關係？」
渡瀨保持沉默，沒有回答御子柴的問題。主動告知自己的底牌，沒有任何好處。在必要的時候才亮出底牌，才能收到最好的效果。

御子柴觀察了一會兒渡瀨的表情，突然揮了揮手，說道：

「渡瀨先生，我說過好幾次了，我沒時間跟你打啞謎。何況故意讓對手急躁不安，好套出祕密，這是對害怕祕密曝光的對象才有效的手法。」

「聽起來頗有道理。」

「既然你單刀直入，我也不跟你拐彎抹角。你們查出了我的過去經歷，對吧？」

「你真聰明。」

「為了證明你真的知道，請你說說看，我當時的綽號是什麼？」

「『屍體郵差』。」

御子柴聽了，心滿意足地點了點頭。雙方在這一瞬間同時亮出了底牌。

「事情說開了，節省不少時間。總而言之，你們懷疑我殺人滅口？」

「這理由很充分。」

「只有當事人拚了命想要隱藏的祕密，才有必要殺人滅口。你們只花兩天就查出這個祕密，我何必為此殺人？」

「被警察查到，跟被媒體渲染炒作，這完全是兩回事。對你這種具有社會地位及聲望的人來說，更是如此。」

古手川在一旁聽著，不禁佩服渡瀨那千變萬化的話術。有時尖銳，有時鈍重，以軟硬兼施的方式對敵人造成壓力。古手川一方面想要倣效，一方面卻又明白要練到這種爐火純青的地步必須歷經無數次交鋒，不禁大感苦惱。

御子柴再次打量起渡瀨的表情，驀然揚起嘴角，說道：

「我們打個交易吧。我什麼都實話實說，但你別把這些事告訴媒體。」

「就跟你們律師一樣，我們警察也有保密義務。」

御子柴將身體湊了過來，說道：

「說真的，律師這行業靠的是信用跟口碑。警察查得到我的前科，這是沒辦法的事，但我不希望讓那些討厭我或是幸災樂禍的人知道祕密。渡瀨先生，我知道警察跟律師之間總是針鋒相對，但站在私人的立場，我希望你是個守信用的人。」

噢，對方這一招真是高明。

「那得看你的話是否可信。所謂的信用，只應該用在可信的人身上。」

「好吧，那我就直說了，加賀谷龍次確實曾拿我的過去向我要脅。」

「那是什麼時候的事？」

「東條美津子那案子由我接手之後。我想他是在追查案子的過程中，察覺了我的身分吧。第一次，他寄了封信給我，附上我被刊登在八卦雜誌上的照片；第二次，他親自在電話答錄機裡留了言。他兩次都以強硬的口吻要求見面，但我沒有理會。」

「為什麼？對方好歹算是記者，你不把他放在眼裡，不怕他公開你的醜聞嗎？」

「像他這種半吊子的記者，沒什麼好怕的。所謂的自由記者，說穿了就是秤斤論兩販賣文章的商人。我一查，果然不出我所料，他的所作所為一點也不正派。像他這種人，一定認為與其把醜聞提供給雜誌社，不如拿來當成恐嚇的工具吧。既然如此，假如我慌張地跟他見面，他一定會得寸進尺。我得先吊吊對方的胃口，這是談判桌上的慣用伎倆。」

「你好像對這種事相當拿手？」

「律師本來就是專門談判的工作，做久了自然就拿手。反過來說，假如不拿手，這工作也做不長久。」

「你不怕過去的事情被他抖出來？」

「我心裡當然有些忐忑不安，畢竟這工作靠的是信用，假如消息一傳開，恐怕會害我失去客戶。不過律師執照是我光明正大透過司法考試得來的，就算過去犯的罪行曝光，也不會因此遭到剝奪律師資格。何況我在醫療少年院裡已付出了應付的代價。所以我只是有些困擾，卻不感到恐懼。我只把他當成一般的談判對象，並不認為他掌握了我的生殺大權。」

「這麼說來，你跟加賀谷從來沒見過面？」古手川問。

「是啊，我還在等他出牌，他就死了。」

這一點沒有任何證據可以證明。要證明兩人曾見過面容易，要證明從沒見過面卻是難上加難。不過，御子柴心裡恐怕也很清楚。他這股自信，到底是從何而來？

渡瀨沒有開口，古手川只好繼續發問：

「回到最初的問題。六月六日下午一點至四點這段期間，你在哪裡？」

御子柴第二次聽到這個問題，又細又薄的嘴脣微微向上扭曲。

「東京地方法院。」

「咦……？」

「那天我有兩件案子，一件是關於醫療過失，另一件是……等等，我看一下行事曆。」

御子柴從口袋掏出手機，接著說道：

「對，我想起來了。下午一點到兩點，在六〇二號法庭。接著從三點到四點，在七一八號法庭，為一起保險公司個資外洩案辯護。中間的一小時空檔，我在本部地下餐廳吃飯。但票根之類的證物早已丟了，要證明恐怕有些困難。」

御子柴嘴上說困難，臉色卻是泰然自若。相較之下，渡瀨則是恢復了一貫的冷酷面孔。

「開庭期間，我當然沒離開過法庭半步。審判紀錄可以證明是我本人親自到場，並非找其他人代為辯護。如果兩位不相信書面紀錄，還可詢問對方的律師及法官……在你們眼裡，這些人的證詞是否有效？」

古手川心裡暗自咕噥，原來這就是御子柴打一開始就信心十足的原因。天底下要找到比律師跟法官更具公信力的證人，恐怕相當困難。

兩次開庭中間雖有一小時的空檔，但從東京地方法院所在的霞之關，到加賀谷推測遇害地狹山市，必須搭東京地鐵後轉搭西武線，單程就得花上一個半小時。就算是開車，時間也差不多。御子柴除非長了翅膀，否則不可能在短短一小時內往來這兩個地方。

「真是穩如泰山的不在場證明。」

渡瀨酸了一酸，御子柴也毫不認輸地露出譏諷笑容。

「能夠獲得犯罪調查專家的讚賞，實在相當榮幸。現在你們可以將我從鎖定對象中剔除了吧？」

「你言重了，現在根本還不到鎖定對象的階段。」

「恕我多管閒事，我稍微查了一下，憎恨加賀谷的人似乎不在少數。」

「或許吧，但並非所有憎恨加賀谷的人都有嫌疑。」

「什麼意思？」

「『想殺人』跟『殺人』之間有著天壤之別。在殺人這件事上，幻想跟實行完全是兩碼子事。大部分的人受到常識及道德的束縛，難以跨越這道界線。畢竟這是一種殺害同類的行為，動手前得歷經一番心靈掙扎。」

「我在法庭上可是見過不少溫厚老實者殺了人的案例。」

「性格跟殺人衝動也是兩碼子事。並非脾氣火爆的人容易殺人，性格冷靜的人就可以自我約束。殺人所需要具備的資質，與性格無關。」

「我明白你的意思了。」御子柴將身體往前探說道，「你想說的是，有殺人前科的人，都具備了殺人的資質。憎恨加賀谷的人不少，但其中最可疑的，還是背負前科的人。」

「我可沒這麼說。不過根據統計，前科者有六成的比率再度犯案。」

御子柴露出充滿霸氣的笑容，整個人仰靠在椅背上。

「律師的工作基於信賴，警察的工作卻基於懷疑。好吧，無所謂。不過請容我班門弄斧，就算你們逮住了嫌犯，檢察官要提起公訴，得掌握三大事實證據。古手川先生，你能說出是哪三大事實證據嗎？」

「……機會、方法及動機。」

「答得不錯，一百分。換句話說，就算有再多動機，倘若無法證明機會及方法，還是無法起訴。任何一個檢察官都不會打沒有勝算的仗，這種情況下只能做出不起訴處分。我因為有前科，被你們當成頭號嫌疑犯，這點我可以理解。但要證明我就是兇手，請先破解東京地方法院的不在場證明。好了，我很忙，假如沒有其他問題的話，請你們離開。」

渡瀨及古手川在御子柴的事務所內碰了一鼻子灰，回到車上後兩人沉默了好一陣子。

「去他的。」古手川的咒罵聲打破了沉寂，「我本來以為說出他的前科，他會手忙腳亂。」

「這恐怕是在東條製材所遇上前就布好的局，真是隻老狐狸。」

「我想到他那副目中無人的態度就有氣。」

「他擺出高高在上的態度，或許是為了讓我們以為這線索一點也不重要。話說回來，他的不在場證明確實難以攻破。即使如此，該做的查證還是得做。例如，事發當天的開庭時間是否經過變更？法院可依當事人提出的請求，變更開庭的日期與時間。假如當天的兩次開庭都是由御子柴主動提出申請，很有可能是暗中搞鬼。」

「班長，你認為那個混帳律師就是兇手？」

「太過完美的不在場證明，是我懷疑的理由之一……另外還有一點，就是我剛剛提過的再犯率問題。」

「班長認為狗改不了吃屎，壞人永遠是壞人？」

「我不是那意思。就像我剛剛說的，要殺一個人，得先跨過理性及道德的門檻。然而一旦跨過了一次，這道門檻就會愈來愈低。原本以為殺人是件天大的難事，沒想到做起來這麼簡單。一旦有了這樣的想法，就會為了實現慾望而繼續殺人，心裡不再有絲毫抵抗。說難聽點，殺人前科者跟無前科者相較之下，前者對殺人行為的抗拒感較低。這樣的現象，或許可以稱之為殺人的免疫性吧。」

殺人具有免疫性。人權團體及保護司[7]那些人聽到這句話，恐怕會氣得直跳腳吧。但任何一個曾經逮捕過前科犯、見識過那些人的眼神有多麼陰沉的警察，恐怕都會對這句話大感認同。古手川自己也曾辦過類似的案子。當事人在年幼時殺了人，長大後又再度逞兇。

這裡距離東京地方法院不遠，兩人立即著手調查相關事證。

御子柴當天的兩起案件，一起是醫療糾紛，另一起是客戶個資外洩引發的賠償官司。兩人首先前往了位於本部十四樓的民事訴訟事務室紀錄閱覽謄寫處。

事務室裡的格局跟一般市公所大同小異，執勤的書記官看起來也跟市民課職員沒什麼不同。

根據法庭紀錄，御子柴負責辯護的醫療糾紛，是一起發生在昭島市內私人診所的病患誤認案件。紀錄上確實寫著下午一點開庭，兩點結束。

一間法庭每天都要處理十多件訴訟案，兩人原本擔心書記官並不記得當天那起醫療糾紛案的詳細狀況，沒想到書記官記得相當清楚。

「那件案子花了相當多時間，造成當天行程延宕，所以印象深刻。」書記官解釋，「那是第三次的口頭辯論，原本答辯書都交了，雙方要提的主張也提完了，沒想到原告突然又提出新證據……一般來說這種情況應該事先告知，偏偏原告代理人就是喜歡出鋒頭。」

「這麼說來，行程延宕是基於原告方的關係？」古手川沮喪地問道。

「是啊，整個後續行程都受影響，為了重新安排時間可讓我傷透了腦筋。」

「開庭的日期呢？法院最初公布的日期，就是這一天嗎？」

「對，雙方都沒有提出變更日期的申請。」

如此看來，御子柴在這件事情上沒有動任何手腳。兩人抱著不安的心情詢問第二件案子，執勤書記官對這案子也依稀記得。

「唔，（WA）第二〇五五一號……噢，我想起來了，保險公司洩漏客戶資料，因此客戶組團共同提出告訴。變更日期？不，這是一開始就決定的日期。原告是由多人組成的團體，提出的文件資料也多，因此早知道會花不少時間。像這種規模的訴訟案，花一個小時左右是很正常的事。」

「被告辯護律師是否提出了什麼令人意想不到的論點或主張？」

「不，這只是第一次口頭辯論，並沒有什麼出人意料之外的發展。雙方都同意保險公司因

7 「保護司」是日本公務員的職稱，負責協助前科者更生自立。身分雖為國家公務員，但並不支薪，是一種具志工性質的工作。

管理疏失而造成個資外洩的事實，馬上就進入了和解金額的交涉。法官似乎也打算勸雙方和解，因此一直往這個方向推動。但最重要的金額部分卻一直談不攏，後半段的時間幾乎都耗在這一點上。當然，對雙方而言金額是最重要的關鍵，因此多花一些時間也沒什麼不對。」

兩人搭上電梯準備離開東京地方法院，古手川因查不到線索而板起臉，一旁的上司也一如往常頂著撲克臉，兩人簡直成了最佳拍檔。

「依紀錄來看，御子柴並沒有在審判過程上玩花樣……難道他真的是清白的？」

古手川斜眼一看，渡瀨正以半開半闔的雙眸盯著樓層數字。

「與其問我，不如問問你自己。你認為他是清白的嗎？」

「我認為他的嫌疑很大，一點也不清白。」

「理由是什麼？」

「沒什麼理由。班長，就像你說的，他一看就是個幹壞事不心軟的人物。」

古手川回想著御子柴的模樣。那刁鑽的神態，與過去遇過的重大刑案犯人自然而然地重疊在一起。

「犯錯有很多理由，例如緊張或焦急，但是像刷牙、吃飯這一類事情卻很少出錯，那是因為每天做慣了。同樣的道理，也可以套用在犯罪上。我仔細查過了他當年犯的那起案子，當時他試圖掩蓋犯行，就算再怎麼聰明，畢竟只是個十四歲的小毛頭。沒過多久，就被查出來了。

但如今過了二十六年，他在少年院裡接觸那些犯罪少年，成了律師後又有不少機會聽嫌犯談論成功或失敗經歷。這樣的資歷若再加上能夠善加運用的天分，就算他的不在場證明再完美，我們還是不能輕易相信。」

「你這不是推論，而是個人印象。像這種先入為主的觀念很可能會把你引進死胡同，我勸你早點拋棄為妙。在深山裡迷路時，你會依主觀感覺前進嗎？我想不會吧？首先要做的事，是利用太陽方位及手錶指針來確定方向，不是嗎？辦案也一樣，得先從眼睛看得見的線索著手，再思考下一步的行動。」

「眼睛看得見的線索？」

「是啊，剛剛的法庭紀錄，你沒仔細看嗎？那兩件案子，被告的共通點是什麼？」

「……社會地位及經濟實力。」

「沒錯，御子柴律師的顧客不是有錢人就是大企業。但東條美津子家裡只是負債累累的小工廠，根本沒有錢僱用律師。像這樣的公設案子，就算贏了也拿不到多少酬勞。」

「或許是為了打知名度吧。」

「他已經惡名滿天飛了，哪會嫌名氣不夠大？」

「既然如此，他為什麼要接這個案子？」

「任何人做出平常不做的事情，背後都有理由，要找出這個理由，就得從平常看不見的地方著手。你剛剛提起二十六年前的分屍案，這方向確實有追查的價值。十四歲的園部信一郎在什麼樣的環境下成長，與誰有過交流，只要查清楚了，或許就能看清他的真面目。」

3

警察追查加賀谷龍次的案子，遲早會查到自己身上，這點御子柴早有心理準備。但御子柴並沒有料到，竟然會遇上如此強勁的對手。過去御子柴已有數次與警察對峙的經驗，一眼就能看出對方的虛實底細。

若以狗的種類來比喻，那個渡瀨就像是杜賓狗。平常動作遲緩且無精打采，但只要對手一露出破綻，馬上就會飛撲而上。御子柴心裡明白，在這男人面前絕不能掉以輕心。

御子柴以等等將外出為由，趕走了兩個警察，其後卻一直待在事務所裡，直到助理洋子歸來。

「除非有急事，不然一律說我不在。」

御子柴下了指令後，仔細讀起桌上的資料。這些資料雖然早已讀得滾瓜爛熟，目前卻還看不出任何可疑的蛛絲馬跡。

目前的刑事訴訟制度雖為三審制，但並非所有案件都經過三次審理。案子要上訴到最高法院，必須符合嚴苛的條件限制，通常若無違憲或違反判例等情事，上訴都會被駁回。然而《刑事訴訟法》第四一一條規定了例外的狀況，其條文如下，「雖無規定事由，但符合左列事由且若不取消原判決將嚴重違反公義者，得駁回原判決。」其中所指的左列事由為：

二、量刑嚴重失當者。

三、足以影響判決之重大事實經證明為誤認者。

前任律師主張量刑過重，靠著第二理由通過了上訴申請，算是做得不錯。但其後卻突然住院，把爛攤子丟給御子柴，這點就令人難以接受了。

名義上是因為突然住院而解除辯護職務，其實說穿了是不想繼續承受來自社會輿論的譴責聲浪。

前任律師撒手不管，將燙手山芋扔給御子柴，就像是把一個自己無法解決的難題丟給御子柴收拾殘局。一般來說，最高法院極少進行口頭辯論，通常只是依據下級法院提出的書面報告及判決結果，做出駁回上訴或發回更審的判決。但這個案子卻極罕見地決定舉行口頭辯論，或許正如同一部分法界人士的看法，法官在判決時受到了輿論壓力的影響。但即使舉辦口頭辯論，要顛覆原判決還是必須提出新證據或新主張。而且除非證據或主張的衝擊力道夠大，否則口頭辯論大概只會舉行一次。

單憑一次辯論就要推翻二審的判決結果，光想到這一點，御子柴就感到頭痛不已。任何一個愛惜名聲或懂得計算收入效益的正常律師，都不會接下這樣的案子。

偏偏御子柴從不把名聲當一回事，而且並不是個「正常」的律師。更重要的是，御子柴有著非接這個案子不可的理由。

無論如何，得在這一大疊資料裡找出足以推翻判決的線索才行。御子柴細細斟酌Ａ４紙面上的每一個字，不放過任何細節。

光看平面圖，就知道當時加護病房裡擠滿醫療器材。美津子及幹也在這盡是電子音的環境裡，面對昏迷不醒的彰一，不知心裡有何感想？

接著御子柴攤開訊問筆錄。

訊問筆錄

戶籍地址：鹿兒島縣霧島市霧島大窪〇丁目〇番地

居住地址：埼玉縣狹山市入間川小出〇—〇—〇

職業：家管、製材所助手　電話：（〇四—二九五二—〇〇〇〇）

姓名：東條美津子

出生年月日：昭和四十二年七月九日（四十二歲）

前記嫌疑人於平成二十二年六月四日於狹山警署內，針對殺人及保險理賠金詐領案做出以下供述。訊問前已事先告知嫌疑人若無供述意願可保持緘默。

一　今年五月二日下午兩點左右，在狹山市立綜合醫療中心的加護病房接受治療的丈夫東條彰一，因人工呼吸器出現不正常運作狀況而死亡。針對此事，我接受了警方訊問。關於我的生平經歷，已在上一次訊問（平成二十二年六月二日）都說清楚了，這一次我要說的主要是針對醫療器材發生異常時的現場狀況。

二　我的丈夫彰一在四月三日於製材所外十字路口處，因搬運卡車轉彎時車上木材掉落擊中頭部，緊急送往狹山市立綜合醫療中心急救。雖然經過緊急施救但丈夫因腦挫傷昏迷不醒，手術後住進同醫院的加護病房。直到手術的三天後，家屬才得以進入加護病房探病。從那天起，我與兒子幹也每天都到醫院。我心裡抱持著一絲希望，認為即使丈夫失去意識，但只要聽見家人在耳邊說話的聲音，或許就會醒來。

三　我們每天到醫院探病，但丈夫彰一遲遲沒有醒來。丈夫不在的期間，我必須代為處理製材所的業務，還得抽空到醫院探病。連日來因睡眠不足與疲勞而出現身體不適的症狀。除此之外，住院費用也對家庭經濟造成極大負擔。加護病房一天的住院費用高達七至九萬圓，就算申請健保給付，自己也得負擔三萬圓。加上花在兒子幹也身上的看護費用（幹也是腦性麻痺的一級殘障患者），耗盡了所有的積蓄，還得向小額信貸借錢，所以當時我的身體及心靈都處於疲累不堪的狀態。我當然希望長久以來相依為命的伴侶能夠清醒，但每天三萬圓的負擔實在太過沉重。我知道這麼說會遭天譴，但我心裡其實有一點期盼他立刻斷氣算了。

四　事發當日，我同樣相當勞累，幹也在路上好幾次詢問我「媽媽，妳還好嗎？」可見得當時我的精神狀況有多麼糟糕（附帶一提，幹也無法說話，必須以手機打字來傳達想法）。就跟之前一樣，我們在下午一點多進入加護病房。我推著幹也的輪椅進入了房內。彰一的周圍堆滿了各種醫療儀器，醫生曾說過這些都是維持生命的必要裝置，但我並不清楚每一台機器的功能。不過，丈夫彰一的枕邊有座幾乎跟人一樣高的機器，我知道那是人工呼吸器，可以代替損傷的大腦維持心肺運作，是所有機器中最重要的一台。我會知道這件事，是因為負責的醫師提醒過好幾次，讓我留下了印象。

五　我們兩人陪在彰一身邊時，醫生及護士都刻意避開不來打擾。醫生說過，所有醫療儀器的狀況都可以在另一間房間進行監控，而且加護病房的角落裝設了攝影機，隨時有專人看著，所以不必擔心。由於加護病房裡都是儀器，能坐的空間相當有限，我總是坐在彰一的右手邊，幹也則坐在彰一的枕頭旁。以方位來看，人工呼吸器的操作面板就在我的前方，而幹也除非大幅度轉動脖子，否則看不到操作畫面。我故意不讓幹也看見畫面，是因為不想讓幹也意識到父親是靠著這些機器才能勉強活著。

六　我跟幹也每天都會在加護病房裡待上三小時左右。我們在裡頭沒做什麼特別的事。剛開始還會試著跟丈夫彰一說話，但彰一完全沒有反應，我只好跟幹也天南地北閒聊，或是默默低頭打瞌睡。我想我那時一定是累壞了。加護病房裡當然維持著恆溫，沒有過冷或過熱的問題，而且一旁的人工呼吸器電池不斷發出規律的聲響，讓疲倦困頓的我不知不覺睡著了。

七　但是人工呼吸器的電池聲音突然變得不規則，把我吵醒了。我一看眼前的操作面板，心裡吃了一驚。剛剛忘了提，除了顯示運轉狀況的面板之外，下頭還有各種顏色的按鈕。面板的右上角有個燈，負責醫師曾說過，正常運轉時會亮綠燈，關機時會亮紅燈。在各種按鈕的下方，還有一顆獨立的電源開關。當時一直閃著紅燈，幹也耳力很好，也立刻察覺不對勁，他移動到我旁邊，跟著我吃驚地望著面板。他是個害羞的孩子，平時很少講話，但當時他太過慌張，指著面板高聲大叫。我知道這機器假如停止運轉，彰一就無法呼吸，因此我一時情急之下，伸手按了電源開關，而且不止一次。如果我沒記錯，我按了三次。前兩次按了完全沒反應，我不知該如何是好，就這麼過了數分鐘，後來我又按一次，指示燈才轉為綠燈，人工呼吸器再度開始運轉。

甲三號證　平成二十二年五月二日
狹山市立綜合醫療中心兇殺案現場平面圖　四樓加護病

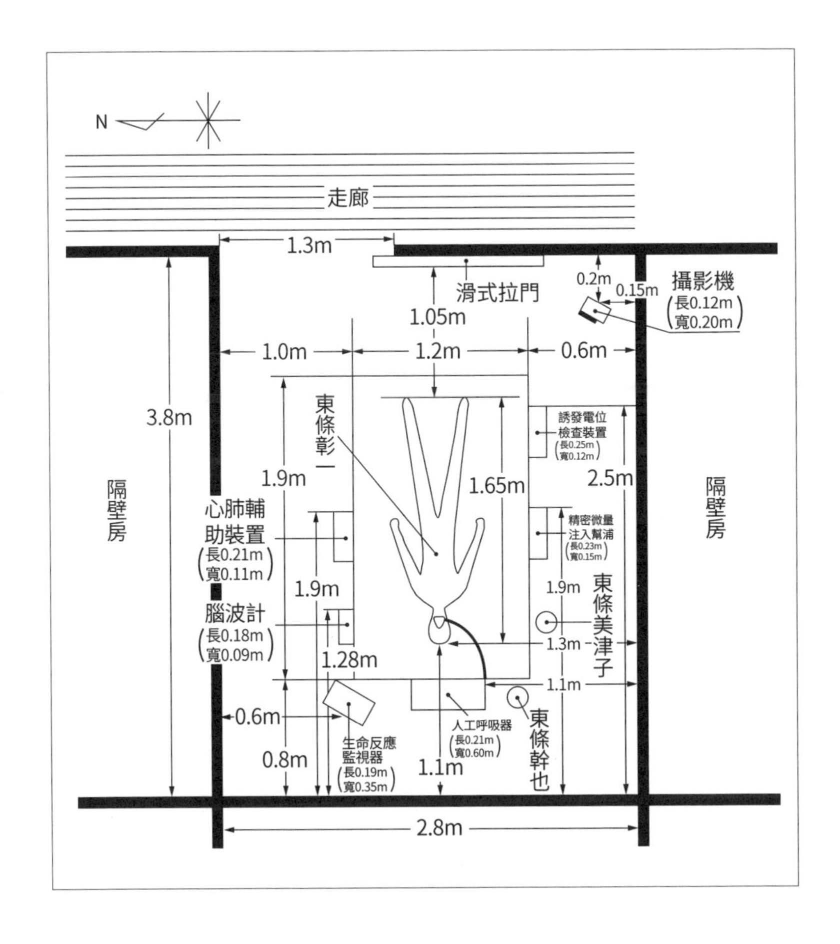

1 表格製作日期：平成二十二年五月四日
2 製作者：埼玉縣狹山警署司法警察員　柴田清隆

八　我不清楚正確的時間，但負責醫師跟護士們一察覺有異，馬上就趕來了。我跟幹也什麼忙也幫不上，只能退到病房角落，看著醫生們在曾經一度停止的人工呼吸器前匆忙來回走動。醫生問我「妳是不是按了電源開關？」我回答「沒有。」因為我驚覺自己做了不得了的事情，下意識說了謊。醫生忙著對彰一進行急救，沒再理會我們。後來我跟幹也走出加護病房，在門外靜靜等待急救結果。一會兒之後，醫生走了出來，跟我們說彰一過世了，時間為下午兩點十三分。

九　聽說彰一的死因是人工呼吸器停止運轉。院方立刻進行機器檢查，但沒有找到任何會讓機器突然停止的故障跡象。「人工呼吸器真的是自己停止的嗎？不是妳按了電源開關？」包含負責的醫師在內，好幾個人都曾這麼問過我。剛開始的時候，我一直強調自己絕對不會做那種事，但事發當時我原本在打瞌睡，腦袋並不清醒，我愈想愈對自己採取的行動沒有自信。我開始懷疑是我自己一開始將綠燈看成了紅燈。但有一點我可以保證，那就是我絕對不是為了從這樣的日子中解脫才故意關掉了電源。

十　針對人工呼吸器的故障原因，我正在接受警方問話時，負責的調查員突然拿出一份保單。正本還在家裡，調查員手裡的應該是保險公司留存的副本。老實說，我完全忘了這件事，直到看見保單，才想起來。大約在今年春天時，彰一突然說想要購買高額保險。當時製材所才剛購買自動化設備，原本不應該在這種節骨眼還買保險，但彰一說目前整個製材業不景氣，何況工廠繼承者幹也又行動不便，彰一擔心如果他有什麼三長兩短，我們母子將沒辦法還清債務。於是我請熟識的保險業務員塚本由香利來家裡，但我只是出面邀約而已，並不清楚保險內容，簽約是彰一自己的決定。理賠金三億圓的保險，每個月的保費當然高得嚇人，但我從來沒有過問，久而久之當然也就忘了。

十一　發生卡車意外的前幾天，我跟丈夫彰一確實吵了一架，但那只是稀鬆平常的夫妻口角，並不是什麼大不了的爭執。吵架的原因我也忘了，如果為了這點爭吵就要殺死丈夫，全天下的夫妻恐怕都要殺個你死我活了。

十二　人工呼吸器出現異常狀況的原因，假如不是機械故障，或許是我自己操作錯誤吧。但那是每天睡眠不足加上操勞過度造成的結果，並非帶有意圖。當時我真的很慌張，所以才會發生那樣的疏失，絕對不是故意要殺死丈夫，更不是覬覦保險理賠金。

東條美津子（簽名）指印

以上內容經本人確認無誤後簽名並蓋指印。

狹山警署
司法警察員
警部補　今吉直樹　蓋章

御子柴將視線自紙面抬起，陷入沉思。首先想到的第一個疑點，是供述內容或許受到訊問調查員刻意誤導。例如調查員先慫恿美津子承認因睡眠不足及疲勞而對醫療儀器進行了錯誤的操作，接著又在第三段刻意讓美津子提及家庭的經濟困境，間接暗示謀財害命的可能性。

然而更加棘手的是緊接在訊問筆錄之後的檢方第甲五號證物。這是在電源開關上採集到的美津子指紋。雖然只是直徑不到一公分的零碎指紋，但藉由比對特徵點種類及距離中心點座標，已足以斷定為美津子的指紋無誤。美津子不管是有意還是無心，總之曾經按下電源開關是不爭的事實。讀完第九段後再看這項證物，更讓人不禁懷疑美津子做了偽證。

依紀錄來看，在製作出這份筆錄前，美津子共在狹山警署待了六天。每天依照規定供應三餐，並且安排了休息時間，因此訊問過程稱不上是疲勞轟炸。若要質疑這份筆錄的正當性，唯一的方向就是負責訊問的今吉警部補是否曾以言詞誤導美津子的供詞。

接著御子柴又拿起了第二份訊問筆錄。

訊問筆錄

地址：埼玉縣春日部市增戶○—○—○

職業：醫生

姓名：都築雅彥

出生年月日：昭和四十九年三月六日（三十六歲）

前記證人於平成二十二年六月五日於狹山警署內，依自由意願做出以下供述。

一　我從平成十九年五月起，在狹山市立綜合醫療中心擔任外科醫生，過世的東條彰一先生是我的病患。五月二日當天，我上午九點上班，意外發生的下午兩點，我正在監控室休息。監控室就在護理站的旁邊，加護病房內的病患只要一有任何變化，醫生及護士都可以立即趕到。

二　下午兩點三分，東條先生出現了異常狀況。人工呼吸器的訊號突然停止，我立刻帶著兩名護士進入加護病房。但患者已無心跳，腦波也停止了。至於出現問題的人工呼吸器，當時已重新開始運轉。或許有些人不知道，這一類醫療儀器在發生緊急狀況時會自動切換為內部電源，以確保電力持續供應，所以除非關掉主開關，否則儀器不可能自己停止。當時我詢問站在病床旁邊的東條太太「是否曾關掉電源開關」她否認了。雖然我心中認為一定是有人關了開關，但當時我忙著對病患進行急救，因此沒有繼續追問。我們的急救最後還是以失敗收場，東條先生的腦波並沒有恢復。下午兩點十三分，我將病患臨終的訊息告知了家屬。東條先生的兒子臉上不易看出表情，至於東條太太，則不像是悲傷，反而像是正在害怕著什麼。

三　確認病患臨終後，我立即開始檢查人工呼吸器。所謂的人工呼吸器，簡單來說就是將氧氣送入肺中，並且吸出廢氣的機器。我查看了面板及機體各部位，發現吸器罩、呼氣罩、連結管線及電池等等都沒有異常，運作設定也沒有遭到變更的跡象。後來我又請醫療器材的製造商派人來檢查，還是沒有找出任何問題。我原本擔心這是院方的醫療過失，看了檢查報告後才鬆了一口氣。

四　加護病房裡設置了一台監視攝影機。當然，這是為了隨時掌握病患的外視狀況。意外發生後，為了保險起見，我調出了當時的影像（此影像紀錄已在最初提供給狹山警署）。攝影鏡頭面對著患者的正面，正前方就是人工呼吸器的面板。意外發生的下午兩點三分，攝影鏡頭拍到東條太太將手伸向電源開關。由於解析度的關係，無法看出指尖是否碰觸到開關，但開關確實就在手指的正前方。後來東條太太又按了數次開關，攝影鏡頭全都清楚拍到了。

五　以上為我向警察說明的事發當時狀況，經確認無誤。今後若有必要，我願意繼續提供協助。

都築雅彥（簽名）指印

以上內容經本人確認無誤後簽名並蓋指印。

狹山警署
司法警察員
巡查部長　岡本和基　蓋章

從這份筆錄看來，醫師認為病患突然死亡並非醫療過失，而是被告的蓄意行為，因而鬆了口氣。這幾年醫療糾紛愈來愈多，賠償金也屢創新高，據說日本醫師公會的醫師賠償責任保險已瀕臨破產邊緣。東條的醫師擔這個心，也是合情合理。

這份筆錄的後頭，是一張由科學搜查研究所提出的監視影像靜止畫面。重點部位經過放大並以數位技術提高解析度，可以清楚看出美津子的食指確實碰觸到了電源開關。這第二項證物，證明了美津子所言沒錯，她確實曾按下開關。如此看來，檢察官提出證物的手法實在相當高明。其後的第三份筆錄，更是給了被告最後一擊。

訊問筆錄

地址：埼玉縣狹山市入間川小出〇—〇—〇

職業：保險業務員

姓名：塚本由香利

出生年月日：昭和三十六年十月八日（四十八歲）

前記證人於平成二十二年六月六日於狹山警署內，依自由意願做出以下供述。

一　我自平成十三年四月進入健勝壽險公司擔任業務員，過世的東條彰一先生是我的客戶。今天我想談的是我與東條先生簽訂保險契約時的狀況。

二　東條先生與我住在同一個町裡，他原本就知道我的職業是保險業務員。當初剛開始從事這個工作時，我找不到客戶，大家也知道，這種時候只好找自己的兄弟姊妹或親朋好友幫忙。雖然常常得不到好臉色，還是得持續做這樣的事情。剛進公司時，不敢鼓起勇氣向陌生人推銷保險，因此大家都是先找親戚，接著找附近街坊鄰居，在我們的業界裡，這稱為親友市場。因為這個緣故，我剛當業務員沒多久，就曾拜訪過東條先生的家。但是第一次拜訪時，可說是吃足了苦頭。當時東條夫妻都是三十多歲年紀，他們一聽到我談保險，都罵我觸霉頭。業務員遇到這種事是家常便飯，因此我只能道個歉，摸摸鼻子告辭離開。但是東條太太卻在門口灑鹽，我受不了這種侮辱，忍不住掉了眼淚。

三　沒想到就在今年三月二十三日，東條太太突然打了通電話給我。由於太過突兀，我有些半信半疑，但我還是安排了隔天中午過後的時間，前往東條家拜訪。那天東條先生及太太都在家，我一問之下，原來他們擔心長子幹也先生的未來生計，因此想要盡早買份保險。這對我來說是求之不得的事情，我立即說明起重要告知事項。要保人是東條先生，但坐在後面的東條太太卻不斷催促我先說商品內容，我只好趕緊將重要告知事項草草說完。

四　東條先生購買的商品是「個人保障安心計畫A」，這並非理財型商品，而是沒辦法還本的保障型商品。保險期間為十年，過了之後會自動更新，直到滿八十歲為止。雖然保額相當高，但理賠項目只有身故及重度殘障。說得簡單點，這商品保障的不是財產而是生命。投保金額上限為三億圓，東條家似乎從一開始就打算購買這項商品，一點也沒有遲疑。保額高達三億圓，每個月的保險費當然也要十多萬，絕對不是小數目。但東條夫妻的意志相當堅定，絲毫沒有動搖。一般來說，夫妻購買這種商品，太太通常會遲遲無法下決心，但東條家卻剛好相反。我記得很清楚，當時東條太太坐在後頭，一副輕鬆自在的模樣。

五　東條先生在簽約時，東條太太一直在旁邊詳細指點，例如這裡「寫你的名字」、「這裡寫我跟幹也的名字」等等。一般簽約時，多半是男方掌握主導權，但以東條家的情況來看，在我還沒登門拜訪前，東條太太就已經把簽約細節查清楚了。我心裡有些不安，趕緊提醒一句「一年之內自殺是無法獲得理賠的。」沒想到卻遭來東條太太的白眼。

六　簽約短短十天後，我就聽到東條先生發生意外的消息。雖然我在簽約時心裡有些擔心害怕，但契約本身並無瑕疵，因此公司也準備好在調查結束後立即支付理賠金。這就是我所知道關於簽約過程的所有內容。

七　以上是我向警察說明簽約的狀況，經本人確認無誤。今後若有必要，我願意繼續提供協助。

塚本由香利（簽名）指印

以上內容經本人確認無誤後簽名並蓋指印。

狹山警署
司法警察員
巡查部長　前田剛利　蓋章

御子柴看完筆錄，心裡有些哭笑不得。沒想到這樣的內容，竟然也可以當成證據。筆錄裡從頭到尾都是塚本業務員的個人主觀看法及刻板印象，其目的只有一個，就是凸顯東條美津子的蛇蠍心腸。說得明白點，塚本似乎認為保險契約是在美津子的強迫之下才成立的。

若是以前，檢察官多半不會採用這種意圖如此明顯的筆錄當成證據，但對於不懂法律的裁判員，這樣的手段卻相當有效。不論再怎麼努力保持冷靜，畢竟比不上以判決是非為職業的法官，感情往往優先於理論。大部分裁判員見了檢察官安排下的這些證據，都會認定美津子有罪吧。裁判員制度的存在意義，在於讓市民觀感反映在判決結果上。但觀感畢竟只是觀感，不但不夠嚴謹，而且會因自己的立場及時間經過而左右搖擺。讓一群法律門外漢以這種模糊不清的度量標準來斷人之罪，是否是個妥當的決定？還沒有人能給予明確的答案，制度卻已付諸施行了。這種要求國民盡其義務卻缺乏憲法根據的急就章制度，讓嚴肅的司法審判淪落為三姑六婆的品頭論足。

御子柴最後拿起了東京高等法院的判決書。

平成二十三年三月二十七日宣布判決　當天領取正本　法院書記官　綱島博正

平成二十三年（Ne）第一五二八號上訴

（原審為埼玉地方法院川越分院　平成二十二年（Wa）第五八九一號）

口頭辯論終結日　平成二十三年三月六日

判決

埼玉縣狹山市入間川小出〇—〇—〇

上訴人　東條美津子

訴訟代理律師　桑江忠志

主文

一　駁回上訴。

理由

本案上訴宗旨依律師桑江忠志提出之上訴理由書之內容，相應答辯則依埼玉地方檢察廳檢察官額田順次製作之答辯書之內容，以下據原文引用。

理由書中指出，本案僅著重於犯罪行為本身的客觀事實，但若依原審提出的個別情由，實具有從寬量刑的餘地，原判決的量刑判斷顯然失當，可視為判刑過重的不當量刑。

本庭調閱紀錄，並加入審判當時事證調查之結果，進行審視檢討。

第一　上訴方主張原判決並未在正當評量的立場上對本案犯行實施罪刑合宜之判斷，且未斟酌考量個別情由，與過去判例相較之下，有過重之虞。

本庭經過評估（中略）關於比較過去判例之點，原法院應已參考上記二十五件判例，以及辯護人沒有提出且可能具有參考價值之近期判例，此可視為理所當然。原判決在量刑理由一項上，已提及近期之判例，對照此內容可知上訴方主張原判決並未參考過去判例的主張並不成立，原判決在量刑上的判斷方法並無不當之處。

第二　本案依原判決所示，被告人於狹山市內之醫院，將丈夫東條彰一（當時四十八歲，以下稱「被害人」）賴以維持生命的人工呼吸器刻意關閉，導致被害人死亡。此犯罪行為之動機，依據檢方之主張，並非見被害人過於痛苦而想助其安樂死，乃是覬覦被害人所投保保險的死亡理賠金。考量簽約乃是由被告人主導之證詞，加上理賠金額大得踰越常理，可知檢方之主張確有其理，且可視為具計畫性之犯罪行為。此外，每月支付之保險費用與被害人的收入相較之下，也明顯過高。（後略）

依據檢方提出之甲五號證據，電源開關上之指紋與被告人指紋特徵相符，可知被告人曾經按下電源開關。依照日常生活之基本常識，綠色為啟動，紅色為停止，辯護人指稱被告人當時因太過焦急而誤判裝置運轉狀況之論點實過於薄弱，因此偶發意外之主張亦不足採信。此外，被告人已曾受負責醫師告知裝置若停止將導致病患死亡，此點亦可證明被告人有殺人意圖，其主張不足採信。

第三　關於理應從寬量刑之個別事由，辯護人主張被害人經營之製材所業績不佳，兼欠下龐大債務，導致被告人心生不安，加上長男須要長期看護，基於以上情由，被告人應視為喪失精神辨識能力。

然就本案起訴前，檢方執行之精神鑑定，被告人並無心神喪失或心神耗弱之症狀，故喪失精神辨識能力之主張不足採信。（中略）況且即便背負經濟壓力及對未來的不安，但只要適當利用現行社會保障制度及看護制度，並非無法解決之困境。將處於重症狀態且無抵抗及意識表達能力之被害人剝奪生命之犯罪行為，更不應與此相提並論。此外，公審期間被告人顯然並無悔意。

第四　基於以上事證及評估結果，綜合犯行性質、動機、樣態、結果的重大性、社會影響、前科、犯後態度等等因素，並比較上記判決後之近期徒刑求刑案之量刑狀況，可知原判決對被告人判處無期徒刑並無量刑過重問題。

上訴理由不成立。
據此依刑訴法三九六條、一八一條三項本文，下達主文判決。

平成二十三年三月二十七日
東京高等法院第一部
審判長　大場秀人
法官　刈谷倫太郎
法官　野口哲子

讀完判決書後，最令御子柴印象深刻的是審判長的冷靜。一般而言不管是說故事或是單純羅列事實，或多或少都會摻雜作者的主觀想法。御子柴原本期待審判長是個重情過於重理之人，判決理由以推崇揚善懲惡思想為主軸。揚善懲惡確實是簡單易懂又廣為世人接納的判斷標準。在大部分的情況下，所謂的判決，就是在解讀「案情發展」後決定「收尾方式」。說得更明白點，就是找出合適的法律條文，與世人能夠接納的「收尾方式」拼湊在一起的作業。但是過猶不及，假如判決結果或理由明顯岔離了法理，在上訴時都會成為弱點。

但是這名審判長並沒有流於感情用事，而是以條理分明的論點來判斷是非。實際上他有什麼樣的想法，或是對犯行是否感到憤怒，不得而知。唯一可知的，他沒有愚笨到將這些自己的主觀想法反映在判決書上。換句話說，這份判決書本身完全找不到能夠見縫插針的缺失。

更麻煩的是，這個案子的事態發展相當不樂觀。

法界人士經常以「點」與「線」來形容案情。「點」指的是案件起點及發生事由，「線」指的是進入審判前的事態發展。有些「點」極差的案子，因「線」而重見曙光；也有一些「點」不差的案子，卻因「線」而陷入窘境。然而東條美津子這案子，不管是「點」或「線」都是其差無比。社會大眾原本以為東條美津子的行兇動機是為了讓丈夫安樂死，後來才發現原來是為了保險理賠金。一審以從寬量刑為訴求，後來發現難以如願，竟然翻供主張無罪，在世人眼裡更是顯得厚顏無恥。若考量社會輿論壓力的影響，這件案子可說是連一絲一毫的勝算也沒有。

御子柴在這時接下辯護工作，只能以四面楚歌來形容。

目前手頭上所有資料，全都是對東條美津子不利的證據。御子柴略一思索，以電腦製作了一張文書後，起身穿上外套。

「我去見委託人。」

御子柴駕著賓士車抵達了位於埼玉市浦和區高砂的埼玉看守所分所。

跟東京看守所相較之下，這裡的會客申請人數較少，因此御子柴很快便見到了委託人。

東條美津子的模樣，比上次削瘦了不少。這是御子柴第三次會見委託人，每一次見面，美津子總是比上一次更加頭髮乾癟、膚色黯沉。

美津子微微低頭鞠躬後才就坐。她的視線一直落在御子柴的胸口附近，極少抬頭與御子柴四目相對。

「妳瘦了不少，三餐進食是否正常？」

美津子輕輕頷首，但御子柴明白她一定是食不下嚥。

「我又與幹也見上了一面。」

美津子一聽到這名字，身體微微顫動。

「這次登門拜訪，是為了拿文件資料。他一個人把工作處理得很好，憑著一條左手靈活操控工廠內的機械，甚至還能泡茶給我喝。」

「他一直在勉強自己。」美津子低著頭說道，「父親死了，我又遇到這種事，他一定很擔心，卻拚命忍耐著……」

「雖然家中遭逢巨變，但忍耐對男孩子來說不是壞事，不管是不是身有殘疾，這都可以幫助他成長。我想，或許你們對他有點過度保護了。」

「……畢竟他的身體是那樣子……」

美津子的聲音微弱得幾乎聽不見。

從第一次見面，這名委託人就一直是這樣畏畏縮縮的態度，總是以哀憐的眼神仰望御子柴。這是否意味著她心中藏有某種祕密？還是她將周遭所有人都當成了敵人？她既沒有高聲主張自己的清白，也沒有埋怨自己的命運乖蹇。她從來不曾主動積極地為自己辯護，與保險業務員所形容的個性可說是有著天壤之別。

「但妳年紀比他大，總不可能照顧他一輩子，總有一天他得一個人過活。既然如此，不如早點訓練他獨立自主。」

「我不在了，那孩子什麼也做不了。」

御子柴看著一直低著頭的美津子，心裡不禁暗想，或許這就是所謂的母親吧。兒子就算已成為獨立的大人，在母親眼裡依然是個稚嫩的孩童。不過，或許這只是因為不想喪失身為母親的價值。御子柴雖如此揣測，但畢竟自己對母子之間的微妙感情並不熟悉，因此無法產生深刻的體會。自懂事以來，母親總是將自己當成人偶一樣養育。當自己做出偏離人偶的舉動後，母親突然變得對自己漠不關心。

「既然如此，妳應該想辦法早點離開這裡。這不止是為了妳，也是為了妳兒子。今天我來這裡，是為了重新釐清案情，請妳再一次仔細回想當時的情況。」

御子柴隔著透明壓克力板，在美津子面前攤開筆錄。

「這是妳對警察說的供詞，警察在抄錄完畢後應該會唸給妳聽過。我在這裡再唸一次，請妳仔細想想看，是否漏了什麼說過的話，或是多了什麼沒說過的話。」

美津子緩緩點頭，於是御子柴慢慢唸出了筆錄內容。

他一邊唸，一邊觀察美津子的反應。這名委託人的神情有些恍惚，只是低頭坐著，對筆錄內容沒有做出任何反應。御子柴不禁感覺自己好像在對人偶說話。

「……以上我唸的，全部都正確？」

美津子輕輕點頭。

「跟我當初說的差不多。」

「妳說不記得曾關閉電源，這也是事實？」

「對。」

「但電源開關上有妳的指紋，而且監控系統也發出了電源異常關閉的警報。」

「在我碰觸電源開關前，儀器就不正常了，當時面板上亮著紅燈。」

「這麼說來，紅燈開始閃爍，是在妳按下電源開關之前？」

「對。」

「但我閱讀了人工呼吸器的說明手冊，上頭寫著紅燈會在電源關閉五秒鐘後開始閃爍。妳真的不記得曾經按下開關了？」

「我自己是真的不記得了……就像我對警察說的，當時我或許是太累了，才會做出那種著了魔的舉動……」

「好，那麼請妳看這張紙。」

御子柴取出了剛剛離開辦公室前印出的一張紙。A4尺寸的紙面上，印著直徑約五公分的兩個圓，上方的圓為綠色，下方的圓為紅色。

「請指出紅色的圓。」

美津子一瞬間露出詫異之色，接著戰戰兢兢地指了下方的圓。

「……看來妳並不是色盲。」

「對，我的眼睛沒有問題。」

御子柴輕輕嘖了一聲。

有很多人不願承認自己是色盲，但以統計資料來看，男性約占百分之四．五，女性約占百分之〇．一。換句話說，平均一個班級裡面，就會有一個色盲。因為這個緣故，近年來學校教育多半避免以紅色粉筆在深綠色的黑板上書寫。但即使如此，假如小時候曾因色盲而遭受欺負，長大後往往不願承認。

假如東條美津子患有紅綠色盲，就可以主張誤觸電源開關是不可究責的過失。剛剛突然想到的可能性，就這麼落了空。

「話說回來，為什麼要投保高達三億的保險？高等法院的判決文裡也提過，那份保險的每月支付保費高達十萬以上。製材所經營不善，你們的生活應該不好過，何必還勉強購買這麼高額的保險？這點若不解釋清楚，難以消除懷疑。」

「那是我先生的決定。他明明身體健康，卻說假如自己有什麼萬一，不但製材所得關門，幹也也活不下去。」

「難道妳完全沒有意見？」

御子柴朝著壓克力板用力敲了兩、三次。美津子這才終於抬起了頭。

「妳聽著，購買高額保險本身並不是犯法的事，所以妳老實說沒有關係。妳不肯說實話，難道是因為信不過我？」

「這……我……」

「妳活了四十多歲，一定有些交情深厚的親友、恩師或推心置腹的知己，但我告訴妳，在那狹窄的法庭上，只有我能幫得了妳。若妳不信任我，這官司就打不下去了。」

「律師先生，是你不信任我。」美津子以毫無抑揚頓挫的聲音說道，「保險的事情，上次明明已經說過了……」

相信跟辯護是兩碼子事。御子柴心想，如果自己說出這句話，不知美津子會露出什麼樣的表情？

委託律師打官司的人，多半不會說出全部真相。並不見得是刻意隱瞞或扭曲事實，而是認定自己是受害者的想法太過強烈，因此不願說出對自己不利的環節。正因如此，律師接下案子後的第一件工作，就是透過面談揭穿委託人的謊言，誘使其說出全盤真相。接著律師必須將有利條件與不利條件放在天秤上衡量，並且推估審判的局勢，為委託人謀求最大利益。

此時御子柴腦中忽然浮現一個想法。

過去自己從不曾幫完全無辜的人進行辯護。委託人若不是有什麼難言之隱，就是良心遭膚淺的正義論調所蒙蔽。御子柴的工作，就是以理論及交涉技巧讓其罪行獲得客觀評斷。然而眼前這個女人或許真的是無辜的。她所招供的內容，以及對御子柴說出的每一句話，或許都是事實。

倘若真是如此，有必要重新審視這場官司的辯護方針。

「東條女士。」

美津子察覺御子柴的語氣有了變化，神情有些詫異。

「我就暫時相信妳吧。現在請妳再說一次妳先生購買保險的來龍去脈。不要只說大概，我要妳說清楚每個細節。」

御子柴花了將近一小時，才與美津子談完。原本御子柴就不抱太大期待，詳談之後的結果，跟筆錄的內容果然如出一轍。

但御子柴心中就是覺得不太對勁。

美津子的描述明明跟筆錄一模一樣，御子柴卻感覺心頭有顆說不上來的疙瘩。就好像喉嚨卡了一根小魚刺，若能吞下去就輕鬆多了，卻實在是做不到。

法庭之爭往往是差之毫釐、失之千里。御子柴一年到頭必須與老奸巨猾的檢察官及滿口謊言的委託人打交道，直覺早已磨練得異常犀利。但明知事有蹊蹺，卻看不出癥結所在。

御子柴抱著滿心無奈走向停在停車場內的賓士車，竟看見一個女人站在前方。「律師先生，你真是貴人多勞碌啊。」

「又是妳。」

御子柴看著安武里美，裝模作樣地嘖了一聲。

「你來這裡是為了會見東條女士，對吧？我看了電視新聞，才知道你接下了這個案子。」

御子柴不發一語，從安武里美身旁經過。安武里美毫不在意地從後頭跟了上來。

「聽說這是報酬很低的公設辯護案？真是菩薩心腸。但你瞞得了別人，可瞞不了我。你接下這案子，是為了榨取過世東條先生的保險金，對吧？你打算從那個叫幹也的可憐孩子身上挖多少錢？」

御子柴聽到這個名字，霍然停下腳步。

「妳跟他見過面了？」

「還沒有，只是站在遠處看了一眼而已。不過那孩子患有殘疾，要給他忠告，恐怕得當著他的面說才行。」

「委託人要我保護孩子不受騷擾。妳要是亂來，我就向法院提出申請，限制妳的行動自由。」

「哼，不愧是律師。但我告訴你，這世上有很多法律無法制裁的罪，以及不必經過法院宣判的懲罰。」

御子柴心想，這種事不必妳告訴我。

「安武女士。」御子柴轉頭說道，「妳兒子遭我從前的委託人欺負而自殺，這點我相當同情。但妳這麼不分青紅皂白地胡亂怨恨，一直活在陰影之中，妳認為兒子會開心嗎？」

「你還有臉說這種話！要……要不是因為你，我兒子也不會死得這麼沒價值！那個畜牲再過兩年就可以離開少年院，我們家的晃卻再也……」

「出了少年院，還是得一輩子活在懺悔之中，不見得比較好過。」

「再怎麼樣也比死了好上百倍！」

「既然活著這麼好，妳更應該珍惜接下來的人生，別再做無意義的報仇行為了。不過，如果妳非得找個人怨恨不可，就恨我吧。我願意當妳的對手。」

安武里美開始大吼大叫，御子柴不再理會，發動了賓士車。直到安武里美的身影完全從後照鏡上消失，怒罵聲依然不絕於耳。

4

從東京地方法院到推斷為行兇地點狹山市入間川附近，有沒有辦法能在一小時之內往返？渡瀨及古手川利用汽車導航系統，以抄捷徑的方式規劃出最短距離。

測量時間選在下午兩點，也就是御子柴剛結束第一場口頭辯論的時間。兩人開著車子從東京地方法院出發，時而奔上空蕩的高速公路，接著在住宅區內穿梭，以接近超速的速度奔馳。來回開了三趟，途中嘗試過變換路線，卻連單程也無法縮短在一小時之內。

「開車來不及，搭電車更加不可能。」

古手川開了數小時車，途中幾乎沒有休息，早已疲累不堪。

當初主張不能過於相信網路資料，應該實際測試看看的渡瀨，卻只是輕輕鬆鬆地坐在副駕駛座上看著汽車導航系統的畫面。

「有沒有什麼交通工具，能夠比汽車或電車更快來回這兩個地點之間……啊，會不會是搭直升機？」

「以物理條件而言，確實是辦得到，但假如搭直升機，霞之關及入間川附近一定會有人看見直升機起降，或是聽見巨大聲響。直升機的聲音，可是跟挖馬路的聲音差不多刺耳，然而我們並沒有接到這方面的證詞。」

「這麼說來，他根本不可能犯案。」

古手川憤憤不平地說道。渡瀨不置可否，彷彿沒有聽見。

「這裡距離東條製材所不遠，去瞧瞧吧。」

「又要見東條家的長男？」

「不，只是想賭賭看會不會遇到御子柴。事務所的助理說他最近經常外出，不知去了哪裡。」

古手川不禁心想，就算真的運氣好碰到御子柴，渡瀨打算說些什麼？然而古手川只是默默發動引擎，並沒有將這疑問說出口，因為他知道就算問了，渡瀨也不會老實回答。

坐在副駕駛座的渡瀨總是板著一張臉，雖然外貌兇惡粗魯，卻是個城府極深的謀略家。他擅長分析犯罪者的心理，有時甚至會設下陷阱等待獵物上鉤。搜查一課裡跟他交情好的同事，常取笑他是隻老狐狸。若他將腦筋運用在升官或權力鬥爭上，晉升管理官或署長絕非難事，但他本人卻對此顯得興致缺缺。如今他依然以半開半闔的雙眸凝視空中，將全部腦細胞運用在構思如何破解御子柴的不在場證明。

車子一進入位於入間川小出區的工廠地帶，二線道登時縮減為一線道，路幅也變得狹窄許多。

這裡是工業地區，常有大卡車或特殊車輛往來通行，原本車道應該比一般市區街道更寬才合理。但這一帶是都市計畫法實施前便存在的傳統工廠區域，裡頭小工廠櫛比鱗次，因此無法進行道路拓建。

路幅只有四公尺，每當八噸大卡車通行時，兩旁僅剩人或腳踏車勉強能過的窄縫。由於無法會車，因此每個十字路口皆設置了反光鏡，讓卡車駕駛在看到對向有來車時可以繞道行駛，以避免兩輛車子陷入進退兩難的窘境。

古手川駕駛的車子就像這樣避開數輛大卡車，終於抵達了有著高聳圍牆的東條製材所。車子進了圍牆內，兩人左右張望，卻看不到御子柴的賓士車。

「那傢伙沒來。」

「你真以為天底下有這麼好的事，一來就能遇上？」

渡瀨的言下之意，當然是要在這裡守上一陣子。古手川也不抱怨，乾脆整個人仰躺在椅背上。事實上剛剛古手川腦中靈光一閃，有了一些想法，此時正好可以靜下來好好釐清思緒。

古手川往渡瀨瞥了一眼，只見渡瀨什麼也沒做，只是以半開半闔的雙眼凝視著進進出出的卡車。既然他也無事可做，自己趁這機會想想事情應該不會挨罵。

過了半晌，一名年過半百的職員站在門口處目送載著木材的卡車離去後，似乎察覺兩人的車子，於是走了過來。古手川見了那個人的長相，記得他是工廠主任高城。

「你們不是上次的刑警嗎？今天有何貴幹？」

高城似乎是個天生不懂客套的直腸子人物，對著警察露出明顯的厭惡神情。

「我們不是來找你或幹也，是來……」

「律師先生從上次之後就沒來過了。」高城不等古手川說完，已搶著回答，「為了幫助這個家打贏那場愚蠢的官司，他正忙著東奔西走，可沒空陪你們瞎攪和。」

「看來你挺敬重他？」

「連我都知道公設辯護案是沒錢賺的工作。像他這種付出心力卻不求回報的人，能不敬重嗎？」

古手川不禁感慨，即使是向來被視為檢察官頭號敵人的律師，只要稍微當一下義工，馬上可以搖身一變成為庶民眼中的英雄。御子柴當初也親口說過，律師這工作靠的是信用與口碑。換句話說，公設辯護案雖然報酬微薄，卻是最佳的宣傳及漂白手段。

「你說對了，我們確實是很閒，不過你這工廠主任似乎也不太忙。」一旁的渡瀨忽說道，「每次有卡車進出，你總是會跑出來看熱鬧。」

「誰很閒了，別狗眼看人低。那不是看熱鬧，是確保安全進出。圍牆後頭是個死角，卡車駕駛看不到，我得幫忙確認是否有路人通過。」

「那真是辛苦你了。既然你是工廠主任，廠區內發生的所有意外，都是你的責任？」

「……從前這是社長的工作，我只負責確認卡車上的木材是否堆放妥當。」

「噢，原來如此。」渡瀨說。

古手川心想，渡瀨在調閱東條美津子案的紀錄時，應該早就將這些事情查得清清楚楚，此時明知故問，不愧是眾人口中的老狐狸。

「對了，當初那場意外就是卡車轉彎時綑綁木材的鋼纜斷裂，造成木材跌落。聽起來很倒楣，不過那真的是場意外嗎？」

「你到底想說什麼？」

「沒什麼，只是我有個壞習慣，每當遇上意外傷亡事故，就會先想想是不是有人暗中搞鬼。」

「絕對不會有人想加害社長。他真的……真的是個好人。」

「但我聽說他為了讓兒子能順利經營工廠，大量購買自動化設備，還開除了一半的員工。」

高城狠狠瞪了渡瀨一眼。

「難道你在懷疑我們這些員工？」

「我還有另一個壞習慣，那就是懷疑所有可能涉案的人物。」

「我在這裡工作了將近四十年，從不曾像現在這樣慶幸自己是個木材廠員工。至少我不用像你這樣一天到晚懷疑別人。」

高城氣沖沖地說完這句話後轉身離去。

「若沒有其他事，請你們快走吧。」

古手川心想，這個人果然耿直，就連背影也流露出一股怒意。

「班長，你想重新調查那起卡車意外？」

「根據報告書，狹山警署將那案子當成意外處理，並沒有詳細深入調查。或者應該說，在深入調查前，當事人就在醫院裡離奇死亡，因此轉移了狹山警署的調查重點。卡車的意外與醫院內的意外，這兩件事之間是否有所關聯，應該查個清楚。」

「對了，班長。我知道激怒對手是套出真心話的手段之一，但對那個工廠主任有必要使出這一招嗎？」

「他剛剛並非動怒，而是壓抑。」

「壓抑？」

「他拚命壓抑自己的情緒，以免說出不該說的話。換句話說，他心裡藏著沒有對我們說的祕密。」

「這意思是說，那個工廠主任其實暗中憎恨東條彰一？」

「那也不見得。有時懷抱祕密，是為了保護他人。像那種個性的男人更是如此……好了，我們回本部吧。」

渡瀨每次講到緊要關頭，就會顧左右而言他。古手川見渡瀨閉上眼睛不再說話，只好不再追問。此時不管再怎麼問，渡瀨也不會繼續說下去，這是古手川一年來學到的教訓。

但除了教訓之外，古手川還學會了應付對策，那就是以其他方式誘他開口。

「對了，班長，我心裡有個懷疑。加賀谷真的是在狹山遭到殺害嗎？」

「咦？」效果相當不錯，渡瀨已產生了興趣。

「上午十一點三十五分，市政大樓附近的防盜監視器拍到了加賀谷，但是從那之後，沒有人知道他去了哪裡。」

「……你想說什麼？」

「或許加賀谷遭殺害的地點不是狹山，而是其他地方……例如霞之關……」

渡瀨微微睜開雙眸。

「說下去。」

「上午十一點三十五分，加賀谷確實在這附近，但後來可能遭御子柴綁架，塞進了汽車後車廂裡。我到經銷商的賣場看過了，那傢伙開的是賓士 SL550 型，後車廂可以輕易塞下加賀谷的身體。他綁架了加賀谷後，立刻前往位於霞之關的東京地方法院，要趕上下午一點的第一場口頭辯論並不困難。」

古手川頓了一下，偷眼觀察渡瀨的臉色，卻看不出絲毫反應。

「加賀谷一直被關在後車廂裡，御子柴或許以某種方式讓他睡著或昏厥，因此沒有發出聲音。御子柴在下午兩點結束第一場辯論後，回到車上以事先準備好的改造電擊棒殺死加賀谷，接著若無其事地走到地下餐廳慢慢吃飯，三點準時出庭。沒有人知道他在短短一小時的午休時間竟殺害了一個人。」

利用休息時間殺人。只有完全不把人命當一回事的冷血殺人魔，才能做出這樣的事情，一般人絕對做不到。而御子柴小時候曾有殘殺幼童的變態殺人前科……

「接下來就更簡單了。御子柴在四點離開法院，載著屍體回到狹山，等入夜後將屍體扔進河裡。那天夜裡下起豪雨，因此沒有目擊證人。只要將屍體扔進滾滾河水中，棄屍工作就算結束了。」

渡瀨悶哼一聲，但並非平常的不耐煩態度，反而帶著三分刮目相看的意味。

「理論上沒有破綻，符合那傢伙所說的機會、方法及動機，但有個問題。」

「什麼問題？」

「為何要脫去死者的衣服？既然沒有毀掉五官跟指紋，顯然不是為了隱藏身分。」

「屍體浸泡在汙濁的河水裡，與流木之類的東西不斷碰撞，臉型一定會改變，不必特意毀掉。」

「但這還是無法解釋為何要脫去外衣。若是為了掩飾身分，只要取走錢包就行了，脫掉衣物一定是基於其他理由。」

古手川一時語塞，不知該如何回答。在古手川的推論中，唯獨這一點難以自圓其說。

「或許就像班長上次說的，衣褲上附著了某種足以成為證據的毛屑，例如後車廂裡鋪了某種特殊材質的墊子……」

這種臨時想出來的推測，畢竟有些牽強。渡瀨瞪了古手川一眼，說道：

「不管怎麼樣，要證明這一點，就必須將那傢伙的後車廂打開來檢查。若能驗出死者的毛髮或血液，當然是上上大吉，但憑我們目前手頭上的證據，不可能向法院申請搜索票。若是一般市民還好應付，那傢伙可是律師，要是法院在沒有確切證據下發出搜索票，打開後車廂看了卻沒有任何收穫，對方反咬一口，恐怕會害管理官丟飯碗。」

古手川心想，就算管理官丟飯碗，也不關自己的事。不過渡瀨這番話確實有道理，首先得有足夠的物證，才能說服法官發出搜索御子柴賓士車的搜索票。

「好好想清楚再說。」

渡瀨扔下這句話，再度閉上雙眼。

雖然渡瀨口氣粗魯，卻沒有全盤否定古手川的推論，只是要求補強不足之處。

渡瀨的撲克臉與粗暴言行從來不曾改變，但每解決一起案子，兩人的交談便增添三分深度。這就是所謂的信賴關係嗎？抑或這是渡瀨掌握人心的獨門技巧？古手川只知道一點，那就是這樣的關係確實有助提升身為刑警的能力。

好吧，你叫我想，我就想給你看。古手川一邊握著方向盤，一邊在心中追趕起御子柴的背影。

就在距離狹山警署僅剩數公里的時候，渡瀨胸前響起了來電鈴聲。

「喂，我是渡瀨……噢，找到了？……什麼？在川口？……也對，確實是那樣的年紀了。好吧，由誰出馬？……好，我知道了。」

渡瀨掛斷通話，說道：

「計畫變了。不回本部，到川口去吧。」

「川口市嗎？為何要到那種地方？」

「終於找到了解園部信一郎的證人了。那是個退休教官，二十六年前，在關東醫療少年院裡負責教育園部信一郎。為了找出這個人的下落，可費了我不少功夫。」

「退休教官？我以為你找的是他的家人。」

「園部信一郎的母親及妹妹直到現在依然不知去向。他在入院期間及入院後，都不曾與母親及妹妹有過聯繫。我想她們一定是對園部信一郎避之唯恐不及吧。既然如此，最了解園部信一郎的人物，應該就是少年院裡的負責教官了。」

「他們的關係類似父子？」

「園部信一郎進入少年院後，就失去了雙親，與教官產生父子般的親情，並不是什麼奇怪的事情。」

「失去了雙親？」

「不告而別的母親當然不用提，就連父親也在案子曝光後上吊自殺。聽說遺書裡寫滿了為兒子的犯行負起責任之類的字眼，真是太可笑了。」

古手川愣了一下，問道：

「為負起責任而自殺，有什麼可笑？」

「加害少年的家人引咎自殺，對受害者家屬及整個社會來說，當然是吐了一口怨氣。但是說穿了，自殺只是一種逃避行為。若父親沒有死，接下來就得承受來自被害者家屬及社會大眾的譴責，負起民事賠償責任，終日活在自責與自虐之中。更可怕的是，他必須重新面對誤入歧途的兒子，令其改過自新……既然是雙親將兒子養育成妖魔，當然得由雙親負起責任將兒子重新養育成正常人。園部信一郎的父親不願承擔這種種責任，因此選擇了逃避。與其一輩子背負這些沉重包袱，不如一死了之。這就是為何我說園部信一郎失去了雙親。」

古手川默不作聲。

以「放棄了孩子的雙親」這個角度來看，自己的雙親也沒什麼不同。如此說來，御子柴的成長環境其實跟自己頗為相似。同樣都是遭父母疏遠，因而將心中的暴力衝動向外宣洩。唯一不同的是御子柴成了律師，而自己成了警察。

古手川心裡忽然對御子柴有種莫名的親近感。

他將渡瀨告知的地址輸入汽車導航系統，開了一陣子，車子穿過川口市區，來到了郊外。高樓層建築愈來愈少，窗外一片田園景色。不久之後，導航系統發出「抵達目的地」的電子語音，車子來到了一棟桑樹田包圍的平房式建築前。

古手川瞥了一眼大門上高掛的門牌。

「伯樂園？」

「就是所謂的安老院。走，進去吧。」

這還是古手川第一次踏進安老院內。

建築物至少有著二十年歷史，白色外牆上長滿了青苔，窗戶玻璃也稱不上乾淨明亮。一走進院內，鼻中登時聞到一股類似枯草的味道，古手川豁然察覺，那是老人身上特有的氣味。建築物門口張貼著「請換拖鞋」的告示，兩人於是換上了拖鞋。門內牆上展示著入居者所創作的摺紙作品及水彩畫，不知為何帶給人一種淒涼感。

渡瀨在訪客登記處說明來意，身穿運動服的女接待生指著建築物外說了兩句話。

「她說我們要找的人正好在外面散步。」渡瀨轉頭對古手川說。

女接待生帶著兩人走進後院。院子相當寬闊，地上的草皮修得整整齊齊。

角落裡，一個坐在輪椅上的老人背對桑樹田，似乎正享受著和煦的日光。

老人年紀看來超過七十五歲，滿臉盡是皺紋及老人斑，早已看不出年輕時的相貌，但一對濃密而粗大的眉毛卻給人一種孤僻的印象。身材相當矮小，整個人縮在輪椅上，僅存的少許花白短髮在風中飄逸。

「你是稻見武雄先生？」

老人聽見渡瀨的呼喚，緩緩抬起了沉重的眼皮。

「我是埼玉縣警的渡瀨，剛剛打過電話。他是古手川。」

稻見的視線在兩人臉上輕輕滑過，再度闔上了眼皮。

「埼玉縣警找我這糟老頭有什麼事？」

沙啞的聲音自雙脣之間洩出，若不將耳朵貼上去，根本聽不清楚。

「我們正在查一件案子，想要了解一些往事。聽說你曾是關東醫療少年院的教官，看在同樣是與犯罪者打交道的情分上，希望你提供協助。請問你是否記得園部信一郎這名院生？」

老人的雙眉微微顫動。

「真懷念那些往事……不過我當教官的日子不算短，帶過的院生少說有上千人，怎麼可能記得其中一個？」

「就算帶過上千人，當年因『屍體郵差』這綽號而喧騰一時的園部信一郎，在你眼裡應該是最特別的一個。他踏進少年院的那天，少年院門口應該擠滿了電視台的攝影機跟記者吧？」

「攝影機進不了少年院。一換上制服，每個少年都沒什麼分別。」

「是嗎？但他當年所提交的報告裡，出現過不少次你的名字。」

渡瀨的拿手本領再度發威。有些時候，渡瀨會打一開始就亮出底牌；有些時候，渡瀨則會像這樣慢慢進逼，逐漸將對手趕入死胡同。即使是面對這樣的垂暮老者，渡瀨也沒有手下留情的意思。古手川守在一旁，完全插不上嘴。

「……確實是有幾個院生跟我特別親近。但你追究二十多年前的往事，有什麼意義？」

「呵呵，你說當教官的日子不算短，卻還記得那是二十多年前的事，真是了不起。」

稻見一聽，霎時瞪大了眼。

「大部分院生在出院後都改過自新，在社會上成家立業，找到了棲身之所，你何必破壞他們的平靜生活？」

「但無法適應社會，因而再度走上歧路的少年也不少。這一點，相信你比我更清楚。身為退休教官，我想比起那些改過向善的院生，還是更生失敗的院生更令你掛心吧？對工作盡心盡責的人，多半在意的不是成功經驗，而是失敗經驗。」

「哼。」

稻見故意將臉別向一邊，顯然是不想被看出感情變化。古手川明白稻見完全被渡瀨玩弄在手掌心，不禁對他有些同情。

「聽說你有個兒子，名字叫武士？」

「……少廢話。」

「他是你的獨生子，但離婚時被老婆帶走了，當時他才十四歲。你老婆的娘家在九州，你忙於少年院的工作，根本沒時間到九州看兒子。」

「少廢話！少廢話！」

「你失去了唯一的孩子，但少年院裡有不少年紀相仿的院生。對你來說，這些院生不僅是更生教育的對象，更是取代了親生兒子的心靈慰藉。」

「真是缺乏想像力，只能編出這種多愁善感的劇情。工作跟私生活是兩碼子事，我要是把每個院生都當成兒子看待，早就累死了。你連這麼簡單的道理也想不透？」

「你說的或許沒錯，但園部信一郎入院的日子，剛好是你失去獨生子的數個月後，而且當時你負責教育的院生中，只有他的年紀是十四歲。再怎麼缺乏想像力的人，也猜得出你跟他之間的特殊感情。」

渡瀨到底是何時查到這些細節？古手川先是嘖嘖稱奇，接著便恍然大悟。當自己在走路、吃飯或睡覺的時候，渡瀨從不曾停止搜集案件相關資訊。他就是這樣的男人。

「你倒是說說看，園部信一郎做了什麼？他現在應該是個堂堂正正的社會人士了。」

「他現在是個律師，但當上律師並不代表品格高尚。何況一旦擁有社會地位，就會想抹除所有知道自己過去的人物，這是人之常情。」

稻見一聽，轉過頭來說道：「難道他……又殺了人？不，絕對不可能。」

「關於他的殺人嫌疑，我不能告訴你詳情，但我可以告訴你，我們懷疑他的理由……那就是因為我們不了解他。」

「……你到底想說什麼？」

「我幹了將近三十年刑警，已能大致分辨出會犯罪的人跟不會犯罪的人，我相信你也擁有這樣的能力吧？這跟性格無關，跟成長環境無關，跟收入多寡或腦筋好壞更無關。若要勉強解釋的話……或許跟靈魂的形狀有關吧。」

「靈魂的形狀？沒想到你這樣的人竟會說出這種稚氣的話。」

「只要靈魂的形狀維持完整，不管置身在什麼樣的環境下，不管情緒多麼激動，還是能維持人性，不會變成禽獸。與上千個孩子有過心靈接觸的你，應該很清楚這一點。」

稻見以茫然的雙眸凝視渡瀨，不再避開視線。古手川知道，這意味著稻見的內心已受到撼動。

「你若想幫助他洗刷這可笑的嫌疑，就告訴我關於他的事情。全天下恐怕只有你才做得到。」

「……你到底……想要我說什麼？」

「你所知道的全部。」

稻見慢慢垂下頭，深深歎了口氣。接著開始說起二十六年前的那些往事。

第三章

贖罪資格

1

「園部信一郎，我們現在以殺害佐原綠的罪嫌逮捕你。」

數名刑警闖進房間時，信一郎心裡有種說不上來的奇妙感覺，就像是只存在於電視連續劇裡的情節，竟然在現實生活中上演了。一直到刑警在房間裡東翻西找，並且為自己戴上手銬，這種感覺還是沒有消失。走出家門前，眼角餘光瞥見了母親及妹妹，她們看自己的眼神與平常完全不同。

殺害佐原綠的事情被發現了。信一郎只感受到了結果，卻想不出為何自己的犯行會曝光。接受偵訊時，信一郎藉由旁敲側擊套出了內情。原來警察在犯案現場及屍體放置點找到了指紋及頭髮。當初犯案時明明非常小心，卻還是留下了線索。信一郎不禁大感佩服，警察的辦案能力真不是省油的燈。

偵訊過程相當平淡。少年偵訊室裡狹窄而空蕩，氣氛就跟警察電影裡出現的偵訊室一模一樣。但是負責訊問的刑警並沒有激動地踹飛椅子，只是像醫生問診一樣仔細詢問事情的來龍去脈，反而讓信一郎心裡產生某種失落感。椅子不但硬，而且椅腳長度不均，只要稍微一動就會左右搖晃，坐起來很不舒服。

殺害及搬運屍體都是信一郎親手做過的事，順序及感覺依然清晰留在心裡，彷彿是昨天才發生的事情。訊問的過程中，信一郎侃侃而談，沒有任何窒礙。但刑警的最後一個問題，卻讓信一郎愣住了。

「你為什麼殺害綠小妹妹？」

這是信一郎第一次答不出話來。並非想要隱瞞，而是自己也說不出個所以然來。

信一郎與佐原綠之間並無仇怨或嫌隙。一個五歲小女孩跟一個初中生，不可能有什麼足以產生深仇大恨的交集。

「為什麼挑上綠小妹妹？」

這又是個難以回答的問題。兩人住得很近，過去曾見過幾次面，但直到犯案當天之前，兩人幾乎不曾說過話。佐原綠並非長得特別可愛，或是令信一郎感到印象深刻。唯一的理由，只是她剛好在那一天、那個時間點，一個人在那裡遊玩。

對象是誰都無所謂。

只要能順利殺死，不管對象是小男孩或小女孩都一樣。

為什麼要殺人？

信一郎不明白刑警為何要問這個問題。既然殺了人，當然是因為想殺人。不想殺人卻殺了人，一點也不符合邏輯。就像貓捕捉、殺死老鼠，並不見得是為了填飽肚子。那只是一種本能。

同樣的道理，自己殺死佐原綠，也只是一種本能。沒有理由，也不需要理由。

但不管信一郎怎麼解釋，眼前的刑警卻是充耳不聞，反而皺起了眉頭，開始詢問起平常的親子關係、學校生活等瑣事。

信一郎實在想不通，刑警怎麼會把自己做的事情跟那些傢伙扯在一起。像那些傢伙，根本不可能對自己產生任何影響。

最後信一郎決定不再解釋，甚至懶得答腔。反正自己一定會被判死刑，說再多也沒用。自己輕而易舉地殺死了佐原綠，別人也可以輕而易舉地殺死自己。信一郎從不認為自己是個獨一無二的人。不管是佐原綠、自己、或是眼前的刑警，只要脖子上套根繩索，就會停止呼吸。人就是如此脆弱的生物。

但信一郎不再開口，偵訊過程卻沒有就此結束。那些刑警輪番上陣，變換各種不同的詢問方式，不斷追問信一郎，他只好不停與他們大眼瞪小眼。

早上七點起床後，就是與律師對談、接受偵訊，中間穿插用餐時間及短暫的運動時間，在晚上七點就寢。這樣的生活，足足過了一個星期。其中有兩天，警察將信一郎帶到事發現場，反覆詢問早已說過的細節，更是讓信一郎耗盡了耐性。

「請告訴我該怎麼說才對，我照著說就是了。」

信一郎出於一番好意，想要趕快結束這場毫無意義的偵訊，於是向刑警這麼提議。沒想到刑警只是大喝一聲「別開玩笑。」接著又問起了跟昨天一模一樣的問題。這樣的日子，不知還得忍受多久？信一郎開始感到焦慮，但同時也逐漸摸索出了模範答案。

「第一次看恐怖片時，我射精了。殺死小綠後，我躲在房間裡一邊回想當時的情況一邊自慰。」

這正是刑警們最想聽見的答案。在場的刑警們一聽，臉上都出現鬆了口氣的神情。

信一郎心想，真是愚蠢極了。說穿了，這些人只是需要一個理由而已。就算是再怎麼陳腔濫調的理由也沒關係。沒有理由的殺人行為，會令他們感到不安。但活著不需要理由，為何殺死卻需要？

兩天後，信一郎自警署移送到了少年鑑定所。

少年鑑定所的目的是對受法院判處觀護處分的少年進行資質鑑定，其鑑定結果報告書將成為決定處置的重要依據。信一郎聽到這一串說明時，錯愕到差點大叫。

資質鑑定？什麼資質？殺人的資質嗎？這種事情還須要鑑定？與其把時間浪費在這種無聊的事情上，不如趕快判死刑或關進監獄裡！

但信一郎的期盼最後還是落空。第一次開庭時，法官下令即日起將信一郎送進少年鑑定所進行精神鑑定，時間長達八週。這八週對信一郎來說簡直是活在痛苦深淵。兩名精神科醫師、兩名助理及兩名少年鑑定所的職員，共六人輪番上陣，對信一郎進行檢查及問話。

每天不是問診，就是進行腦波檢查或心理測驗。其中心理測驗的種類更是繁複，包含智力測驗、詞句建構測驗、態度測驗、繪畫測驗等等，簡直像是一種名為心理測驗的酷刑。

信一郎原本就知道自己缺少一般少年的感情及感受性，在問答過程中，信一郎被迫暴露自己的缺陷，彷彿遭受無言的虐待。

兩個月後的最終判決，法官下令將信一郎送進醫療少年院。

進入十一月後，風勢漸趨猛烈。

移送車好不容易才逃出了電視台攝影機的包圍網，信一郎一下車，愕然發現醫療少年院竟座落在一般住宅區內。

屋舍門窗縫隙發出的風聲，拖著長長的尾音，不斷地在耳畔呼嘯。信一郎突然產生一種錯覺，彷彿這凶暴的風來自於自己的內心深處。連兩名精神科醫生都認定自己有著空虛的心靈，颳起強風也是很合理的事。

進入宿舍內，確認了身分後，信一郎被要求換上一身深藍色的運動服。

「園部信一郎入院！」

站在門口的教官一邊大喊，一邊打開了眼前的鐵門。細細長長的走廊另一頭，一名身穿制服的男人正慢慢朝這裡走來。這男人頗為矮小，身高只比信一郎高一點，年紀約五十歲左右。

最大的特徵，是一對又濃又粗的一字眉，看起來極有威嚴。臉頰及眼角下垂，顯出蒼老之色，唯獨眉毛給人粗野、暴躁的印象。

「你就是園部？長得還挺可愛。我是負責教育的稻見。」

男人的聲音比想像中更粗、更沙啞。

「教育？」

「每一名院生會有一名負責醫療的教官及一名負責教育的教官。醫療的教官，你等等就會看見。喂，怎麼不打招呼？」

「啊……請、請多指教。」

「很好，我們得相處很長一段時間，所以我先跟你說清楚。既然犯了罪，就得贖罪。但是在贖罪之前，你得先經過徹底改頭換面才行。一個有所偏差的人，無法理解自己犯的罪有多重，當然也無法抱持贖罪的覺悟。所以你在這裡，必須像個嬰兒一樣從頭學起。說得肉麻點，我就如同是你的再生父母。」

「是。」

「在這裡，你就像剛出生的嬰兒。但你沒有哭鬧或耍脾氣的自由，對我的命令必須完全服從，明白了嗎？」

「是。」

信一郎嘴上應承，心裡卻暗自竊笑。

什麼再生父母。相處十四年的親生父母也在一日之間放棄了身為父母的職責，更何況是其他人。這傢伙多半不到三天就會舉手投降了。

「好，你的房間是四樓的六號房，立刻上去……等等，差點忘了，你得取個新名字。」

「新名字？」

「我剛剛說過，你在這裡是個嬰兒，當然連名字也得重新取。」

信一郎後來才知道，並非所有院生在入院後都會取新名字。許多引發社會關注的重大案件雖然兇手尚未成年，真實姓名卻遭到散布。信一郎的本名及照片，也已遭部分八卦雜誌刊登。這一類消息要是在院生之間傳開，將對感化教育造成不良影響。因此在這種情況下，院方會刻意掩蓋少年的真實姓名。

當然，此時信一郎並不清楚這些內情，只是對取新名字這件事感到雀躍。事實上信一郎原本就為自己的名字不抱好感。

「你想取什麼樣的名字都可以，有沒有什麼點子？」

信一郎心想，既然要取，當然要取帥氣一點的名字。驀然間，一個名字浮上心頭。

「御子柴禮司。」

「御子柴……禮司……嗯，好吧。」

幸好教官並未詢問由來。當初在鑑定所時，信一郎毫無選擇地看了一部由管理人員播放的特攝[8]英雄電視劇，「御子柴禮司」正是劇中男主角的名字。這名男主角原本是祕密組織的一員，做了不少壞事，後來因某些契機而燃起心中的正義感。這樣的劇情設定實在幼稚得可笑，但男主角的名字卻取得不錯，聽起來相當響亮。

「我們走吧。」

兩人並肩往前行。空氣瀰漫著汗臭味、鐵鏽味及老舊橡膠味。遠方傳來院生們的吆喝聲，腳下卻也傳來奇妙的摩擦聲。

唰！

唰！

御子柴低頭一看，原來是稻見的左腳不停在地上摩擦，似乎是不良於行。御子柴不禁感到詫異。這樣的人也能當教官？

房間只有三張榻榻米大，有一座小型衣櫥、一張桌子、一張鐵椅，後頭還有一張折疊床，

8 「特攝」指的是以特殊手法拍攝的電影或電視劇，題材多為科幻風格，包含武打要素，廣受日本孩童喜愛。例如《假面騎士》《超人力霸王》等等。

以及馬桶、洗臉台等盥洗設備。房內窄得無法走動，小小的空間裡塞進了最低限度的生活必需品。門口旁有個送餐用的孔，御子柴目睹這景象，心裡登時明白所謂的院生其實跟囚犯沒什麼不同。

此外還有一點，這也是御子柴後來才知道的事。原來這座少年院裡收容的少年分為兩種，一種是精神上有問題，另一種是身體上有問題。院方以樓層將這兩種少年區隔開來，如今御子柴所待的四樓便是精神問題少年的區域。

稻見說完了注意事項後，突然伸手一推，將御子柴推進房裡。

「立正！敬禮！」

御子柴急忙保持立正姿勢，但肩膀微微晃動。稻見露出若有深意的笑容說道，「看來須要重新鍛鍊的不止是精神面而已。」

稻見說完話，關上了房門。

但他並沒有上鎖。

御子柴等房外完全聽不見稻見的聲音後，朝著房門仔細端詳，心裡才恍然大悟。那是一扇滑式拉門，門板相當重，內側沒有把手，且設計成從內側無法開啟。稻見並非忘了上鎖，而是根本沒有上鎖的必要。

隔天早上七點鐘起床，點完名、吃完早飯後便進入勞動時間。不管御子柴心裡再怎麼不願意，還是得出現在其他院生面前。男性院生共有九十四人，大多數互相熟識，因此新入院的御子柴立刻吸引了眾人的目光。

但或許是院方對院生之間的交流亦有所限制，眾院生只是站在遠處觀望，並不朝御子柴走近。好一會之後，才有一名院生走過來搭話。這名院生的身高跟御子柴差不多，卻有著宛如馬鈴薯般的腦袋及宛如白蘿蔔般的兩條手臂。

「新來的？」

御子柴一愣，數秒後才察覺對方在跟自己說話。

「犯了什麼罪？」

對方突然問起了敏感問題。當初一入院時，御子柴就遭到警告，不准在院內談論這一類話題。御子柴默不回應，對方催促他，「怎麼不回答？」

「為什麼要回答？」

「這種地方很講究上下關係。你在裡頭的地位，取決於你在外頭幹了什麼。簡單來說，就是分出大哥跟小弟。」

對方一口關西腔調，聽在御子柴耳裡極不舒服。御子柴對於這種依罪行深重來決定地位的幼稚心態感到可笑，加上尚不具備圓融的處事技巧，因此見對方搭住自己的肩膀，便想也不想地撥開了對方的手。

「你這小子！」

對方語帶恫嚇，同時揪住了御子柴的領口。

「喂！你們兩個在幹什麼！」

教官聽見爭執聲，立即走了過來。

「原來是闖禍精跟新來的，兩個都給我進反省房！」

御子柴不清楚反省房是什麼，只是愣了一下，另一名院生卻是誇張地嘖了一聲。

御子柴旋即被送進了反省房。這裡比原本的房間還狹窄，除此之外並無任何異常之處。教官要御子柴在反省房裡靜心思過，反省期間不能運動也不能與其他院生有所交流。對御子柴而言，這反而是件好事。教官接著又告誡他，被罰進反省房的次數，會影響將來出院的時間。但這警告聽在御子柴耳裡，同樣不痛不癢。

兩天後，御子柴一出反省房，立刻遭到稻見狠狠責罵了一頓。

「混帳東西！入院第二天就進反省房，到底是在搞什麼鬼？你以為這裡還是學校嗎？」

稻見的憤怒程度，幾乎能以怒髮衝冠來形容。他惡狠狠地站在御子柴的面前，罵得滿臉通紅，只是礙於規定，沒有對御子柴拳打腳踢。御子柴無法理解這個教官與自己非親非故，何必為自己的事如此激動。就算是親生父母，也不曾如此生氣地責罵過自己。

緊接著，又發生了另一件令御子柴摸不著頭緒的事。聽完了稻見的訓誡，御子柴正要走回自己的房間，在路上偶然撞見上次那個操關西口音的院生。御子柴本來以為他又要找麻煩，沒想到對方只是尷尬地瞥了御子柴一眼，接著與御子柴並肩而行。

半晌後，對方驚訝問道：

「你住四樓六號房？」

「是又怎麼樣？」

「原來我們是鄰居。三天前我就感覺隔壁有人，果然沒錯。」

「鄰居？」

「我住五號房，叫嘘崎雷也，十六歲。口字旁的嘘，山字旁的崎，打雷的雷。你呢？」

「御子柴禮司，十四歲。」

「我比你大兩歲。你看我這塊頭，就知道我的年紀比你大，怎麼不對我客氣點？你那副口氣，簡直就像是要跟我吵架一樣，真不曉得是膽量太大還是腦筋太差。敢那麼跟我說話的人，你還是頭一個。」

言下之意似乎是對拖累御子柴進反省房感到抱歉。

「嗯……你姓嘘崎？」

「這只是苦窯裡用的假名，你的應該也一樣吧？既然可以自己取名，當然要取個最合適的。」

「噓崎雷也[9]是最合適的名字？」

「我是個天生的騙子。」

自稱騙子的騙子。這是相當有名的悖論命題，御子柴曾在書上看過。御子柴並不清楚雷也是否知道這句話的典故，只知道雷也在名字上玩著初中生程度的幼稚文字遊戲。

「雷也的發音就像英文的 liar，也是騙子的意思？」御子柴問。

「這麼快就發現這個祕密，你還是頭一個。看來你腦筋動得挺快，我很欣賞你這種人。」

雷也笑了起來，散發出一股親切感，令御子柴頗感意外。

「既然是鄰居，以後要相處的日子可還長得很。」

雷也揮揮手，走回自己的房間。

御子柴的胸口湧生一種奇妙的感覺。明明是聽起來極不習慣的方言，卻在心中產生了反響。御子柴不再像以往一樣敷衍了事，而是真正對雷也產生了興趣。

雷也應該是關西人，卻住進了關東醫療少年院，而且與御子柴一樣在四樓，可見得應該是經診斷為精神有缺陷。換句話說，他與御子柴是同類，內心會產生共鳴或許也是理所當然的事情。

同類。在外頭時，每次與他人接觸，總是被迫體認自己的特異性。但是在這裡頭，似乎沒有這樣的煩惱。

少年院處置規則中，有兩項令御子柴不禁搖頭苦笑，分別是「晉級」及「成績」。每一名院生都有不同的處置計畫，只要達成各階段的目標就可以晉級。最高等級的院生不僅可以留長髮，而且還可以自由外出，跟出院幾乎沒有兩樣。不僅如此，院方還特地依階級分發不同顏色的徽章。

真是可笑的做法。御子柴回想起讀初中時，學校會將期末考成績依分數排列，公布在走廊上。這兩者說穿了並沒有什麼不同，都是藉由刺激競爭心及自卑感，來培養發憤圖強的意志。換句話說，晉級跟考試在本質上是相同的。考試的訣竅是傻傻地將老師公布的範圍反覆背誦，在少年院晉級的訣竅則是遵守規則並對教官唯命是從。

但這樣的做法是否真能發揮感化功效，又是另一回事了。只要抱持陽奉陰違的心態，要裝出優等生的模樣並不是難事，但這並不能消滅棲息在內心深處的可怕猛獸。少年院高層及那些教官倘若認為這樣的制度能夠對犯罪少年發揮感化效果，那實在是太天真了。

9 「嘘崎雷也」的「嘘」在日文中為「謊言」的意思。

即使如此，絕大部分院生為了提早出院，都會在勞動時間努力工作，面對教官時更是像訓練有素的士兵一樣畢恭畢敬。

唯獨雷也是個特例。每次勞動時間，他總是混水摸魚。就算遭到教官責罵，也有如馬耳東風，一副愛理不理的樣子。而且一有機會，就會故意挑釁其他院生，阻撓大家的工作。

剛開始的時候，御子柴見勞動時間沒有人敢靠近雷也，誤以為所有院生都很怕他。後來才明白，原來大家不是怕他，而是不想無端受到牽累。每個月的一日及十六日，院內會舉辦晉級典禮，每個院生都要穿上別著徽章的制服。或許正因為雷也是個鬧事份子，他入院時間比御子柴早得多，卻跟御子柴一樣別著三級的徽章。

在短短的十四年人生之中，這是御子柴第一次遇到像雷也這樣的人物，心中的好奇不禁更加高漲了。

「我能問個問題嗎？如果不想回答就算了。」

「說吧。」

「你這種反抗方式，不是很沒有效率嗎？」

「效率？你連情緒反應也能計算效率？」

「我不是那意思，但一般人多少會考慮到自己的安全或利益。」

「你明明年紀比我小，想法卻這麼老成……好吧，御子柴，那我就告訴你什麼叫效率。不管我在勞動時間或平常多賣力爭取分數，都是沒用的。負責指導你的教官是稻見，對吧？」

「嗯。」

「你運氣真好。那個教官雖然嚴，但只要你表現得好，他絕對不會虧待你。至於我那個教官，可就差多了。那傢伙叫柿里，簡直把我當成了眼中釘。不管其他教官幫我加了多少分，最後都會被他扣回來。所以說，我再怎麼努力也沒用。」

御子柴聽了這番解釋，差點笑了出來。原來連這種地方，也跟學校如出一轍。每個級任導師心目中都有偏袒的學生及厭惡的學生，只是不會公開說出來而已。就算詢問本人，也會遭到駁斥，但不受青睞的學生卻可以敏感地察覺其中的微妙差異。

有人說，學校就是社會的縮影。反過來說，社會只是學校的延伸。不管是在哪個世界，幸災樂禍都是人之常情。御子柴決定站在旁觀者的立場，好好欣賞這齣鬧劇。

沒過多久，御子柴便幸運目睹了雷也與柿里之間的爭執。

少年院的體育課程相當嚴苛，總是要院生們從一樓跑到五樓，接著再跑回一樓，然後交互蹲跳一百次。整個上課的時間，就是不斷重複這樣的循環。雖然只是很單純的運動，卻會對特定肌肉造成極大負擔。院生裡剛好沒有體魄強健的人物，只要重複三次，絕大多數的院生都是氣喘如牛。

就在御子柴邁入第三週的時候，事情發生了。

「喂，你在彈琴嗎？」

不遠處傳來陰裡陰氣的怒吼聲。御子柴轉頭一看，一名教官正不停在雷也身上猛推。那教官有著一張瓜子臉及一對三白眼，與雷也的形容一模一樣，肯定是柿里教官沒錯。

「一天到晚想偷懶，就算騙得了別人，可騙不了我。」

看來柿里教官正在指責雷也交互蹲跳不夠努力，但在旁人眼裡，雷也並沒有刻意偷懶。御子柴環顧左右，發現其他院生只是露出「又開始了」的表情，顯然這樣的事情已經是家常便飯了。

「我沒有偷懶。」雷也說。

「還有力氣說話，就是沒有盡全力的最好證明。你的嘴巴愛說謊，身體卻是老實的。你看看，你的肌肉並不像其他人一樣緊繃，呼吸也不急促。」

肌肉緊繃及呼吸急促程度因人而異，用這種理由當作偷懶的證據實在是太武斷了。但雷也知道說再多也沒用，只是沉著臉瞪了柿里一眼，沒有說話。柿里一個人愈說愈氣，聲音逐漸變得激動。

「真是了不起啊，年紀輕輕就學會靠三寸不爛之舌在社會上打滾。但你說再多謊，也不能抵銷你犯下的罪。聽好了，你這個殺人犯，你在這裡不管是流汗還是流血，都是在贖罪。」

柿里一邊說，一邊拍打雷也的臉頰。

「你說，你心裡對受害者抱著歉意嗎？」

「……我覺得很抱歉。」

「這句話也是謊言，全寫在臉上了。」

旁人只要冷靜想一想，就可以知道柿里這番話毫無道理，但本人卻是說得相當認真。或許是高昂的情緒已經阻礙了理性思考吧。

「進來這裡的人，或多或少都說過謊，但你卻特別嚴重。你從一生下來就是個騙子，不，在母親肚子裡就是個騙子。反正你說出口的每一句話都是假的，以後不准你跟我說話。我只要一聽見你的聲音，心裡就有氣。我只想看見你的汗水，看見你努力在地上爬的模樣。這是你唯一能做的贖罪方式。」

柿里一說完，突然舉起右腳，將雷也踹得跪倒在地上。

「罰你再跑五趟！動作快！」

柿里指著雷也大喊，雷也對他連瞧也不瞧一眼，轉身奔向樓梯。御子柴相當清楚雷也不敢轉頭望向柿里的原因。一旦回頭讓柿里看見自己的臉，肯定又會被柿里以眼神帶殺意為由加重處罰。

這一幕讓御子柴產生一種陰鬱的快感。

過去從未見過這麼有趣的鬧劇。

這種對無法抵抗者謾罵、譏諷及挑釁的行為，名義上是感化教育，說穿了跟霸凌沒兩樣。但手段陰狠到這個地步，反而令人有種清爽感。弱肉強食的規則在這裡依然有效，對旁觀者而言這可說是發洩平日怨氣的最佳方式。

看來暫時不會感到無聊了，御子柴暗自竊笑。

目擊了霸凌的過程，接著就要裝出同情的樣子，傾聽當事人大吐苦水。這是偽善者的慣用伎倆。

園藝勞動時，御子柴趁教官不注意，在雷也的身旁坐下，說了一句「你可真慘。」雷也一聽，立即明白御子柴的意思，高傲地揮揮手，說道：

「看別人受罪，很有趣吧？」

「我不是那意思……」

「好了，不用裝了。你不像我這麼會說謊，我看你的神情就知道了。你不需要在我面前賣弄廉價的友情，何況若是我看見其他人被欺負，心裡同樣也會大呼痛快，大家是半斤八兩。」

「噢……」

「噢什麼？」

「雷也，沒想到你的想法這麼成熟。」

「你是傻子嗎？我比你大兩歲，難道不該比你成熟？」

「我不是那意思。」

「在這種地方待久了，想不成熟也不行。你也看到柿里那副嘴臉了，要是維持著幼稚的心態，怎麼跟那種人對抗？」

「話說回來，那實在有點過份，完全超越了感化的界線。」

「他對我做的事情，從一開始就不是感化，而是排遣平日累積的悶氣。」

「什麼意思？」

「對了，你是新來的，所以不清楚。我跟你說，柿里那傢伙對這裡所有院生，不，對全天下犯了罪的少年都抱著恨意。」

「但他好像特別愛找你麻煩。」

「他好像對其他教官說過，他就是看我不順眼，但這關我什麼事？真是莫名其妙。」

「你的負責教官是這種人，未來的日子恐怕也不會好過。」

「這點不用擔心。」

御子柴故意挑了雷也最不願談及的話題，沒想到雷也竟然回答得輕描淡寫。

「那傢伙馬上就會被革職了。」雷也接著說。

「喔？他幹了什麼事嗎？」

「不，是我向法務省寄了一封檢舉信，裡頭把關東醫療少年院裡各種虐待院生的情況都寫清楚了。」

御子柴聽了一會兒，心裡逐漸肯定檢舉信一事只是雷也隨口胡謅而已。院生對外通信有著嚴苛的限制，而且院方還訂下了各種規則，讓院生在出院後無法互相聯絡。在這種狀況下，就算寄出醜聞告發信，在送達法務省前就會被攔截下來。

「哎呀，看你的表情，就知道你不信。」

「我相信。」

「你別看我這副德性，我可是寫文章的高手。將來我打算當律師，寫些告發文或訴狀根本難不倒我。」

「你想當律師？」

「是啊，我犯了案子之後，學會了很多事情，其中最重要的，就是律師能賺大錢。你知道嗎？只要考上律師，就算不斷敗訴，甚至是犯了罪，也不會被取消律師資格。而且沒有法定退休年齡，就算年紀再大，還是可以繼續幹下去。當然，司法考試號稱全日本最難的考試，腦筋不好的人是絕對考不上的。但就算是像我這樣的人，還是有可能考上律師，你知道為什麼嗎？」

「為什麼……？」

「司法考試不包含人格這一項。如何，很有意思吧？明明是協助弱者的工作，卻完全不考慮人性。就算是像我們這種被社會大眾稱為魔頭或畜牲的人，只要考出好成績，就可以拿到律師徽章。日本這個國家真是太棒了。」

御子柴對律師一事完全不感興趣，卻對「魔頭」這個字眼感到好奇。

「雷也，你曾經被稱作魔頭？」

「……是啊。」

「我想問個問題，如果你不想回答，可以不用理會。」

「真體貼的問話方式。被你這麼一問，心裡有種不管什麼都可以說的感覺。」

「雷也，你到底是幹了什麼，才被抓進來？」

「你說我嗎？我啊……」

雷也抓住御子柴的頭，將自己的額頭湊上去，說道：

「我把全班同學都毒死了。」

依年齡來看，雷也若犯下了什麼大案子，應該也是這兩、三年的事情。倘若有未成年少年毒死全班同學，肯定會震驚全社會，就算自己對時事不感興趣，總不可能完全沒聽過。換句話說，這也是謊言。

御子柴的觀察對象從雷也自然而然地延伸到了柿里身上。原來柿里也是個相當有趣的人物。雷也曾說柿里憎恨全部院生，但他並非毫無差別地找每一個院生麻煩。他平日刻意捉弄的院生只有兩人，其中一個是雷也，另一個則是無論受到如何虐待都無法抱怨的人物。

這棟少年院所收容的少年分為兩種，一種是精神面有問題的少年，一種是肉體面有問題的少年。這兩種少年的活動樓層不同，感化教育的課程內容也大相逕庭。但除了無法跑步的少年之外，體育課會合併在一起上課。

夏本次郎也在這群人之中。

他的身高超過一百八十公分，在少年之中有如鶴立雞群，再加上身材肥胖，假如搭飛機的話搞不好會遭航空公司要求雙倍的票價。以體能來看，他的爆發力不足，但韌性十足，不適合球技運動，然而若比賽格鬥技，應該可以在院內獲得相當優秀的成績。

可惜次郎身患殘疾。他少了整條左臂，而且無法開口說話。御子柴不知道次郎的口疾是天生的還是後天造成，只知道他連最簡單的單字都說不出來。而且次郎雖然身材壯碩，性格卻相當膽小。每次教官喊他的名字，他就會嚇得全身顫動，接著露出擔心自己做錯了什麼事的惶恐眼神。那副模樣讓人聯想到一頭膽小的大象。

馴服並蹂躪比自己高大的人物，可以得到惡魔般的快感。而且這個對象永遠不會抗議或抱怨，簡直成了不會說話的沙包。柿里或許只是基於本能慾望，將這個沉默的壯漢當成了自己專用的玩具。

「喂，夏本！」

次郎正要第三次奔上樓梯，一聽到自己的名字，整個人像觸了電一樣。

發話的柿里臉上早已露出陰狠的笑意。

「你在喘什麼氣？依你的體格，爬爬樓梯跟交互蹲跳只像是暖身運動吧？看你拚命裝出疲累的樣子，連汗也流出來了，真是高明的演技。」

柿里這番話顯然只是藉故找碴。身材壯碩的人由於體重較重，與矮小的人相較之下條件其實更加不利。

「不讓你多做一點，對其他人太不公平了。喂，趴下去。」

次郎臉上露出恐懼之色。

「伏地挺身預備！」

其他院生全都驚愕得忘了呼吸。次郎臉上略帶羞赧，彎下了腰，以單手支撐地面。

「混帳！有人跪著做伏地挺身嗎？把膝蓋抬起來！」

以單手做伏地挺身的難處，並不僅是一隻手臂必須承受全身體重，而且由於只有一個支點，上下伸屈時極難保持平衡。何況夏本的體重幾乎是一般人的兩倍。

一次……兩次……次郎勉強以單手做伏地挺身，但爬樓梯及交互蹲跳早已耗盡他的體力，他再也使不出半點力氣，整個人趴倒在地上。

但柿里完全不給他喘息的機會。

「快起來！夏本，誰准你睡覺的？」

次郎勉強抬起脖子，接著伸直右臂，但柿里在沒有手臂的左側肩胛骨上用力一按，令次郎再度仆倒在地上。

「你在幹什麼？是這邊！不抬起這邊肩膀，怎麼爬起來？你連這麼簡單的道理也不知道嗎？還是到了這種時候，你依然抱著偷懶的打算？」

次郎拚命想要抗議，卻說不出一句話，喉嚨只能發出不清不楚的聲音。

「看你這表情，你不僅想找藉口，而且還想抱怨？你想質問我，為什麼對你特別嚴格，對吧？好，那我就告訴你。我特別花心思指導你，是因為你心中抱著自卑感。」

現場瀰漫著一股緊張的氣氛。其他院生全都站在一旁，連動也不敢動。

「健全的肉體才能培養健全的心靈，這句名言你應該聽過吧？從小鍛鍊身體，對心靈也有好處。每天關在房間裡浪費時間的幼稚小孩，心靈會出現缺陷，產生邪惡的念頭，最後變成像你這樣的犯罪者。」

御子柴回想念中學時，體育老師也曾滔滔不絕地大談類似的論調。就連十四歲的孩子，也知道這論調荒謬得可笑。

「像你這樣的人，更須要嚴格的鍛鍊。你愈是自卑，就愈需要花時間及精力來克服。」

柿里以腳尖抵住次郎的下巴，粗魯地將他的臉抬起。

「所以說，要感化你這種人，就得讓你做比別人更累兩、三倍的運動。」

「這有點不太對吧？」

旁邊突然傳來一陣冷靜的聲音。所有人轉頭一看，稻見不知何時已走了過來。

「柿里老師，照你這樣的理論，所有抱持自卑感的人都有可能犯罪？包括我在內嗎？」

「不，稻見老師，我不是那意思。你當然另當別論。」

「另當別論？這又是為什麼？夏本是左手有殘疾，我是左腳，若要說自卑感，不是都一樣嗎？」

「夏本是院生，你卻是站在感化立場的教官。」

「那又怎麼樣？這年頭站在指導立場的人做出不知廉恥的事情，已經不是什麼新聞了。」

柿里一時語塞，稻見故意誇張地拖著左腿走上前，將次郎扶起，說道：

「去吧，繼續爬樓梯。」

「稻見老師，夏本的指導教官是我，請你別自作主張。」

「你的做法明顯違反了感化局公布的指導原則，誰才是自作主張，恐怕有待商榷……喂，你們在看什麼熱鬧？還不快繼續跑！」

院生們慌慌忙忙地動了起來。

御子柴混在人群裡，朝兩名教官偷偷望了一眼。

見。

稻見望著重新開始運動的院生，一副什麼事也沒發生的模樣，柿里卻是一臉懊惱地瞪著稻見。

真是太有趣了。御子柴暗自竊笑。除了噓崎這個奇特人物之外，教官之間的對立也成了御子柴的觀察對象。當然，還得再加上一個夏本次郎。虐待者與受虐者、發洩情緒者與壓抑情緒者。對立軸越多，劇情就愈精彩可期。在單調的生活裡，這些都是排遣無聊的珍貴插曲。如果有機會的話，一定要設法煽動他們的對立，使其更加惡化才行。

御子柴一邊奔上樓梯，一邊強忍著自然湧現的笑意。

2

御子柴迎接了醫療少年院的第二個秋天。

房間的窗戶欄杆外只看得見對面大樓的牆壁，不管春夏秋冬，景色都不會改變。

但御子柴並不在意。不管季節如何變化，或是樹上是否開了花，對御子柴來說全都沒什麼不同。令御子柴無法忍受的是日常生活上的一成不變。入院之前對少年院這個陌生環境感到恐懼又害怕，但習慣之後才發現，這裡跟一般初中也沒什麼不同，只不過勞動實習取代了數學及理化等科目。若不看犯罪前科，其實院生跟一般少年沒什麼不同。至於那些教官，就像是穿上了制服的教師。

空洞的內心深處不斷颳著強風。刺耳的風聲令人難以承受。讓風停止的唯一辦法，就是獲得滿足。當初剛殺害佐原綠時，內心因興奮及成就感而極為充實，如今卻再度變得空虛。

柿里與雷也、稻見之間的爭執，雖然是心中的祕密娛樂，卻不足以填補空虛。御子柴有時會以言語慫恿雷也及次郎，但他們根本沒有動手毆打教官的勇氣。至於稻見與柿里，假如能發生流血衝突的話，或許多少還能填補御子柴的心靈空虛，可惜他們雖然感情不睦，事態卻不再惡化。

然而排遣空虛的要素，倒也不是完全沒有。

稻見就是個好例子。

稻見這個人，跟御子柴過去遇過的任何教師都不相同。負責御子柴的教官共有兩名，稻見管的是教育，另一名教官管的則是醫療。負責醫療的教官一天到晚探索御子柴的心理狀態，稻見卻從不曾干涉御子柴的內心世界。其他負責教育的教官總是會對院生不斷告誡其所犯罪行的嚴重性，但稻見甚至不曾確認過御子柴心中是否帶有悔意。

稻見不會強行突破御子柴的心防，卻也沒有表現出拒人於千里之外的態度。每次向他搭話，他都會露出隨和的眼神，問一句「有什麼事？」剛開始的時候，稻見的相貌給人一種嚴苛的印象，但看久了之後，反而覺得有一點可愛。

隨著互相理解，御子柴逐漸明白稻見的好惡。有一次，御子柴曾對稻見脫口說出「我很後悔殺了人」這種話。當然，這並非發自內心的懺悔，只是想在稻見面前表現出優等生的模樣。

原本御子柴以為稻見聽了這句話應該會有些高興，沒想到竟然弄巧成拙。稻見板起臉，瞪著御子柴說道：

「以後別在我面前說這種話。」

「咦？」

「這種笨拙的謊話只會惹人不愉快，不僅沒辦法加分，而且還會扣分。所以我勸你以後別再說了。」

「我並沒有說謊……」

「如果是像雷也那種早已養成說謊習慣的人，或許還不要緊。但你平常總是一副優等生的模樣，所以一說謊，更容易惹人生氣。」

稻見的口氣並非斥責，而是訓誡。

「不管是再傲慢的人，一旦做了壞事，第一句話多半都是道歉。例如『我很後悔』、『對受害者及家屬感到抱歉』或是『我打算花一輩子來彌補這個過錯』之類。老實說，這並沒有什麼不對。說出這些話時，本人或許是真心誠意也不一定。但是這些話一出口後，心情就會輕鬆很多，誤以為自己已經改過自新了。如此一來，馬上就會把贖罪的念頭拋到腦後。說話這種行為，就是具有如此顯著的效果。」

御子柴完全沒想到稻見會這麼說，一時不知該如何回應。

「大部分的人說謊，其實是說給自己聽的。不斷靠謊言來欺騙自己，下場就是喪失了更生的時機。所謂的贖罪，靠的不是言語，而是行動。你想表達懺悔之意，不應該用說的，應該用做的。」

從小，雙親總是教導御子柴一旦做了壞事就應該道歉，教師也常說應該把心裡認為正確的想法說出口。沒想到眼前這個男人竟然要御子柴別道歉，這是過去從未聽過的新概念。

「用做的……但我該做什麼？寫信給那個女孩的父母嗎？」

「所謂的贖罪，是補償自己所犯下的罪行，而不是後悔。就算你後悔幾百天，寫了幾百封道歉信，那小女孩也不會死而復活。寫信雖然稱不上什麼壞事，但那只是一種形式上的敷衍而已。」

「不然我該怎麼做？」

「既然殺了一個人，補償的方法當然就是拯救其他承受著苦難的人。」稻見淡淡地說，「你不認為這是最合理的方式嗎？」

御子柴被這麼一問，一時瞠目結舌，不知該說些什麼。過去腦中從來沒有浮現過這樣的想法。

除了稻見之外，還有另一個排遣空虛的要素，那就是雷也。

隨著交情愈來愈好，雷也變得對御子柴無所不談。若是其他院生遇上這種情況，肯定會覺得心煩，但雷也的話總是虛虛實實，令御子柴忍不住專心聆聽。御子柴將稻見對雷也的評價說了出來，雷也相當感興趣。

「喔？那老伯不愧是有看人的眼力。說謊已經是我的習慣，一點也沒錯。」

「他還說不斷欺騙自己會喪失更生的時機。」

「這句話只適用在像你這種刻意說謊的人身上。說謊對我來說就跟呼吸沒兩樣，根本沒這個問題。人家說要在社會上打滾就得學會說謊。在我看來，說實話高尚、說謊話低賤的想法，實在是太幼稚了。」

雷也老氣橫秋地說，「說謊也是一種生活情調，比起平凡又無趣的真實，還是加油添醋的謊言更有助益。」

「靠說謊在社會上打滾，指的是你上次說的律師工作嗎？」

「那當然，男人話一出口，可不能反悔。」

「你認為自己適合當律師？」

「為了委託人的利益，我可以說任何謊。打贏了官司，就可以拿到酬勞，這工作真是太適合我了。」

「但律師倒也不是一天到晚說謊吧？」

「這你就不懂了。在美國，律師跟說謊可是畫上等號的。律師的英文是lawyer，騙子的英文是liar，是不是很像？」

御子柴對律師並沒有好印象。遭逮捕後，御子柴曾與數名律師對談過，但這些律師雖然面對著御子柴，眼睛卻總是看著御子柴身後的某些事物，而非停留在他身上。

「就這點來說，次郎可就完全沒有讓稻見老伯批評的理由了。次郎連怨言也說不出口，更別提說謊了，對吧？」

雷也拍拍坐在身旁的次郎肩膀。次郎臉上露出了友善的笑容。他一直在旁邊聽著，因此知道雷也這麼說並沒有惡意。

自從與雷也混熟了之後，御子柴察覺一件事，那就是次郎跟雷也總是形影不離。不知是雷也特別中意次郎，還是次郎仰慕雷也，總之口齒伶俐的雷也與高頭大馬的次郎，可說是相當登對的組合。

兩人的房間明明相隔很遠，卻經常膩在一起。其他院生並沒有像這樣的情況。

「我們是互利共生關係，我負責出點子，他負責出勞力。」

次郎聽雷也這麼說，笑著比了個勝利手勢。

以互利共生這句話來形容兩人的關係，確實相當貼切。每當雷也與其他院生發生爭執時，次郎就在站在雷也背後，擺出恫嚇的姿勢。相反地，每當次郎遭到嘲笑或挑釁時，雷也就會以其犀利的話術將對方罵得體無完膚。

「你看著吧，將來我一定會成為全日本最壞且最有錢的律師。到時多半會樹立不少敵人，次郎就是我的保鑣。」

「我相信你一定做得到。」

這當然只是句客套話。司法考試的考生若聽到蹲少年院的少年犯要當律師，多半會嗤之以鼻吧。聽說考試相當難，只有極少數成績最優秀的人才能及格。何況這些話從雷也的口中說出來，虛假的成分當然更高了；然而一旁的次郎卻完全相信，聽得頻頻點頭。雖然滑稽，卻又充滿趣味。這兩人與柿里之間的紛爭雖稱不上深仇大恨，但再加上稻見，或許會產生某種化學反應。沒有必要焦急，反正有的是時間。只要耐著性子等下去，一定會愈來愈有趣的。

然而感興趣的對象雖多，空虛感畢竟難以撫平。每次感受到心中的空虛，御子柴便極度不安。要填補這個空虛感，就必須讓自己獲得滿足。但是院內不可能做出那些能讓自己滿足的行為。一來教官或其他院生不可能乖乖就範，二來在嚴密監視體制下也沒有下手的機會。但倘若放任這股空虛感不去理會，最後會變成什麼樣？自己是否會遭空虛完全吞噬，最後失去理性？

御子柴每天總是蜷曲著身子熬過夜晚，彷彿恐懼著某種看不見的敵人。

就在這個時期，御子柴遇上了那個女孩。

少年院將男院生與女院生分開管理，平常沒有接觸的機會。唯一的例外，是每年一度的合唱大會。唯獨在這場活動上，男女院生會齊聚在體育館。

平常男院生能接觸到的異性，只有少數幾名女性醫療教官，因此對他們來說，這是一年一度與同年齡層異性接觸的機會。擁有留頭髮及自由穿著權利的高階院生，都會在這一天費心打扮。就算是低階院生，也會細心地剃去鬍子，並將襯衫燙平。

「禮司，你幫我看看，鼻毛有沒有露出來？下巴的鬍子有沒有刮乾淨？」

雷也將臉湊過來，鼻尖幾乎要碰到御子柴的臉頰。御子柴隨口說道：

「沒有鼻毛，鬍子也刮得很乾淨。不過距離十公尺以上，根本看不到吧？」

「那可難說，搞不好有接近的機會。」

「是嗎？」

雖說是齊聚一堂，但男女院生的座位分別在左右兩側，光是中間的走道就有四公尺寬。而且合唱並非男女混合，更沒有跳舞時間，男女雙方根本不可能近距離接觸。

御子柴對同年齡層的異性絲毫不感興趣。雷也認為這點相當的「異常」，但御子柴並不在意，因為這少年院裡的院生本來就沒有一個是正常人。只不過是對異性沒興趣，根本不算什麼。

此外，御子柴對合唱大會也沒興趣。反正曲目一定是教官決定的，不可能有流行歌曲。歌詞多半都是在讚美根本不存在的希望或是些空泛的勵志論調，聽了也只是左耳進、右耳出。唯一值得慶幸的是只要坐在椅子上就好，不必做那些累死人的爬樓梯及交互蹲跳。

正如同御子柴的預期，演唱的曲目表上全是些勵志歌曲。而且唱歌的人都是些練習不足的門外漢，聲音可說是荒腔走板。聽這種歌聲，簡直可說是少年院特有的一種刑罰。不到第三首，御子柴已忍不住想要摀住耳朵。

還得煎熬將近一小時……御子柴想到這點，內心便充滿了無奈。就在這時，合唱隊伍下了台，接著有數人將一座原本放在角落的直立式鋼琴搬到中央。御子柴一看曲目表，上頭寫著接下來表演的是「鋼琴獨奏　貝多芬鋼琴奏鳴曲《熱情》」。說起貝多芬，御子柴過去只聽過最有名的《命運》交響曲。

御子柴沒想到少年院內竟然有人會彈鋼琴，心裡已有些驚訝，一看見彈奏者出現在台上，更是心中錯愕。

彈奏者緩步走了過來。那是一名身高可能不到一百四十公分的嬌小女孩。一頭短髮讓五官顯得更加稚嫩，看上去簡直像是小學生。這樣的女孩竟然會在少年院裡，到底是犯了什麼樣的重大刑案？

在御子柴的愕然注視下，少女在鋼琴前就坐。她完全無視台下的觀眾，臉上毫無笑容。哼，裝什麼清高。御子柴心裡剛這麼罵完，頓時被少女手指所釋放出的聲音緊緊吸引住。那並不是逼人不得不注意的尖銳聲音，而是宛如沿著地面爬行的沉重低音。但音質清晰宏亮，彷彿擁有實體，揪住了御子柴的雙腳。緊接著，是一陣不斷重複的陰鬱旋律。難以言喻的牽引力道，彷彿正在御子柴的身上緩緩收束。

御子柴感到震驚而徬徨。當然，御子柴對鋼琴聲並不陌生。從前讀國中時，音樂課上也聽過無數次現場的鋼琴演奏。正因如此，御子柴原本對鋼琴獨奏絲毫不感興趣。但如今，御子柴心中卻湧生了一股蘊含著期待的不安感。

陰沉的旋律持續了一會之後，出現了一些御子柴也曾聽過的旋律，喚醒了心中的音樂記憶。明明是個乳臭未乾的女孩，為何能彈出如此撼動人心的音樂？御子柴心裡正納悶時，女孩敲打琴鍵的速度登時增快了。

宛如萬馬奔騰般的短調旋律。緊張感彷彿擁有實體一般，在體育館內盤繞。短調旋律不斷重複著激烈的攀升與下墜，簡直像是由旋律組成的暴風。感情的光明面與黑暗面互相激盪，心靈的光與影宛如化成了鋼琴琴譜上的演奏強弱記號。

御子柴感受到了極大的震撼。透過旋律，御子柴看清楚了自己的內心世界。原來一個曾經殺害幼童的人，內心深處依然有著嗜虐衝動以外的感情。喜悅、憤怒、哀悼、安祥……這些原本沉睡的感情，全化成了五顏六色的光束，在御子柴的心中互相纏繞、盤旋。

少女彈奏的鋼琴聲雖是弱音，但每一音都清晰可辨，絲毫不拖泥帶水。旋律逐漸放慢，眼前卻彷彿可以看見音符的隊伍。旋律由弱（piano）轉為極弱（pianissimo），聲音變得若有似無；然而就在下一瞬間，相同旋律再度響起（御子柴回想起來，樂理上這稱為「主題」），並帶有更加強烈的熱情。

由御子柴所坐的位置，能看見女孩的手指。右手與左手彷彿成了完全獨立的生物，負責旋律的右手在停拍的時候，負責和音的左手依然毫不止歇地在琴鍵上滑動。

猛然間，琴音拔高。

旋律起伏盤繞。

主題宛如一波波海嘯不斷推來。

感傷、恐懼、脆弱與瘋狂時而交疊，時而分離，下一瞬間又重新交疊。

自從聽見第一道琴聲後，御子柴便因受到震懾而動彈不得。聲音彷彿化成了一片網子，彷彿撬開了深鎖的門扉，在裡頭粗暴地衝擊、碰撞。但奇妙的是，這非但沒有造成不舒服，反而帶來了一種令人陶醉的快感。

旋律的音量再度壓低。少女也稍微挺起腰桿，恢復了較輕鬆的姿勢。但根據前面的經驗，御子柴心裡明白這只是另一波高潮前的寧靜。滿心期待的御子柴忍不住嚥了嚥口水。

少女的左手與右手彷彿互相纏鬥，並且逐漸往上攀升。御子柴的心跳速度，也隨之增快。

更加強勁的鍵盤敲擊，象徵著戰爭的肇始。

早已深深烙印在耳中的主題，在這關鍵時刻開始大鳴大放。

隱藏於其背後的感情，在一瞬間泉湧而出。

御子柴努力提醒自己，將忍不住想要張開的雙脣緊緊閉上。一旦張開了口，進入耳內的旋律似乎會從嘴角洩出。

心跳聲愈來愈激烈。

視野愈來愈狹窄。

五感全都集中在聽覺上。
琴音驀然止歇，不再有半點聲響。
只留下最後一個音的餘韻依然在耳畔迴盪。
御子柴凝視著少女，心中早已呈現接近茫然的狀態。這少女的年紀顯然比自己輕，但她所彈出的音樂，卻遠比自己十六年來所知的一切更加豐富。
這名少女到底是誰？
然而少女並未察覺御子柴心中的迷惘，再度將手指移上了鍵盤。御子柴趕緊重新將注意力移回聽覺上。
第二樂章以柔和的旋律開始，氛圍與第一樂章完全不同。安祥的旋律，帶來了精神上的寧靜。右手與左手淡淡地編織出琴音。即使是對古典音樂所知不多的御子柴，也知道這曲子為長調。原本以為雀躍舞動的節奏會逐漸攀升，但結果卻出乎預期，一直維持著一定音量。
增加了華麗氛圍，有如絢爛耀眼的水波之光。
御子柴的腦中浮現一幅景象。
自己與某個人手牽著手，往前邁步。地點是哪裡？是公園，還是河堤邊？可以確定的一點，是附近必有流水。鼻中聞到水的氣味，耳中聽見潺潺水聲。
正當御子柴陷入冥想，曲子開始轉調。旋律快節奏地舞動。曲調在彈跳中流轉，宛如躍上水面的水黽。

那是一種不可思議的感覺。如此毫無徵兆的安祥心情，是入院以來從未有過的體驗。不，應該說這輩子從不曾有過。與朋友嬉戲時，與家人相處時，甚至是看著佐原綠的屍體時，心裡都沒有這樣的感覺。御子柴這才驚覺，原來自己的體內存在著名為祥和的感情。飄飄然宛如置身在母親的胎內，全身的力氣彷彿都散入了周圍空間。

旋律輕巧而流暢華麗，不斷往上攀升，更加變得耀眼奪目。緊接著，卻又落回低音，恢復了安祥平穩。

御子柴自然而然閉上了雙眼。雖然對少女的手指動作同樣抱持興趣，但此時已不想受景色、氣味、觸覺等任何感受所干擾，只想將全副精神投注在琴音上。

熟悉的變奏旋律持續了半晌，一弱一強的和音驟然響起，緊接著便進入了第三樂章。

御子柴驀然從冥想中驚醒。從一開始，便是強勁有力的琴音。那是一種挑動不安、令胸口糾結的音色。伴隨著琴音，身體內側彷彿有大量岩漿正不斷向外噴發。那是一種足以將所有接觸事物燒成焦炭的感情。充塞在胸中，溫度不斷攀升。

愛與恨、激昂與冷靜、解脫與束縛，各種矛盾的感情互相糾纏、盤繞。悲傷與憤怒化成了尖銳的長矛，刺入靈魂的最深處。

阻擋感情的堤防彷彿隨時會崩潰，御子柴不由得全身顫抖。然而身體不聽使喚，甚至沒辦法將耳朵塞住。不斷鑽入耳中的激烈琴音，以及隨時會自胸口噴發而出的情感，讓御子柴只能任憑擺弄。

旋律忽放慢了腳步，但那只是為了增加變化的短暫歇憩。少女的右手依然不停猛擊，左手依然不停愛撫。

樂曲進入後半，出現了新的旋律，速度也開始提升。

盲目的熱情宛如狂風一般排山倒海而來，撞飛沿路上碰觸的一切。

沒有人能夠使其停止。

加速……加速……加速……

驀然間，速度又放慢了，這反而讓御子柴更加緊張。這顯然只是最後一場狂風暴雨前的寧靜。

半晌之後，和緩的旋律猛然彈跳了三次。

節奏再度加速，牽引著御子柴的靈魂奔向終點。

少女整個人往前傾，手指的速度快得看不清楚。

御子柴感到呼吸困難。不知不覺，竟連呼吸也遭旋律束縛了。

夠了，別再彈了！

不！繼續彈下去！

兩種感受互相衝撞下，曲子醞釀出了最後的激情。那嬌小的身軀，為何能蘊藏如此驚人的能量？少女以駭人的氣勢敲打著琴鍵，彷彿要將鋼琴摧毀才甘心。

幾乎令人昏厥的亢奮感如波濤般湧來。

和音連打下，激情徹底噴發，樂曲終於結束。

御子柴回過神來，深深吐了一口氣。下一秒，才想起要拍手。讚賞或感歎之類的意識還沒浮上心頭，雙手已自然而然地動了起來。御子柴相信，下一瞬間全場一定會響起震耳欲聾的掌聲。

然而事實並不如御子柴的預期。全場並沒有瘋狂鼓譟，只有稱不上敷衍但也不算熱烈的掌聲。御子柴急忙左右張望，卻看不到一張亢奮的表情。院生們全都神色呆滯，就跟上一場聆聽門外漢合唱時並無不同，有些人甚至還偷偷打著呵欠。

不可能吧？這些人難道都沒有耳朵？

對御子柴來說，那是一場撼動魂魄的演奏。過去沉睡在心中，不，應該說是壓抑在心中的一切情感，都獲得了解放。

御子柴轉頭望向演奏者，以為她一定會因聽眾反應冷淡而露出不滿神情。沒想到那少女竟然彷彿什麼事也沒發生，態度就跟登台時毫無不同。她匆匆轉身下台，甚至沒有對台下行禮。但這種對聽眾視而不見的態度，看在御子柴眼裡反而多了三分灑脫之美。

除了音樂的表現力之外，這名少女的體內似乎還蘊藏著宛如鋼鐵般強韌的靈魂。不可思議的是，全場彷佛只有自己才看出了這一點。

難道她所演奏的音樂，在本質上與自己有某種程度的共通點？正因如此，所以產生了共鳴？

場上的掌聲早已止歇，唯獨御子柴依然拍個不停。

合唱大會結束後，御子柴立即向稻見詢問那名少女的事情。

「噢，你說那個鋼琴彈得不錯的女孩？」

以「彈得不錯」來形容，實在是太貶低她了。御子柴忍不住想要如此駁斥。

「她是去年進來的，負責的醫療教官御前崎認為音樂有助於感化教育，因此將鋼琴課排進了她的課表裡。她每天做的事情，就是不斷彈鋼琴。像這樣的課程安排，在我們院裡是第一次嚐試，因此吸引了不少目光。你怎麼突然問起她的事？」

「我有個請求，能不能再讓我聽一次她的鋼琴？」

「你想聽她彈琴？唔，你有這麼高尚的興趣是好事，但她住在女生宿舍，你想見她可不容易。如果你真的想聽鋼琴演奏，我可以替你準備唱片或錄音帶，如何？」

平常對任何事都不感興趣的御子柴竟會提出這樣的要求，令稻見有些驚訝。他特地以感化教育為名義，借來了錄放音機及收錄了鋼琴演奏的錄音帶。

或許古典音樂能令自己改頭換面……御子柴抱著這樣的期待按下播放鍵，結果卻是以失望收場。

從那小小的喇叭中傳出的音樂，在御子柴耳裡只是單純的聲音集合體。明明同樣是貝多芬的鋼琴奏鳴曲《熱情》，此時卻化成了一堆雜音。

果然還是得由那女孩演奏才行。御子柴不斷懇求稻見，然而稻見卻以不符院內規定為由，遲遲不敢答應。

好想再聽一次那女孩的演奏。

錄音帶無法取代她的演奏，換成了其他演奏者多半也是相同結果。

那女孩的音樂能夠改變自己。

御子柴不厭其煩地對稻見苦苦哀求。過去御子柴對任何事都是冷眼旁觀，或是擺出優等生的姿態，如今卻對一件事情如此執著，令稻見也感到相當錯愕。稻見與醫療教官商量後，又過了一陣子，終於成功安排讓御子柴每星期到體育館聽女孩演奏鋼琴一次。

「御前崎教官說，彈鋼琴時旁邊有聽眾，或許更能發揮感化效果。換句話說，這叫各取所需。」

稻見說得輕描淡寫，但御子柴明白這樣的做法違反了數條院內規定，肯定是稻見不斷向高層決策者懇求的結果。

「謝謝教官！」

御子柴發自內心，真誠地大聲道謝。稻見先是驚愕地瞪大了眼，接著羞赧地揮了揮手。

就這樣，御子柴獲得了每星期一次的幸福時間。形式上，每星期六的下午一點至兩點，院生可以犧牲看電視的時間，到體育館聆聽鋼琴演奏。由於占用的是看電視的時間，任何院生都可以自由前往，但其他院生頂多只去一、兩次而已，唯獨御子柴每星期從不缺席。

每次御子柴坐在特等席上，心裡總是有一半對其他人不懂欣賞的憤憤不平，以及一半彷彿演奏會專為自己舉辦的優越感。據稻見告知，少女是從去年才開始學琴，會彈的曲目還不多。在那一小時裡，她彈的總是貝多芬的《熱情》《悲愴》《月光》這三大奏鳴曲。許久之後，才加入了蕭邦的曲子。但對御子柴來說，這已完全足夠。不，應該說曲目極少，反而是件好事。

或許是第一印象太過強烈，少女彈奏的《熱情》總是會深深撼動御子柴的內心。聽的次數越多，不但沒有失去興趣，反而更增強了還想再聽一次的慾望。御子柴雖然沒吸過毒，但心裡暗自想像，或許吸毒就像這麼回事吧。其實少女並非鋼琴天才，聽久了之後，御子柴發現少女的演奏有時會出現節奏紊亂或彈錯鍵的狀況。或許在熟悉古典音樂的人聽來，這樣的演奏水準實在不足一哂，但這並沒有削減少女的鋼琴聲在御子柴心中的魅力。御子柴深深覺得，自己與少女之間彷彿有股無形的磁力，將兩人拉攏在一起。

某一天，負責監視少女的女性教官因臨時有事而暫離，御子柴於是鼓起勇氣向少女攀談。

「抱……抱歉……」

「咦？」

少女正要開始彈奏第二首曲子，突然被御子柴打斷，臉色有些不悅。

「對不起，我只想表達謝意，謝謝妳經常讓我聽見美好的音樂。」

「……不客氣。」

少女臉上不假辭色，彷彿訴說著「我並非為你而彈」。

「我叫御子柴禮司，妳呢？」

「島津小百合。」

「本名嗎？」

「不，是進來才取的名字，不過我很喜歡，出去後還是會繼續用。」

「聽說妳是去年才開始學琴？真是太厲害了。」

「謝……謝謝……」

御子柴一稱讚，小百合微微低下了頭。看來她並不習慣受到稱讚，這一點也令御子柴感到意外。

「聽說妳一整天都在彈琴？」

「嗯，御前崎教官說這對我最有幫助。」

「感化教育的一環？」

因教官的指示才彈琴，這聽起來頗有諷刺意味，但小百合似乎並不在意，點頭說道：

「我自己也這麼覺得。只要繼續彈下去，似乎就能發生什麼好事。」

「發生好事？」

「我曾經做了很不好的事情。」

御子柴心想，若不是做了壞事，也不會被關進少年院並被迫改名。

「我現在知道那不是正常人應該做的事，我不想再這麼下去。假如我能彈出令大家都感動的音樂，或許就會改變吧。」

「改變？改變什麼？」

「我也說不上來……或許是我現在的一切，以及我的將來吧。」

小百合說得語無倫次，但御子柴能理解她想表達的意思。但御子柴聽了這句話，反而心生捉弄的念頭，於是說道：

「這麼簡單就能改變一個人？」

「教官說，有些人會改，有些人不會改。」

「喔？到底差別在哪裡？」

「教官說，只要擁有足以殺死過去的自己的堅強，就能夠改變。其實我也不太懂。」殺死過去的自己？御子柴正要詢問這句話的意涵，卻遭到了阻撓。

「你們兩個不准再說話！這一個小時只能彈奏跟欣賞鋼琴，這是規定！」

教官一面擊掌一面走到兩人之間。兩人的對話到此結束，鋼琴演奏重新開始。

御子柴一如過去沉醉在琴音旋律中。

然而小百合最後那句話，卻在御子柴的耳內盤旋不去。

區區一曲鋼琴演奏，真的能改變一個人嗎？

御子柴找不到任何認同或反對的證據。站在客觀角度來看，這樣的想法實在是太虛幻且不著邊際。

但若說這首樂曲帶來了契機，喚醒沉睡在心中的感情，這聽起來就合理得多。御子柴決定姑且一信。

以現實面來看，御子柴在接觸小百合的鋼琴音樂後，心境確實產生了變化。原本磨耗殆盡的諸般感情，逐漸重獲生機。

舉例來說，御子柴在看到柿里欺負雷也或次郎時，內心開始會感到憤怒。原本抱持旁觀心態的御子柴，心中沒有任何同情或共鳴，如今卻完全變了樣，胸口竟有一股難以言喻的怒火。

除此之外，與雷也交談時，御子柴開始在意這個人心中到底隱瞞了什麼樣的事實；與次郎相處時，也變得將全部心神集中在理解那無法言語的雙脣到底想要表達什麼。

此外，御子柴的心情變得容易受生活上的瑣事所影響。例如在園藝勞動上接觸各種時令花卉，御子柴開始會在意花瓣的顏色、觸感及香氣。那種感覺就像是取下了一塊原本覆蓋著五官的厚紗，一切都變得清晰明亮。對御子柴而言，彷彿是從睡夢中清醒了過來。原來這個世界充塞著如此豐盈的色彩、香氣及聲音，比鮮血更加艷麗動人，比屍臭更加芳香撲鼻，亦比臨死前的慘叫聲更加悅耳動聽。

原本佔據內心世界的空虛感，如今已被這些自外界流入的清新事物填滿。

自那天起，御子柴與小百合不再有機會交談，但每星期一次的鋼琴演奏會，御子柴從不曾缺席。小百合同樣態度冷漠，但隨著演奏次數增加，其指下所彈奏出的音樂變得愈趨縝密且更具說服力。御子柴甚至感覺，演奏者與聆聽者的意識已合而為一。

從這個時期開始，御子柴每天都活在自責之中。

為什麼要輕易奪走他人的性命？

何況對方還是個如此年幼不經世事的小女孩。佐原綠在遭到殺害之前，一直以為御子柴是個溫柔體貼的大哥哥。如果她還活著，接下來的人生不知還能體驗多少快樂及美好的事物。

奪走他人生命的快感，以及將刀子插入肉體時的美妙觸感，如今都已失去了魅力。為何自己當初會如此沉迷於那種野生動物的本能慾望之中？自己的眼睛、耳朵、鼻子及指尖，不是應該用來體驗更有價值的事物嗎？

直到如今，御子柴才恐懼起自己犯下的罪行有多麼重大。

自己鑄下了無法挽回的大錯。

自己奪走了一名少女原本應該感受到的喜悅、溫柔、悲哀、同情、感傷與疼惜之情。

小綠再也沒有辦法吃下任何東西，自己卻是過著三餐溫飽的日子。

小綠再也沒辦法擁有任何感受，自己卻是每天活在數不盡的感受之中。

最重要的是，小綠再也沒辦法聆聽音樂，沒辦法體會貝多芬的激情、蕭邦的華麗及莫札特的流暢曼妙。

御子柴晚上做夢，開始會夢見小綠。

在夢裡，小綠不斷逼問御子柴。

為什麼下那種毒手？為什麼是我？

御子柴無言以對，只好轉身奔逃。但不管逃得多遠，小綠總是緊跟在後。那是一個沒有出口的世界。御子柴被逼進死巷，想要轉身求饒，卻一句話也說不出口。

身體動彈不得，無法移開視線。小綠那對翻著白眼的雙眸，就在自己的眼前。

御子柴在三更半夜嚇醒，緊握棉被的掌心早已汗水涔涔，喉嚨宛如沙漠般乾涸，心臟跳動速度快得彷彿隨時會炸裂。不敢繼續入眠，只好苦苦等待，直到晨曦射入窗內。相同的下場，每天都在上演。

就在這個時期，發生了那起事件。

3

事情的肇因，或許能以「窮鼠齧貓」來形容。

那是年關將近的時期，某一天的體育時間，雷也站在樓梯平台上喘著氣，柿里一如往常找起了麻煩。

「哎喲，又在假裝跑不動了，但你的演技可沒有你所說的那麼高明。天氣這麼冷還流汗，證明你的體溫調節能力相當正常；呼吸這麼急促，證明你的心臟相當強韌。」

柿里不斷拍打雷也的腦袋，嘴裡說著毫無道理可言的挑釁言詞。

「這不是……演技……」

「嘴巴愛說謊，身體卻是老實的。你說的每一個字，我都不會相信。跟你說話可真累啊，我想你媽媽應該也會這麼抱怨吧？」

雷也聽到「媽媽」這個字眼時，身體有了微妙的反應，柿里卻似乎沒有察覺。

「一天到晚說謊，做什麼都偷懶，被罵時就假裝順從，卻露出惡毒的眼神。我想你從以前就是這樣吧？真同情你媽媽。」

「我對媽媽從不說謊。」

「你不是沒說謊，而是你媽媽沒有戳破你的謊言，所以你沒有說謊的自覺。我猜你媽媽根本不在乎你說的是真話還是假話吧。」

「沒那回事。」

「不，絕對是這樣沒錯。你媽媽知道你最愛信口雌黃，所以隨便敷衍你。你這麼愛說謊，你媽媽應該也一樣吧。」

下一瞬間，雷也突然朝柿里撲了過去。

御子柴根本來不及阻止。

柿里措手不及，整個人摔在地上，雷也立即騎了上去。

「收回你這句話！」

雷也扼住柿里的脖子。

「立刻收回你這句話！」

雷也將上半身往前傾，全身體重都集中在兩條手腕上，柿里的臉轉眼已變得通紅。

一旁的御子柴再也沒辦法當個看好戲的旁觀者。內心喊著別干涉別人的閒事，身體卻已朝雷也奔了過去。御子柴以雙臂扣住雷也的兩側腋下，整個人帶著雷也往側邊翻倒。雷也雖將全身體重施加在雙手手腕上，但受到另一股與自己體重相當的力量往不同方向一推，根本無力抵抗。

「放開我！」

雷也用力掙扎，御子柴使盡力氣壓住了，以其他人聽不見的聲音說道：

「掐死那種人，只是弄髒手而已。」

「你別管我！」

「而且你那種方法是掐不死的。得以拇指扣住喉結，並且以中指按緊頸動脈。」

霎時間，雷也愣了一下，不再抵抗。

柿里終於站了起來，捧著喉嚨不斷咳嗽，一對眼睛直瞪著雷也，彷彿要噴出火焰。

如果繼續按住雷也，一定會害他遭柿里暴力相向而無法反擊。但倘若放開，剛剛那一幕可能會再次上演。

到底該怎麼辦才好呢？御子柴正拿不定主意時，突然聽見了解危的聲音。

「你們在幹什麼！」

稻見自背後奔了過來。

那難聽又沙啞的嗓音，此時卻為御子柴帶來了無比的安心感。

「柿里教官！這到底是怎麼回事？」

「那……那傢伙突然攻擊我……」

「突然攻擊你？這可有點古怪。他正在進行登梯訓練，怎麼會沒來由地攻擊你？是不是發生了爭吵？」

「呃……這個……」

「你還好吧？恢復冷靜了？」

「是的。」御子柴摀住雷也的嘴，代替他回答。

「那就好。總之暴力行為在院裡是大忌，等等我會向雙方詢問事發經過，寫一份報告交上去。喂，你們在看什麼熱鬧？還不快繼續跑！」

柿里聽稻見這麼說，雙眸閃過一抹不安之色。剛剛確實是雷也先出手攻擊，但柿里挑釁在先，身為教官恐怕難辭其咎。

柿里似乎不肯善罷甘休，稻見推著他離開現場，臨走前與御子柴四目相交。

稻見的眼神似乎在訴說著「我這麼做可不是為了幫你。」在院內動手施暴是相當嚴重的事情，一來違反了少年院輔導少年重新做人的本意，二來也擾亂了團體秩序。高層立即下達懲處命令，將雷也無限期關進反省房，至於罪魁禍首柿里，則因辯稱遭攻擊時沒有抵抗，只受到輕微的處罰。

院生雖然年紀小，畢竟立場跟囚犯沒兩樣，高層特意偏袒教官也是無可厚非的事情。然而這件事卻讓御子柴心中燃起了一股難以宣洩的不甘之火。次郎沒辦法與雷也見面，同樣顯得相當沮喪。這個高頭大馬的壯漢是個藏不住心事的直腸子，雖然無法開口說話，但內心的情緒完全顯露在眼神及舉止上。

「你擔心雷也？」御子柴一問，次郎頻頻點頭。

「放心吧，他沒事的。不必上體育課及勞動，搞不好他心裡樂得很。」

御子柴如此安慰，次郎卻似乎無法接受，只是不斷搖頭。

「平常柿里不管說什麼，雷也都可以當作沒聽見，這次會鬧出事情，恐怕是因為柿里提到了他媽媽。」

「嗚嗚……」次郎的喉嚨發出同意的低吼。

御子柴經常與雷也混在一起，自然多了不少與次郎相處的機會。剛開始的時候，御子柴感覺跟次郎溝通相當困難，但久而久之，已能輕易揣測次郎想表達的大致意思。一來是因為次郎表達感情的方式相當單純明快，二來是因為御子柴在解讀次郎心意這件事上付出相當多的心思。何況只要有紙筆，就能進行簡單的筆談。

習慣了之後，御子柴發現與次郎交談是件很舒服的事。自己不管說什麼，次郎都只會點頭或搖頭，絕對不會發表個人意見，更不會反駁。對御子柴來說，次郎就像是個沉默的聆聽者。

「雷也有沒有說過什麼關於母親的事？」

次郎思索片刻，望著御子柴露出困惑神情。

「聽是聽過，但你不敢肯定那是真的還是假的？」

次郎點了點頭。

「如果是這樣的話，你可以儘管放心，因為雷也唯獨對你不會說謊。」

次郎聽了，錯愕地望著御子柴。

「當然，這只是我的猜測，並沒有什麼具體證據。」

兩星期後，雷也被放出來了。長時間的孤獨生活，想必過得相當煎熬，但雷也並沒有表現在臉上。一出反省房，雷也的嘴就沒停過，彷彿要將累積兩星期的謊言與尖酸刻薄之語一口氣全噴發出來。

「對我來說，反省房真是舒適極了，既不用念書，也不用勞動。不是我吹牛，少年院裡的處罰方式對我是不管用的。說真的，那些傢伙滿腦子只想著對我們限制這個、限制那個，這樣怎麼會有所成長？」

「什麼都不能做，不會很痛苦嗎？」

「別拿我跟凡人相提並論。像我這種頭腦優秀的人，什麼都不用做反而是最幸福的事情。我告訴你，我在裡頭已經想好了將來出人頭地的遠大計畫。」

「遠大計畫……？雷也，你不是想當律師嗎？」

「當律師只是踏上成功之路的第一步而已。首先，絕對不能當庶民百姓眼中的正義使者。這年頭不流行玩這套，何況在窮人的圈子裡建立口碑，也只會吸引窮人上門而已。最好的做法，是接下申請國賠的公害訴訟案，或是受媒體關注的重大案件，然後在最後關頭反敗為勝。宣判後的記者會上，我會這麼說……『為了替委託人討回公道，就算對手是國家或法律，我也不惜一戰』……如何，聽起來不錯吧？」

「真像拍電影。」

「沒錯，就是要像拍電影。人不能只看眼前的利益。大家都愛錢，但只要有個冠冕堂皇的理由，賺起錢來就簡單得多。而這個冠冕堂皇的理由，愈像電影情節愈好。有錢能使鬼推磨，這是世上唯一的真理，但多了電影情節般的理由，大家辦起事來都方便。」

「打斷你講大道理的興致，真是抱歉。」

雷也突然聽見背後冒出這句話，嚇得轉頭一看，發現柿里就站在眼前。

「你……你幹什麼……」

「送信給你。」柿里將一枚純白的信封遞給雷也，「你媽媽寄來的。」

雷也一聽，臉上的高傲神情頓時消失得無影無蹤。他奪下信封，朝御子柴以及次郎瞥了一眼，突然拔腿狂奔。

御子柴猜想，或許雷也沒有勇氣在眾人面前讀信吧。只要是關於母親的事情，雷也便無法繼續虛張聲勢。

御子柴望向柿里。沒想到這個人如此貼心，在雷也一出反省房就特地送來母親的信。

柿里的臉上帶著笑意。
但那不是充滿慈愛的微笑，而是老謀深算的獰笑。
御子柴心中一驚，轉頭朝雷也奔跑的方向望去，卻已看不見雷也的背影。

隔天，巡邏的教官發現雷也死在房間裡。
御子柴剛聽到這消息時，還以為是開玩笑。平日總是以譏諷及謊言來對抗全世界的雷也，絕對不可能做出自殺這種傻事。
在少年院的房裡，不管是自殺或自我傷害都是相當困難的事情。雷也自殺的手法，竟是伸出舌頭，然後從桌子上跳下來，藉由墜落的衝擊力道將舌頭咬斷。據說雷也的房間地板上有著大量嘔吐的鮮血及掙扎痕跡，可見得他在臨死前還痛苦翻滾了很久。自殺的時間是深夜，御子柴睡得太熟，竟然完全沒聽見聲音。御子柴得知這些事後，忍不住將胃裡的東西全吐了出來。
院生自殺對少年院管理者而言是極大的醜聞，教官們從一大早便神色緊張地來回奔跑，忙得像沒頭蒼蠅一樣。在這樣的騷動之下，御子柴相當幸運地遇見了稻見。
「請告訴我，雷也為什麼自殺？」
「誰知道呢。這問題恐怕得問本人才行。別多管閒事，快回你的……」
「是不是因為那封信？昨天柿里交給雷也的那封母親的信！」

稻見一聽，登時臉色大變，罵道：
「你從哪裡聽來的？」
「不是聽來的，是我們親眼看到的。」
「我們是指誰？」
「我跟次郎。」
「好，你跟我來。」
稻見硬拉著御子柴，來到了御子柴的房間。被稻見推進房間的前一刻，失去了居住者的五號房映入眼簾。
「這個時間，不會有人從外面走過。我再問你一次，只有你及次郎看見柿里將信交到噓崎手上，對嗎？」
「對。」
「好，既然如此，這件事你絕對不能說出去。不只是其他院生，就連對職員也不能說。如果你敢洩漏風聲，我可不會饒你。」
「我有條件。」
「什麼？」
「稻見教官，只要你將你所知道的所有事情都告訴我，我可以保守祕密。」

「你憑什麼資格跟我談條件?」

「說起談條件,原本住在隔壁房的那傢伙最拿手了。他的嘴巴從來沒停過,就連教官也常常被他唬得團團轉。但他現在不但沒辦法說話,連呼吸也停了。當他斷氣的時候,住在隔壁房的我卻還在呼呼大睡。教官,你懂我的心情嗎?」

御子柴雙手緊握稻見的手臂,手掌因過於用力而逐漸失去知覺,胸口深處卻彷彿有團黑色濁流正在向上攀升。

「你不說,我就把這件事告訴每個人。」

稻見俯視著御子柴,半晌後罵了一句「該死。」接著將御子柴拉到房間最深處。

「好吧,既然你跟他是好朋友,我就把事實告訴你。但你要記住,單憑這些事實無法斷定嘘崎自殺的原因,所以沒辦法懲處任何人。當然,你也不能把錯怪到任何人頭上,聽清楚了嗎?」

稻見事先提醒御子柴後,開始娓娓道出事情的經過。此時他的臉色,彷彿在咀嚼著某種難以下嚥的東西。

當教官發現雷也的屍體時,來自母親的信就擱在桌上。教官以為那是死者的遺書,於是拿起來看了。

母親在那封信裡,竟主張與雷也斷絕親子關係。

雷也的刑期為十五年，這是少年法所規定的最高刑期。他的罪名，是殺害了親生父親。當然，在這十五年之間，只要他表現得好，便可以將刑期大幅縮短。可惜雷也與負責教官處不來，提早出院當然也成了空談。

殺害父親的理由，是為了保護母親不再受父親凌虐。

雖然這是護母心切的行為，但法律對殺害直系尊親屬的罪刑特別嚴峻。然而雷也以為母親會一直等著自己，因為自己會被關進少年院，全是為了保護母親。

就在前幾天的暴力事件發生後沒多久，柿里寫了一封信給雷也的母親。除了告知暴力事件的始末外，還特別提及雷也恐怕將為此而無法晉級。

讀了這封信後，母親終於下定決心。她原本就有再婚的打算，而雷也成了最大的阻礙。想來這也是很理所當然的事情，帶著拖油瓶再婚原本就不容易，而這拖油瓶竟然還是個有殺父前科的囚犯，再寬宏大量的男人也會逃之夭夭。

「如果真的關了十五年，當他出院時已經是二十九歲了。一個年近三十又背負前科的男人，根本找不到什麼像樣的工作。對於期盼再婚的母親來說，那已經不是拖油瓶，而是癌細胞了。」

「所以她決定跟雷也斷絕親子關係？」

「過去要斷絕親子關係，得從戶籍中除名，但那傢伙的情況更簡單，只要瞞著他偷偷搬家就行了。信上是這麼寫的：家人們都在為了幸福而打拚，你也要努力爭取自己的幸福……大概就是這樣的內容吧。」

「聽起來很感人，其實說穿了就是想甩掉包袱。」

「這也不能怪母親。她還有另外兩個小孩得扶養，這恐怕是唯一的辦法。何況噓崎自己也有錯，母親一直希望他早點出院，他卻沒有做到。」

「這個錯，嚴重到非自殺不可？」

御子柴這麼一問，稻見登時啞口無言，不知該如何回答。

御子柴從不曾聽雷也親口說過他有多麼喜歡母親。但從他為了母親而殺害父親，加上他聽到柿里提及母親便失去理智，不難想像母親對他來說有多麼重要。

「柿里那傢伙……」

「注意你的語氣。叫他柿里教官。」

「柿里要怎麼為這件事負責？」

「將院生的所作所為及處分結果告知家屬，是感化局職員的工作之一，將家屬寄來的信交給院生，也是職員的義務。柿里教官不用為噓崎的死負任何責任。」

「何必挑這個節骨眼！他故意趁雷也關在反省房時，把所有事情告訴雷也的母親，然後趁雷也剛出反省房，身心正感到疲累的時候，轉交母親斷絕關係的信……雷也是死在他手裡的！」

「你別亂說話！」稻見睜大眼睛罵道，「柿里教官也很後悔轉交那封信，已經三天沒來上班了！雖然感化局沒有懲處他，但他相當自責！」

那可真是見鬼了，御子柴在心裡暗罵。柿里交出信的時候，臉上露出了勝利的微笑。可見得他早在那個時候，就算準雷也讀信後的反應，甚至已經猜到後果了。

院生自殺是件大事，必須向感化管區長報告事由，但還不到讓整個管區鬧得不可開交的程度。不單是關東醫療少年院，其他少年院也偶有類似事情發生。全國各少年院自殺人數每年都有十多人，雷也只是其中之一而已。

按照少年院處置規則，院生死亡後若無家屬領走屍體，將在院內舉行葬禮。

再過四天就是除夕，但少年院內完全感受不到年節的忙碌氣氛，同樣過著單調而寂寥的每一天。

天色陰霾不開，寒風有如刀割，彷彿隨時會開始飄雪。

雷也葬禮的參加者，包含院長以下的大部分教官，以及希望參加的院生。但葬禮過程中並沒有看到柿里的身影。

在葬禮會場上，御子柴才得知噓崎雷也的本名是磯崎來也。

御子柴沒有流下一滴眼淚，因為充塞在胸口的感情並非悲傷，而是憤恨。

相較之下，次郎卻是從葬禮還沒開始就已哭個不停。他哭得呼天搶地，完全不在意周圍的目光。旁人不禁為他擔心，他體內的水分都已化為淚水流乾了。原本就沒辦法正確發音的嘴，哭泣起來更像是野獸的嘶吼聲。負責教官不斷勸阻，卻是無濟於事。

雷也的遺體經過火化，進入了小小的骨灰罈，以暫時安葬的名義在土中安眠。雖然是暫時安葬，但依稻見的描述，母親前來領取骨灰的可能性恐怕微乎其微。雷也的骨灰多半將這麼化為塵土，永遠沒有回歸故里的一天。

在老和尚的誦經聲與次郎的哽咽聲中，葬禮平淡地持續進行著。

隔天御子柴正在看電視時，忽感覺有人拍了拍自己的肩膀。

轉頭一看，竟是兩眼哭得紅腫的次郎。

「怎麼了？」御子柴問。

次郎沒有回應，卻一臉凝重地想要將御子柴拉往沒人的地方。御子柴於是向教官報備後，隨著次郎離開。次郎竟將御子柴拉進了一個人都沒有的男生廁所。

「怎麼，想在這裡哭個過癮？」御子柴問。

次郎搖搖頭，指了指自己的身體，接著指向牆壁。

「牆壁？」

次郎焦急地頻頻搖頭，不斷指著牆壁。

御子柴看了許久，終於恍然大悟。

「……外面？」

次郎用力點頭。

「你想逃出去？」

次郎再次點頭。

「怎麼突然下這種決定？」

御子柴壓低了嗓子詢問，次郎只是緩緩搖頭，不知意思是「並非突然的決定」還是「我也無可奈何。」御子柴的手臂被次郎緊緊抓住，心裡明白他是認真的。

對院生而言，逃走並不算太困難。雖然管理規則跟監獄並無多大差別，但畢竟名義上是感化機構，監視體制並不嚴謹，全國各地少年院在過去亦曾發生過多起逃院事件。然而在所有少年院之中，據說關東醫療少年院的監視最為嚴格。

「就算你逃出去了，也會馬上被抓回來。」

少年院周圍交通並不方便，無法在短時間之內遠離此地。憑未成年少年的腳力，徘徊在不熟悉的土地上，很快就會被尋獲。屆時將面臨的是無情的斥責及入院時間的延長懲處。

次郎並不是個做事不經大腦的人。他會產生這種念頭，多半是因為長久以來照顧自己的雷也死得不明不白，內心頓時失去支柱的關係。御子柴本以為只要好好說明逃院這想法有多麼愚蠢，次郎一定會打消念頭。

然而次郎的決心竟然堅定得難以撼動。平日他臉上總是帶著淡淡笑容，如今卻是緊閉著雙脣，默默俯視御子柴。

次郎舉起手指，在牆上比畫起來。御子柴看著次郎的手指，理解其寫下的文字。

〈我可能也會死。〉

「為什麼？」御子柴問。

〈這是個可怕的地方，連雷也那麼厲害的人也死了。〉

「或許雷也並不特別厲害。」

〈但我什麼都做不到，我好害怕。〉

「逃出去後，有什麼打算？找得到藏身地點嗎？有人願意幫忙？」

〈我也想見媽媽。〉

驀然間，御子柴恍然大悟。個性完全兩極的雷也與次郎，原來是在這一點上相同。

御子柴心裡突然有些羨慕雷也與次郎。自己對母親並不感到思念，更別提明知會遭受處罰還攻擊教官，或是為了見母親而逃院。御子柴最後一次見到母親，是在少年鑑定所，當時與母親四眼相對，心裡卻沒有任何感慨。

〈你一定要幫我。〉

「幫你？怎麼幫？」

〈若沒有你的幫忙，我一個人不可能逃出去。〉

御子柴正想回答「我沒這個義務」，次郎竟突然抱了上來。

「嗚嗚……嗚嗚……」

次郎在力道上失了分寸，幾乎讓御子柴無法呼吸。御子柴在次郎的手腕上連拍數下，示意放鬆力氣，次郎卻似乎沒有察覺。

「好吧，我幫就是了。」御子柴只好這麼回答。就連御子柴心裡，也不明白這算是爽快答應還是無奈妥協。

嘴上一答應，心裡馬上就後悔了。然而進入研擬計畫階段，卻又感覺似乎真的會成功。

少年院的圍牆為混凝土製，高約三公尺，若沒有梯子或腳架根本翻不出去。然而有一個地點例外，那就是膳食樓的背後。這棟膳食樓距離連結病房樓與體育館之間的通道約數十公尺，其背後是一面高二點四公尺的鐵絲網。換句話說，只要沿著膳食樓的屋頂跳至背後空地，就可以輕而易舉地爬鐵絲網出去。

原本膳食樓本身就兼具圍牆的功能，院生根本看不到其背後的狀況，是職員隨口洩漏了這個祕密，被當時負責準備餐點的次郎聽見了。或許是因為次郎無法開口說話，職員對他並不提防。

除了次郎外，沒有任何一名院生知道這件事。既然沒有人知道，院方當然不會刻意小心。換句話說，這是絕佳的逃亡路線。

問題在於逃亡的時機。每次院生離開體育館時，都是以二十人為一組，並至少有三名教官同行。若在那時採取行動，多半還沒爬至鐵絲網頂端，教官就已趕到了。更何況在下了鐵絲網後，還必須有一段充分的逃走時間，才能讓教官再也追趕不上。

是不是該選擇夜闌人靜的三更半夜？不，這段時間也不妥。每天晚上九點會進行點名，點完名之後，直到隔天早上六點，每隔二十分鐘都會有職員來回巡邏。何況房間的門無法自內側開啟，根本無法趁這二十分鐘之間偷偷溜至膳食樓。

唯一的辦法，就是在晚上九點的點名前採取行動。御子柴左思右想，終於安排好了似乎可行的計畫。

這一天，御子柴跟其他院生一同坐在電視機前，次郎則坐在後方角落。教官只有一人，就站在娛樂室門口。

電視畫面上，知名搞笑藝人正在表演千篇一律的搞笑橋段，其他院生哈哈大笑，御子柴也跟著裝模作樣地笑了兩聲。眼睛雖看著電視，全部注意力卻都放在觀察周圍動靜上。御子柴所坐的位置在最左邊，電視畫面看得不清楚，教官的一舉一動卻可以一覽無遺。

八點過後，教官的眼皮愈來愈沉重，開開闔闔了好幾次。這名教官是昨天深夜的巡邏教官之一，睡的時間一定很短。睡眠不足會造成注意力渙散。御子柴選擇今天行動，正是基於這個原因。

八點半左右，教官已開始打起瞌睡。

時機成熟了。

御子柴使了個眼色，次郎於是起身朝教官走近。

「夏本，幹什麼？」次郎按著胯下，示意尿急。

「小便嗎？好，五分鐘之內回來。」

御子柴立即舉手說道，「教官，我也要去。」

「你也要去？好吧，等等一起回來。」

「我要大便，五分鐘可能不夠……」

「給你十分鐘！快去！」

御子柴行了一禮，帶著次郎自教官身旁通過。

教官給的時間為十分鐘，但看他的態度，就算晚個五分鐘應該也沒關係。合計十五分鐘，扣掉自膳食樓屋頂跳下空地，以及爬鐵絲網的時間，還有相當充裕的時間可以遠離少年院。等次郎逃走了後，御子柴打算獨自回來告訴教官「因遭受威脅只好幫他把風」，所幸次郎在府中市內有朋友可以接應（御子柴刻意不問那是什麼樣的朋友）。雖然必須換好幾次車才能進入府中市區，但到時候大可以臨機應變。只要越過鐵絲網，就成功了一大半。

兩人自娛樂室來到了走廊上。廁所約二十公尺遠，對面沒有任何人往這邊走來。兩人一抵達廁所，立即鑽了進去。

御子柴躲在牆後，朝站在娛樂室門口的教官偷窺。太好了！教官一直背對著廁所的方向！於是御子柴與次郎躡手躡腳地離開廁所，朝著體育館飛奔。

懸吊在走廊天花板的日光燈雖然昏暗，卻足以將兩人的身影照得清清楚楚。在這除夕的日子裡，沒有暖氣設備的走廊上溫度極低，御子柴卻因緊張的關係，一點也不感到寒冷。

鞋底磨擦地面的吱嘎聲，此時聽來竟異常清晰，彷彿在整個走廊上迴盪。

除了聽小百合彈鋼琴之外，過去從來不曾像這樣將全副精神集中在聽覺上。御子柴心裡正這麼想著，竟聽見遠處傳來了腳步聲。

以這鞋音聽來，並非院生所穿的制鞋。兩人連忙躲到柱後，御子柴能完全躲起，次郎的身體卻有一點向外突出。

拜託，千萬走別過來。

御子柴與次郎緊密貼在一起，內心暗自祈禱。那腳步聲在途中轉了個彎，逐漸遠去。

御子柴正鬆了口氣，忽感到有種異物抵在自己的腰際。伸手一摸，次郎的口袋裡有根像筆一樣的棒狀物，微微向外隆起。

「這是什麼？」

御子柴一問，次郎有些得意地將口袋裡的東西掏了出來。

那是一根牙刷的刷柄，由於院內配給的都一樣，御子柴看了也相當眼熟。然而跟一般牙刷不同的是，這根牙刷的刷柄前端磨得像鑽子一樣尖銳。要將刷柄磨成這個樣子，恐怕得花不少時間吧。雖然是塑膠材質，看起來還是具有十足的殺傷力。不知是長期帶在身上之物，還是為了這次逃脫計畫而特地準備的護身武器。

「這太危險了，我幫你保管。」

次郎一聽，不滿地搖了搖頭。

「你等等得跳上跳下的，口袋裡塞了這種東西會刺傷自己。何況如果運氣不好被逮住，身上帶著這玩意會讓罪名更重。來，快交給我。」

次郎心不甘情不願地交出了牙刷刷柄。

周圍不再傳來任何聲響。距離走出娛樂室已過了五分鐘，得加快速度才行了。

兩人於是再度拔腿奔跑。

次郎使盡了吃奶力氣往前跑。只要抵達終點，就能獲得自由。御子柴緊跟在旁，絲毫沒有落後。若依兩人套好的供詞，御子柴是遭到次郎脅迫才幫忙把風，但此時這副景象任何人看了都會認為他是共犯。

體育館的門口就在前方，距離連接通道僅剩下五公尺。

就在御子柴以為計畫成功的瞬間，背後突然傳來粗獷的吆喝聲。

「站住！」

那是稻見的聲音。

「你們兩個在這裡做什麼！」

這下糟了。在這種情況下不管使用什麼樣的藉口，稻見都不會相信。

御子柴下一秒所採取的行動，連自己也無法解釋。

「快走！」御子柴在次郎背上推了一把，轉身朝稻見撲去。

御子柴撞在稻見的腰際，稻見一條腿行動不便，登時仰天翻倒。

「你……你幹什麼！」

「對不起！我若不幫忙，會挨他揍的！」

「放開我！你知道自己在做什麼嗎？」

少年的力氣畢竟不敵大人。御子柴拚命摟住稻見的腰，稻見卻以更大的力氣往外推。他扯住御子柴的頭髮，並用力拉扯御子柴的手臂，再過幾秒鐘，恐怕就會完全掙脫束縛。

次郎停下腳步，回頭望向兩人。御子柴不禁暗想，稻見看了次郎那副擔心的神情，不知心裡作何解釋？他會認為次郎是在擔心計畫失敗，還是在擔心共犯的安危？

笨蛋！怎麼還不快走！

次郎似乎察覺了御子柴的心意，自連接通道繼續往膳食樓的方向奔跑。

很好，就是這樣。

接下來只要盡量拖延時間就行了。

就在這時，御子柴臉上遭稻見狠狠揍了一拳。

一股血腥味竄上鼻頭，差點失去意識，手上的力氣登時全失。稻見掙脫了糾纏，接著便想要站起。

沒那麼容易！

御子柴伸出左手，抓住了稻見的左腳腳踝。雖說稻見的左腳行動不便，但這種節骨眼已經顧不得公不公平了。御子柴身體一扭，將稻見的腳踝用力向後拉扯。

稻見再度摔倒。

「你這小子！」

稻見揪住了御子柴的領口。

御子柴不知道稻見是打算將自己壓制在地，還是打算將自己摔拋出去，只知道稻見這次出手，肯定會讓自己再也沒有抵抗的力氣。

御子柴想也不想地做出了動作。

將右手裡的東西，狠狠往稻見的左腿上插去。

除了手握的部分之外，幾乎整根刷柄都貫進了肉裡。

「嗚啊啊！」

稻見登時跪倒，抱著大腿在地上打滾。御子柴趕緊撲上去按住，嘴裡不知為何竟說了一句「對不起」。御子柴以右手摀住稻見的嘴，以左手壓住對方的左手，並以雙腳夾住對方的腰，姿勢看起來有點像是柔道的上四方固定技。自己幹了這種事，不知會遭受什麼樣的處罰？這樣的擔憂，在御子柴的腦中一閃即逝。總之現在只能盡量將稻見絆住，不讓他採取任何行動。

稻見似乎放棄了掙扎，只問了一句，「你不後悔？」

御子柴想了一會兒，不知該給什麼樣的答案。

不久後，其他教官趕到，將御子柴從稻見身上拉開。

雖然挨了兩拳，心情卻有種說不出的暢快。

4

然而在暢快的心情之後，隨之而來的卻是最壞的消息。

過了一晚之後，帶來了壞消息的人物，正是最適合這個工作的柿里。光看他臉上那副譏諷的笑容，就知道絕對不會是什麼好事。

「我的懲處方式已經決定了？」

「還沒，倒是另一人的懲處方式已經決定了。」

「另一人？」

「夏本死了。」

一時之間，御子柴以為自己聽錯了，要不然就是柿里信口雌黃。

「看你的表情，你似乎不相信，但這是千真萬確的事實。夏本昨天翻過膳食樓後頭的鐵絲網，成功逃了出去，但一小時後卻被車撞死了。」

「你胡扯。」

「我騙你做什麼？那是個視野不佳的十字路口，他被一輛轎車撞上，摔倒時腦袋受了傷，才剛送進醫院裡，還沒急救前就斷氣了。」

柿里在說出「斷氣」這句話時，嘴角微微上揚，御子柴這才相信他並非信口開河。

「不……不會吧……」

「聽說你是遭他威脅才不得不幫他把風？現在他死了，你一定很開心吧？」

柿里湊了過來，臉上帶著獰笑。

「老實告訴你，我才不相信你那套鬼話。如何，殺死同伴，有什麼感想？」

「殺死同伴？」

「沒錯，夏本若留在這裡，至少不會送命。若不是你在一旁幫忙，他絕對不會真的逃走。過去御子柴從不會對柿里感到恐懼，此時卻害怕得不斷往後退。

他雖然成功逃出去，卻被車撞死。說起來，他就像是死在你手裡，是你將他推向了鬼門關。」

是我殺了他。

是我殺了他。

柿里不再理會御子柴臉上有著什麼樣的表情，心滿意足地轉身走出房間。

柿里所說的話，在御子柴的腦中不斷迴響，就算摀住耳朵也沒用。

事後，御子柴被關進了反省房。雖然高層信了「遭受脅迫」這套說詞，但為了幫助院生逃亡而襲擊教官卻是不爭的事實，當然不可能全身而退。不過，御子柴根本不在乎這些。在反省房裡，御子柴一直抱著頭蜷曲在地上。這是第二次，御子柴對自己做出的事情感到無比懊悔。

而且這兩次，都有人為此而死。

第一天及第二天，御子柴食不下嚥。即使勉強吃了，也會全吐出來。清醒的時候，得承受罪惡感的呵責；睡著的時候，則會遭受小綠及次郎輪番責罵。

第三天，御子柴在神情恍惚的狀態下得知了懲處的全部內容。原本以為入院期間一定會延長，沒想到結果完全出乎意料之外。一問詳情，原來竟是稻見主張「受傷是扭打時造成的意外，院生並無傷害之意。」高層因而從輕發落。任憑御子柴想破了頭，也不明白稻見為何要為自己辯護。

剛好就在御子柴從反省房被放出來的時期，稻見也出院了。稻見與院長會談之後，立刻提出與御子柴見上一面的請求。

距離上次相見，已過了兩星期。御子柴一看見稻見，驚愕得一句話也說不出口。稻見竟然坐在輪椅上。

「大腿四頭筋斷裂。」

「……治得好嗎？」

「醫生沒說。」

沒說的意思，恐怕是希望渺茫。遭刺傷的部位還包著繃帶，在褲管底下高高隆起。御子柴幾乎不敢直視。

「夏本的事，你聽說了吧？」

「教官，你也是來罵我的嗎？」

「是啊，沒錯，我要徹底罵你。你從前殺了一個人，現在又害死一名院生，並讓一名教官半身癱瘓。不管遭受多少責罵，也無法抵銷這些過錯。」

「但……但我什麼也沒……」

「住嘴！夏本家裡有個母親，這點你應該聽他提過吧？母親一聽到夏本的死訊，馬上就趕來領取遺體了。在抵達之前，她已經哭得雙眼又紅又腫。」

回想起來，次郎也是個一哭就停不下來的人，而且眼皮會變得紅腫。這點或許跟他的母親很像。

「母親望眼欲穿，每天都在等著兒子出院回家。與兒子重新過相依為命的生活，是母親心中的唯一期盼。但如今這份期盼卻成了泡影，夏本一死，母親的人生也跟著死了。御子柴，你必須負最大的責任。」

「別說了……」

「不僅如此，你眼前的我也是受害者之一。我告訴你，大腿四頭筋是站立、行走時必須使用的肌肉，也是運動選手經常拉傷的部位。倘若只是拉傷，只要經過治療及復健就可以恢復正常機能，但你那一刺，卻將這條肌肉剛好截斷。醫生雖然沒有明說，但我知道就算動了手術，也不可能像以前一樣行走了。我的腳雖然原本就有些行動不便，但至少還能走路，如今卻連走也走不動了。這樣的身體沒辦法繼續管理你們，飯碗當然也不保了。你倒是說說看，接下來我該靠什麼吃飯？」

「既然如此，當初你就老實說是被我刺傷就好了，何必這時才來抱怨？」

「就算據實呈報，也沒辦法讓你被關一輩子，頂多只是多關幾年而已。你以為靠這樣就能抵銷你對夏本及我的虧欠？」

「不然我該怎麼做？就算你不說，我也知道自己犯的錯有多麼嚴重。這兩個星期來，我想得腦袋及胸口都快炸開了。若你認為應該將我判死刑，就這麼做吧。反正就算我死了，也不會有人在意。」

「你想死，可沒那麼簡單。從今以後，你再也別想過平穩安逸的日子。」

「我連死的權利也沒有？」

「你必須贖罪！」

「……咦？」

「我之前也提過，既然要做，就別後悔。就算後悔，也無法讓事情變成沒發生。不准道歉，因為道歉沒辦法挽回失去的生命。你能做的事情，就是彌補你所犯下的罪愆。聽著，不論理由為何，只要一旦殺了人，就成了邪魔歪道。就算沒有遭受法律制裁，就算社會大眾已經遺忘，也無法改變這個事實。邪魔歪道要變回正常人，唯一的辦法就是贖罪。你必須努力活著，連死人的份一起活下去。絕對不要選擇輕鬆的道路，你就算是傷痕累累，也必須繼續在汙泥中掙扎、煩惱、迷惘與煎熬。你必須持續與心中的野獸搏鬥，再也不能視而不見。」

稻見的口氣雖然平淡而緩和，每一句話卻都貫入了御子柴的心中。回想起來，過去也曾有過這樣的感覺。

沒錯，就跟島津小百合的琴聲一樣。稻見說出的每一個字，就像那激烈而鋒利的旋律，不斷刺穿御子柴的胸膛。

「你必須為自己以外的弱者奮戰，你必須對那些在地獄裡期待光明的人伸出援手。唯有不斷做這些事，才是真正的贖罪。」

「這種事情……我得做多少次？」

「做到你死的那一天。」

「真是太荒謬了。這樣的人生，還算是我的人生嗎？」

「沒錯，這已經不是你的人生了。別忘了，你曾經奪走他人的人生，當然必須拿自己的人生來賠。」

「我這輩子得為他人而活？」

「沒錯，這就是你贖罪的方式。但你可別誤會了，贖罪並非義務，而是鑄下大錯者應得的權利。」

「權利？」

「回歸正道的權利。有些人放棄了這個寶貴的權利，真是太悲哀了。這些人將一輩子無法爬出自己所挖的深穴，一直到臨死前心中依然充滿黑暗與悔恨。但願意贖罪的人，將可以獲得安祥與光明。」

「哼，這樣的人生有什麼樂趣？」

稻見突然伸出手臂。御子柴還來不及反應，已遭稻見攀住脖子，整個人被拉了過去。

稻見的掌心竟異常溫暖。

「天底下不存在有趣的人生，只有認真與不認真的差別。」

「……我聽不懂你在說什麼鬼話。」

「現在聽不懂無妨，總有一天會懂的。在那一天到來之前，我絕對不會輕易原諒你。不管你逃到天涯海角，只要我們頂著同一片天空，我就會一直監視著你。」

「難不成你有超能力？」

「要監視你一點也不難。」稻見戳了戳御子柴的胸口，「我就在這裡。」

稻見的雙眸深邃而堅毅。

「你……你在說什麼蠢話？」

「蠢人比聰明人更容易受喜愛。我們後會有期。」

稻見說完這句話，便將輪椅轉了個方向，自御子柴的眼前離去。

那是御子柴最後一次看見稻見。

接下來的好一陣子，御子柴完全提不起勁做任何事。只是每天默默按表操課，放空了腦袋什麼也沒想。

但只要一無事可做，腦中就會浮現稻見那番話。

為自己以外的弱者奮戰。

對那些在地獄裡期待光明的人伸出援手。

——教官，我做不來。這種事情，我真的做不來。

這一年四月，御子柴拿到了一份通訊教育的介紹手冊。由於院生無法接受正常高中教育，因此少年院內設有通訊教育制度，但極少院生願意參與。就連御子柴，過去也不曾將介紹手冊翻開來看過。

這一天，御子柴漫不經心地隨手翻開目次頁。在琳瑯滿目的課程名稱中，御子柴看見了「司法考試課程」這排字。

〈司法考試不包含人格這一項，只要考出好成績，就可以拿到律師徽章。〉

御子柴心中響起了雷也曾說過的這句話。
既然與人格無關，我應該也能考吧？
提出課程申請表格時，受理的職員露出了異樣的眼神。
「司法考試？別胡鬧了。」
「我想學法律，不可以嗎？」
御子柴一臉嚴肅地反問，那職員不再說話。
不久之後，御子柴收到了厚厚一本參考書，裡頭寫得密密麻麻，比報紙的字還小。剛開始的時候，光是看一頁都是吃力的差事，幸好少年院裡的生活多得是時間。原本還有聽小百合彈琴這個唯一的樂趣，如今也遭到禁止。比起回想那些從自己身旁消失的人，不如專心閱讀書上的艱澀文章，心情還好過一些。況且御子柴的腦筋原本就不差。
司法考試分兩階段，共分為四部分。
第一階段是範圍較廣的基本常識測驗，分為選擇題及簡答題。只要是曾經在短期大學以外的大學就讀兩年以上的考生，便可以跳過這個階段，但御子柴必須從這個階段考起。
第二階段考的是法律知識，一般所說的司法考試，指的便是這第二階段考試。考試內容分為選擇題筆試、簡答題筆試及口試這三部分。選擇題筆試使用的是五選項的電腦答案卡，共有六十題，內容涵蓋憲法、民法與刑法。簡答題筆試則從六法（憲法、民法、商法、刑法、民事訴訟法及刑事訴訟法）各出兩題，以簡答方式作答。

簡答題筆試合格後，就會進行口試。共分三天，針對憲法、民法類及刑法類進行長達近兩小時的口試。內容涵蓋各種法理思想，從條文內容、定義等基礎知識到具體案例解釋都是口試的詢問範圍。

這些考試不論是從題目難度及合格率來看，都堪稱國內最難考試而當之無愧。一個連初中都沒讀完的人，竟然想要挑戰這號稱最難的司法考試。負責辦理的職員露出詫異眼神，也是很合理的事情。

光讀參考書顯然還不夠，御子柴又申購了六法全書及歷屆考題集。受理的職員這次換了一副看好戲的面孔。

春去秋來，就這麼度過了數個寒暑。

就在御子柴十九歲的春天，終於獲得了暫時出院許可。雖然名義上是暫時出院，但只要一定期間內沒有惹出麻煩，就不用再回少年院報到，因此實質上與出院並無不同。御子柴總共在少年院住了五年歲月，算是較長的案例，但相較於所犯罪行的嚴重性，這樣的入院時間稱不上過長。

在辦理暫時出院的兩星期前，御子柴被叫進了面談室。院長、醫療教官及教育教官在面談室裡坐了一排，簡直像要進行最後審判。

院長開口第一句話，便是「這幾年來你表現得很好」。他說得流暢俐落，顯然是早已說慣的場面話。

接著醫療教官及教育教官也各說了一些話，但御子柴早在發現稻見不在現場時，便對這些人失去了興趣。新教官只注重外在行為表現，完全不管御子柴的內心想法。像這樣的教官說出來的話，根本無法打動御子柴的心，完全是左耳進右耳出。

對御子柴而言，這已不再是審問會，而是一場單純的儀式。單靠幾分鐘的問答，當然不可能判斷精神及行為動機是否已成功受到感化。

「最後，我想問一個問題。」院長說道，「接下來你想過什麼樣的人生？」

這多半也是早已問過無數次的問題吧。

制式化的問題，就應該給予制式化的答案。

御子柴正想說一些無關痛癢的敷衍回答，卻遭到了阻礙。

稻見、雷也及次郎，甚至是小百合，都在注視著自己的雙脣。

「我……」

這些人的眼神，都在訴說著「不准說謊」。正因為這是一場單純的儀式，不管說出什麼天馬行空的話都不會遭到責備，所以更應該真實吐露自己的心聲。

「我打算……」

＊

御子柴就在這時醒了過來。

他匆忙環視左右，原來自己置身在辦公室。連日熬夜造成睡眠不足，竟然打起了瞌睡而不自知。

為何事隔這麼久，還做那樣的夢？御子柴想了半晌，卻想不出個所以然來。

御子柴從未忘記審問會那天自己說過的話。那句話就像羅盤一樣，如今依然為自己指引著方向。

下午四點，洋子應該快從法院回來了。御子柴一口氣喝乾早已涼了的咖啡，再度拿起東條案的筆錄。

就在這一瞬間，御子柴察覺了一件事。

第四章

制裁之人

1

御子柴接過林林總總的案子，涉足過各式各樣的場所，但醫療器材製造廠卻還是頭一遭。原本以為多半跟一般工廠沒兩樣，但抵達現場一看，才發現建築物裡的天花板特別低，各區域皆以牆板區隔得清清楚楚，簡直像是研究機構。

在會客室等了三分鐘左右，今天的拜訪對象出現在御子柴面前。對方打了招呼並遞上名片，御子柴接過一看，上頭印著「嘉蘭德醫療器材製造研發部主任　門前隆弘」。這男人雖身穿白色長袍，但看得出來肌肉相當結實，體格壯碩得簡直像是格鬥家。

「你想問關於敝公司產品的問題？請跟我來。」

門前在放眼望去盡是苔綠色的走廊上率先邁步而行，隔板牆內傳出的聲音只有說話聲與電子警示音，與一般噪音刺耳的工廠完全不同。

「很少來這樣的地方？」

御子柴的錯愕似乎令門前感到相當有趣。

「我處理過不少關於醫療糾紛的案子，但拜訪製造廠還是第一次。」

「原來如此，事實上我們也是第一次遇到律師親自來到廠內。這年頭醫療過失造成的問題經常引起社會關注，但願意親自走一趟製造現場的法律界人士並不多。」
「我們這種人只會看六法全書，對迴路圖比較沒轍。」
走了一會，門前將御子柴帶進一間房間。房內約十張榻榻米大，擺滿了醫療儀器，天花板同樣很低。
「這裡是展示間，簡單來說就是陳列歷代人工呼吸器的地方。這些人工呼吸器，我們統稱為『八〇〇系列』。」
御子柴仔細一數，房內儀器共有十台。或許是照型號新舊排列的關係，排在愈左邊的儀器，外表看起來愈美觀漂亮。
「你所詢問的八二〇型是這一台。」
門前指向右側數來第二台儀器。那儀器的高度約至御子柴的肩膀，上半部有兩排面板，底下則有各種按鈕，排成了橫排。除此之外還有另一台包含電池、加溼器及電源開關的裝置，上頭連著吸氣及吐氣罩。
「狹山市立綜合醫療中心使用的就是這一台，絕對不會錯。」
「跟其他台比起來，似乎是舊型機器？」
「是啊，這是十二年前的產品。現在的最新產品是九〇〇系列。」
「淘汰速度這麼快？」

「不，其實基本功能從第一型就大同小異，新機型都只是細部改良而已。當然，跟最新型比起來，這完全是上個世代的產品了。」

「既然如此，為何醫院還在使用？」

「主要是經費問題吧。國立或公立醫院的營收狀況，當然跟賺錢的私立醫院不能相提並論。」

御子柴對這個社會現象也了然於胸。健保費收入愈來愈少，高齡人口卻逐年增加，公立醫院必須仰賴國家或地方行政組織提供經費，當然沒辦法一天到晚更換最新醫療儀器。

「你剛剛說這是上個世代的產品，主要是指哪些功能？」

「一來太過笨重，二來並不完全符合 EMC。」

「EMC 是什麼？」

「Electromagnetic Compatibility，一種名為『電磁兼容性』的國際規格，主要目的有兩點，一是確保機器不容易受電磁波干擾，二是機器本身所發出的電磁波也必須降至最低。」

「既然不符合國際規格，為何還能使用？」

「只有販賣上的限制，並沒有使用上的限制。事實上自二〇〇七年四月起，市面上不得再販售不符合 EMC 規格的產品。我們不斷對產品進行細部改良，主要也是為了讓產品符合規格。每當傳出醫療事故時，我們製造廠就會思考因應對策，讓產品不斷改進。」

類似的狀況，御子柴從前也曾在處理其他醫療糾紛案時聽人提起。醫療科技的進步說好聽點是日新月異，說難聽點是為了克服不斷產生的問題，而進行著一場永無止盡的馬拉松賽跑。

「換句話說，不符合 EMC 規格的產品並非缺陷品，只是在當前的嚴格標準下較不推薦使用而已。不過對使用者來說，比起 EMC 規格的問題，更令他們困擾的似乎是使用上的不便。」

「使用上的不便？」

「一般人都認為人工呼吸器是一種醫療儀器，但其實它不但無法治療疾病，而且會對人體造成極大負擔。」

御子柴愣愣地看著門前，幾乎不敢相信自己的耳朵。門前說出這番話，等於是徹底否定了自家產品的核心價值。他會大膽說出這種話，難道是因為他認為自己是個實事求是的研究學者，而不是個上班族？

「我知道這聽起來很詭異，請聽我解釋。正常的呼吸，是藉由胸腔擴張來吸入空氣。在吸氣時，胸腔內的氣壓會偏低，呼氣時，胸腔內的氣壓會偏高，但肺部內側及氣管內的氣壓不會改變。然而所謂的人工呼吸器，是一種將空氣強制灌入肺部造成胸腔擴張的機器，不僅會對呼吸系統造成負擔，而且假如壓迫到肺部血管，造成全身血液循環不良的情況，還會導致血壓下降。此外，循環的血液不足時，人體就容易囤積水分，造成乏尿症狀。還有，因為插管的關係，口腔必須維持開啟狀態，所以容易造成唾液或嘔吐物流入氣管內。」

聽起來缺點比優點還多。

「所以在使用上，人工呼吸器比其他醫療儀器更須要謹慎小心。八二〇型最讓使用者詬病的問題，在於呼吸罩裝設步驟繁雜，以及運轉狀況標示不清。當然，這些問題在八三〇型已全部獲得改善。」

原來這才是門前真正想表達的重點。

御子柴登時恍然大悟。當初提出拜訪要求時，已再三強調並非懷疑醫療器材有所缺失，但如今看來門前並不相信。

不過這反而讓御子柴的心情輕鬆不少。只要不損及研發者的自尊，自己心中的疑問應該能自對方口中獲得解答。

「是這樣的，有件事想向你請教……」

御子柴帶著豐碩成果走出醫療儀器製造廠，卻在停車場遇上了麻煩人物。

渡瀨與古手川站在賓士車前，不知已等了多久。古手川頻頻望向後車廂，渡瀨卻是昂首環視整座工廠，模樣簡直像是在享受著陽光，反而更加深御子柴心中的不悅。

「在這裡曬太陽？」御子柴酸了一酸，渡瀨沒有應話，只是意興闌珊地哼了一聲。

御子柴走到兩人面前時，古手川才終於將視線自後車廂移開，神情卻顯得有些不肯作罷。

光看他這副態度，就知道他們還沒有打開後車廂看過。此時他們手中掌握的物證及情境證據想必還不足以申請搜索票，因此不能擅自打開後車廂檢查。話雖如此，但後車廂裡可能殘留著加賀谷的毛髮或血液，畢竟不能安心。當初原本認為以塑膠布將屍體包裹住就不要緊，如今看來回去後還是將後車廂好好清掃一遍比較安全。

「你們要跟在我的屁股後面，我不反對，但這間工廠只與東條美津子的案子有關，你們是不是來錯地方了？」

「我並沒有跟在你的屁股後面。」

「喔？那為什麼我走到哪裡，都會看見你那張撲克臉？上次你們不也是守在東條家門口嗎？難道除了加賀谷的命案外，你們還負責了其他案子？」

「我跟的不是你的人，而是你的腦袋。」

「什麼？」

「不久前，我與退任教官稻見見上了一面。」

御子柴一聽，驟然停下腳步。

「一個年近八旬的老人，從前的事竟然記得清清楚楚。那間名叫『伯樂園』的安老院雖然建築老舊，裡頭設備卻相當齊全，入住費用應該不便宜吧。聽說稻見老伯沒有任何親人，真不曉得錢是誰幫他付的。」

「我不清楚他跟你說了什麼，一個快得阿茲海默症的八旬老人，說出來的不過是些胡言亂語。」

「不，倒也不見得。阿茲海默症會忘記最近的事，但從前的記憶卻會更加鮮明。老人不都是這樣嗎？新事記不住，舊事忘不了。」

沒想到他竟然找上了稻見教官，御子柴心中驀然有些許不安。看來這頭名叫渡瀨的獵犬，甚至比當初預期的還要厲害。但這頭獵犬在追的到底是關於自己的什麼事？

「翻舊帳有什麼意義？漫長的歲月會改變絕大部分事情，人也不例外。又不是三流連續劇，打聽過去的陳年往事，對釐清現在的真相沒有任何幫助。」

「很多人都這麼主張，尤其是過去曾犯下大錯的人更是如此。但是江山易改本性難移，走不出過去回憶的人比你所想的還要多太多。你說這像三流連續劇的劇情，我不否認，但那是因為大多數人無法拋開過去的包袱。比如說，這就是最好的例子。」

渡瀨從口袋中掏出一枚信封。

「那是什麼？」

「一封寄到狹山警署的檢舉信。信中檢舉的對象，正是東條案的被告律師御子柴。」

「反正一定是匿名信吧。」

「不，檢舉人是安武里美，連住址也寫得清清楚楚。」

足。

御子柴一聽到這名字，內心登時感到無奈。看來暗中對本人搞鬼，已無法讓那女人獲得滿足。

「你要讀一讀嗎？」

「不必了，我大致猜得出內容。我跟她的關係，想必你也查得一清二楚了。」

「一邊是遭霸凌而自殺的少年的母親，一邊是加害少年的辯護律師。」

「加害少年還沒被放出來，對方的母親只好把矛頭指到我身上。辯護的工作難免招來怨恨，我也無可奈何。」

「基於工作關係，我見識過不少古裡古怪的傢伙，寫這封檢舉信的人看來也有些偏激過了頭。整整三十五張信紙，把你的惡行惡狀寫得鉅細靡遺。像這樣的人，正是放不開回憶的典型例子。當然不能說他們做這些事都是白費力氣，但這就好比是綁住了自己的雙腿，沒辦法往前邁進。不僅活得痛苦，而且會破壞生活周遭的一切。」

「你若是要說教，請另外找對象。當初在少年院裡，已經聽膩了。」御子柴揮揮手，坐進車內。

「這不是說教，是警告。」

「噢，難不成你在為我的安危擔心？」

「要是你有個什麼閃失，會增加我的工作量。」

「那可真是辛苦你了。」

御子柴發動了車子。往後照鏡一瞧，逐漸遠去的景色中，古手川正焦急地不知對渡瀨說些什麼，渡瀨完全不理會他，轉身往工廠內走去。御子柴心想，渡瀨多半會向工廠內的人詢問自己剛剛問了些什麼問題、得到什麼收穫吧。

直到兩人從視野中消失，渡瀨剛剛那句話卻依然在腦海揮之不去。

我跟的不是你的人，而是你的腦袋。正如同這句話的含意，渡瀨顯然是要走遍自己到過的每個地方，對自己說過的每一句話、做過的每個動作反覆推敲。

他的思考模式是線狀，而非點狀。

這與御子柴自身的思考模式可說是如出一轍。確認證詞真偽是律師工作的第一步，除了雙方當事人的出身背景之外，就連其言行舉止及寫下的任何隻字片語都不能放過。這樣的做法相當耗費心神，但是誤判的機率極低。

天底下能靠速度獲得稱讚的工作，大概只有披薩店的外送而已。可惜近年來不僅是律師，就連檢察官及法官也因工作量太大而急著為案件下結論，造成的結果就是凡事只著重於表層的現象。「欲速則不達」雖非不變的真理，但下判決時太過急性子往往有疏漏之虞。

在法庭上與對手交鋒，這樣的觀念所帶來的效益更是可觀。御子柴過去的辯護工作勝多敗少，也是因為懂得細心找出對手因過於大意而疏忽的漏洞。

然而渡瀨這個人與過去的敵手完全不同。與渡瀨為敵，就如同是與自己的思考模式為敵。這個人相當棘手。當年自己遭逮捕時，那些刑警滿腦子只認定自己殺害佐原綠的動機是受了驚悚電影的不良影響。但如今這個姓渡瀨的刑警，對付起來可絕對沒那麼輕鬆。

此時御子柴心中只期盼一件事，那就是即將在法庭上對峙的額田檢察官，不會像渡瀨那麼難對付。

2

最高法院辯論開庭日。

御子柴依照以往時間離開了事務所。比對手提早到法庭不見得能占上風，何況提早出門可能會打亂步調，讓自己失去平常心。

車子上了三宅坡，進入國道二四六號線。此時已過通勤時間，路上車子並不算多。御子柴打開車窗，略帶溼氣的微風拂上臉頰。

最高法院出現在右手邊。這棟受櫻花樹圍繞的建築物有著馬賽克外觀，宛如堆積起來的一疊積木。這種不方不正的形狀，宛如是對當前法律的一種諷刺。

御子柴在門口停下車子，向職員出示許可證。最高法院的大門原則上只有相關人士才能進入，與簡易法院及地方法院不同。

離開停車場，一進入建築物內，首先映入眼簾的是寬廣的入口大廳。初來乍到的人，多半會因天花板的高度及莊嚴肅穆的氣氛而心生畏懼，這多半也是當初設計者的用意吧。

牆邊雕像台上的雕像傲然睥睨。這尊希臘神話中象徵法律與正義的忒彌斯女神，是曾獲頒文化勳章的圓鍔勝三的作品。左手持分辨正邪之劍，右手持象徵平等之秤。

傳統的忒彌斯像，應該將雙眼矇住，以象徵絕對的平等。但御子柴走遍全國各法院，從來沒見過一尊矇住雙眼的忒彌斯像。或許就跟最高法院的建築物外觀一樣，代表著日本的法律並不若世人心目中所想的那麼平等。

但御子柴一點也不在乎。

天底下並不存在對所有人都公平的判決。至少凡人不可能做得到。法官能做到的，就是在不違背法理的前提下，做出最多數人能認同的判決。御子柴認識的法官之中，確實不乏令人肅然起敬的品格高尚者，但即使是這些人，在撰寫判決書時往往是戒慎恐懼、左右為難。真正公平的判決，恐怕唯有神才做得到。

在現今的社會，平等已是奢望。

御子柴仰望忒彌斯像，內心只祈求今日能受到眷顧。

第三小庭在接近上午十點時開庭。一走進裡頭，便看見書記官正忙著整理資料。法庭是靜謐之地。

簡易法院及地方法院偶而還能聽見交談聲，但在這裡卻是無聲無息，宛如禮拜堂一般肅靜。與禮拜堂不同的是，這裡沒有神，亦無慈悲，有的只是法理、判例及愚蠢凡夫俗子所上演的一齣齣悲喜劇。

御子柴望向無人的壇上。斜上方並排著五張空座位，那是受理本案的五名法官即將就座的位置。

五名法官之中，有兩名是法官出身，兩名是律師出身，還有一名是大學教授出身。刻意由不同出身的人擔任法官，是為了減少不同職業所造成的認知偏差。

御子柴入庭後不久，又有一名身穿深藍色西裝的男人走了進來。不用詢名問姓，只要一看領口上那枚象徵秋霜烈日的徽章，就知道此人是檢察官額田順次，也就是本次開庭的交鋒對手。這人理著短髮，冷漠的五官上不帶絲毫感情。

御子柴經常耳聞關於額田檢察官的風評，甚至不必特意調查。他是個理論派的檢察官，在法庭上從不在受害者的悲憤心情上刻意著墨，而是淡淡地陳述犯罪情境。雖然枯燥無趣，卻是說服力十足。

事實上像這樣的檢察官最難對付。這種人可以完全無視於對方律師的挑釁或虛張聲勢，只是按部就班地照著既定計畫推演理論。

開庭過程中，原告與被告的感情往往會發生激烈衝突。但是最終決定量刑輕重的依據並非感情，而是理論。因此唯有法理上的正當性能說服法官，而非悲情或被害者意識。換言之，若無法靠理論擊潰額田檢察官的主張，御子柴將毫無勝算。

御子柴原本打算如果額田朝自己望來，好歹禮貌上要點個頭，沒想到額田竟然對御子柴連瞧也不瞧一眼。

過了一會兒，旁聽席的人愈來愈多，就連刑警渡瀨也來到了現場，這點當然沒能逃過御子柴的眼睛。

沒想到這傢伙竟然追到這種地方來，這種鍥而不捨的精神不禁令御子柴感到畏懼不已。看來自己當初把這男人比喻成杜賓狗，一點也沒錯。這刑警的辦案方式雖然有些落伍，但他真的就像一頭獵犬一樣。只要是聞出了氣味，即使是樹叢或排水溝都會一頭鑽進去。

坐著輪椅的幹也，也在高城的陪伴下來到庭內。旁聽席沒有身障者專用空間，御子柴正好奇不知幹也會怎麼處理，卻見幹也只是靜靜地待在角落。從那僵硬的五官上，依然看不出絲毫情感變化。

就在旁聽席幾乎坐滿的時候，美津子也來了。那副腰上繫著繩索、身旁跟著警官的模樣，吸引了數名旁聽者的目光。這些人的反應相當正常，畢竟最高法院開庭時，上訴人多半不會到場，而是全權委託律師代為辯護。本案在這一點上也是特例中的特例。

與最後一次見面時相較之下，美津子的頭髮變得更加黯淡無光澤。她一直低著頭，甚至不曾抬頭看一眼御子柴以及幹也。

十點一到，書記官宣布「法官入席。」中央的門一開，五名法官出現在門外，書記官接著又喊「起立」及「敬禮」。

御子柴及額田檢察官皆起身行了一禮。雖然同樣通過司法考試且歷經研修，律師及檢察官卻必須像這樣對法官表達敬畏之意，這是為了彰顯判決的嚴正性。當然，法官多由司法考試成績優異者擔任，若將這上下關係視為雙方的實力差距，低頭鞠躬似乎又有另一番解釋。

坐在中央的審判長是個御子柴原本就熟悉的人物。真鍋睦雄，職銜為最高法院院長。頭髮早已花白，額頭上有著一道道極深的皺紋，雙眸卻綻放著堅毅的光芒。

最高法院院長由於公務繁忙，依慣例不處理小法庭的個別案件，但真鍋院長卻在一上任就表明將照常審案。因為這種務實的作風，輿論多認為他是歷代院長中數一數二的特異分子。

正因為審判長是這樣的人，御子柴感覺勝算大了不少。雖說法庭審判在形式上採合議制，但最高法院院長的意見肯定比其他四名法官的意見更具份量。換句話說，只要能說服真鍋這個男人，這場審判就有可能反敗為勝。

「現在開庭。」

「在這之前，我想確認一件事。」坐在壇上的審判長開口說道，「上訴辯護人，本案受理乃是基於前任辯護人桑江律師提出的申請，當時的上訴理由是高等法院的判決在量刑上有嚴重失當之虞。但我手邊只有三名證人的傳喚申請書及兩張書面資料，並沒有看到任何上訴理由的相關文件，請問這是怎麼回事？」

「審判長，請容我致上歉意。一直到今天之前，我一直在蒐集確切的物證。」

「你說一直到今天之前，這意思是本次開庭可以出示你蒐集到的物證？」

「是的，但我想依循前任律師的方針，透過對檢方的主張一一進行反證來釐清案情。」

「好吧。」

「那麼，我想請第一位證人塚本由香利入庭。」

「證人請上證人台。」

法警領著塚本由香利登上證人台。塚本臉上充滿緊張與不安，顯然完全沒料到自己必須在最高法院出庭作證。

「證人請先告知姓名、年齡及職業。」

「塚本由香利，四十九歲，健勝壽險公司的業務員。」

「過世的東條彰一是妳的客戶？」

「是的。」

「根據妳的供詞，彰一在簽下保險契約時，被告在一旁不斷提出各種指示，這是真的嗎？」

「是的，一般來說像這種高額保險商品，都是要保人審慎評估契約書內容，極少像那樣由夫人在旁邊發號施令。」

「但既然是高額商品，負責家計的妻子參與討論不是很正常的事嗎？」

「唔……這……話是這麼說沒錯……」

「抗議！審判長，辯護人將一般刻板印象與本案混為一談。」
「抗議成立。」
「好，那我換個問題。根據筆錄記載，妳剛從事保險業務工作時，曾向東條夫妻推銷過保險，這點沒錯吧？」
「是的。」
「彰一當時的態度非常冷漠？」
「不，阿彰……彰一先生很不好意思地跟我道歉，但夫人非常冷漠。」
「妳跟東條家是住在同一町內的鄰居？」
「對。」
「妳在那裡住幾年了？」
「……四十九年，從出生就住在那裡了。」
「喔？事實上彰一也是在那個町出生的。彰一跟妳都是昭和三十六年出生，既然年紀相同又住在同一個町裡，是不是從小就認識？」
「……對。」
「是不是曾經同班過？」
「小學跟高中時曾經同班過幾次。」

「當初做筆錄時，為什麼沒有提這些？」

「因為跟案子無關……」

「妳跟彰一交情不錯？」

「畢竟從小就住在同一個町裡……」

「你們是否曾親密交往過？」

額田此時再度提出抗議：

「審判長，辯護人的問題沒有任何意義，只是在拖延審理時間。」

「不，過去我們一直認定證人與被害人只是單純的保險公司職員與客戶的關係，我的問題有助於為案子帶來新視點。」

「抗議駁回。」

「我再問一次，妳跟受害人東條彰一是否曾親密交往過？」

「高中二年級時……只有一年……」

「在這一年之間，你們的相處情況如何？」

「只是有時約個會，並不如你想的那麼……那麼親密……而且升上三年級後，我們就徹底分手了。」

「分手後，你們是什麼樣的關係？」

「完全沒來往。只是普通的街坊鄰居，路上遇見時會打個招呼而已。」

「但你們曾是互相傾訴夢想及希望的關係，並非單純的街坊鄰居。我再問一個問題，在妳眼裡，東條夫婦的感情如何？是感情和睦，還是關係惡劣？」

「審判長！這個問題……」

「怎麼可能感情和睦！」

塚本由香利恨恨地說，「所有鄰居都知道東條家的先生被太太踩在腳底下。就連每個月舉辦一次的町內自治會活動，也是阿彰被太太逼著參加。他們家的製材所，更是阿彰一個人撐起來的。」

「審判長！辯護人有刻意誤導之嫌！」

「有很多夫妻雖是由妻子掌握主導權，但夫妻相濡以沫，並不見得感情不好，不是嗎？」

「他們家並不是這樣。東條太太自從一嫁進東條家，就把阿彰及工廠當成獲取自身利益的工具。那份保險一定也是她強迫阿彰簽下的。」

塚本由香利的神情及聲音顯得愈來愈激動，再也不受檢察官控制。御子柴見只差臨門一腳，趕緊湊了過去，面無表情地問道：

「有什麼具體證據嗎？」

「像那種人，還需要什麼證據！簽約的時候，我故意酸了一句『一年內自殺領不到錢』，她不但沒心虛，還瞪了我一眼……」

塚本說到這裡，急忙摀住了嘴。看來她終於察覺法庭內的氣氛已起了極大變化。原本肅靜凝重的法庭，此時卻變得有些嘈雜。旁聽席上的人紛紛交頭接耳，就連壇上的法官也面面相覷。這意味著在場所有人已對原本以為客觀的證詞產生了懷疑，也對高等法院所下的判決產生了不信感。

御子柴偷偷望向美津子。

美津子依然微低著頭，臉上並未顯露喜悅或詫異之色。或許這種程度的局勢變化，並不足以讓她驚訝吧。

證人台上的保險業務員終於發現不妙，急忙想要解釋。

「但……但是……簽約時她在阿彰背後發號施令，是千真萬確……」

御子柴當然不會給她機會辯白。

「我的問題到此結束。」

塚本由香利見御子柴轉身離開，一時瞠目結舌，不知該不該說下去。

御子柴輕輕一瞥，察覺額田的臉色有些難看。這也怪不得他。剛剛的證詞雖是經過刻意誘導，但證人因失去理智而口無遮攔，令檢察官毫無插嘴餘地。

御子柴心裡不禁鬆了口氣。根據事前調查，御子柴得知塚本由香利是個一談及自己的事就會情緒激動的人物。但為了找出切入點，御子柴可說是費盡了苦心。說起來這算是幹也的功勞。若不是幹也提供了父親當年的畢業相本，御子柴就不會發現彰一跟塚本由香利的照片出現在同一頁上，當然也就無法查出兩人曾交往過這個事實，今天的證人詢問也不會如此順利。

真鍋審判長此時喚住了御子柴。

「辯護人，我想問個問題。」

「請說。」

「你剛剛這些問題的目的是什麼？跟你們主張的量刑失當有什麼關聯？」

「包含這次的證人詢問，以及今後的每一次詢問，我的目的都只有一個，那就是否定殺意的存在。」

御子柴抬頭凝視審判長。

「二審判決依據情境證據認定被告帶有殺意，而這樣的判斷當然也反映在量刑上，我想針對這一點進行抗辯。」

「我明白了。」

直到庭內的竊竊私語聲逐漸止歇，額田才緩緩舉手說道：

「審判長，我想進行反方詢問。」

「請。」

「證人，請妳先深呼吸。」

「咦？」

「照我說的去做就對了。」

塚本由香利有些摸不著頭緒，還是依言深吸一口氣，接著吐出。轉眼間，她的神情已不若剛剛那麼亢奮。

御子柴不禁咋舌。

看來這個男人真的是法庭上身經百戰的老手。

若是平庸的檢察官，此刻一定會急忙想要令證人說出足以抵銷剛才發言的證詞，但這麼一來會讓證人變得更加手忙腳亂，最後以失敗收場。額田的做法，卻是先藉由深呼吸讓證人恢復平常心。這手法雖然簡單，卻相當有效。

「冷靜點了嗎？」

「……嗯。」

「這裡的甲一號證物，是妳跟死者簽下的保險契約書嗎？」

「是的。」

「依契約內容的條件，每個月的保費為十二萬圓，死亡理賠金為三億圓。在妳所屬的保險公司裡，像這樣的契約常不常見？」

「並不常見。每個月的保費超過十萬圓的契約，通常是法人契約，極少個人契約。我從事保險工作已經十年以上，像這樣的契約只遇到過一、兩次。」

「不常見的理由是什麼？」

「這項保險商品是無法還本的保障型商品。個人保戶即使會支付龐大保費購買高額商品，絕大部分也是購買儲蓄型商品，理由是報稅時只要列舉保險費扣除額，就可以減少稅金支出。在我的客戶之中，過去極少有人願意花每個月十多萬圓購買一項無法還本的商品。」

「換句話說，這是一份相當不尋常的保險契約？」

「抗議！原告詢問的是證人的個人印象。」

「不，這不是個人印象，而是一位具有十年以上經驗的業內人士對投保者所抱持的普遍認知。證人，請回答我的問題。」

「對，這是一份不尋常的契約。」

逐漸恢復冷靜的塚本由香利以斬釘截鐵的語氣說道。

「簽約時，被告在死者背後提出各種指示，也是事實？」

「對，是事實。」

「請妳盡量回想，簽約時被告針對重要內容提出了哪些指示？」

「該怎麼說呢……一般而言，當我在說明契約內容時，客戶多半只會滿意地點頭，但是當時東條家的情況，卻是東條太太不斷詢問關於東條先生死亡或重度殘障的各種細節，東條先生只是靜靜在一旁看著。

「被告是否在簽約時提出了什麼具體指示？」

「有的，她一邊指著契約上的欄位，一邊說『這裡寫你的名字』、『這裡寫我跟幹也的名字』。」

「這樣的簽約狀況是否常見？」

「有些時候，身為要保人的先生太忙，會由太太先詳讀契約內容，然後先生再一邊聽太太的說明一邊簽約。但這種情況只會發生在購買基本型的商品，以敝公司來說，就是理賠金額在五千萬圓以內的商品。過去我曾遇過的那一、兩次理賠金額上億的契約，身為要保人的先生都是相當謹慎……」

「審判長！這些發言與本案無關！」

「我的詢問到此結束。」

額田回到座位上時，早已恢復了原本的冷靜。

御子柴仔細打量額田這個人，心裡想著真是名不虛傳。此時額田臉上早已看不出一絲對證人失言的無奈。他凝視著法官們，彷彿在揣摩著法官們心中的評斷。

原本以為成功撼動了證詞的可信度，沒想到立即遭受反擊。證人的情緒失控確實為御子柴帶來了某種程度的優勢，但檢察官卻藉由強調契約的不尋常，將傷害降至最低。
果然是個不容輕忽的對手。
即使如此，剛剛御子柴的問話依然發揮了一定的效果。這一點，從法官面面相覷時的困惑表情就可以推知一二。
此時必須趁勝追擊，絕不能讓對手有喘息的機會。
「審判長，請傳喚下一位證人。」
「好。」
接著站上證人台的，是一名年約三十五歲，身材削瘦且態度顯得有些神經質的男人。他的眼神在眾法官及御子柴之間游移。
「證人請先告知姓名、年齡及職業。」
「都築雅彥，三十七歲，狹山市立綜合醫療中心的醫生。」
都築一站上證人台，登時表現得沉著冷靜。有些人即使基於職業緣故早已看慣了死人，在證人台上也會變得忐忑不安，相較之下都築的落落大方著實令人印象深刻。
「你是死者東條彰一的主治醫師？」
「是的。」
「這裡有份你去年六月五日在狹山警署內所做的筆錄，我現在唸出其中一段。『我們的急救最後還是以失敗收場，東條先生的腦波並沒有恢復。下午兩點十三分，我將病患臨終的訊息告知了家屬。東條先生的兒子臉上不易看出表情，至於東條太太，則不像是悲傷，反而像是正在害怕著什麼』。證人，請問這段內容是事實嗎？」

「是的。」

「製作筆錄時，是否曾受警察岡本以任何形式刻意誤導？」

「抗議！審判長，辯護人這句話才是刻意誤導！」

「好，我換個問法。證人，你認為被告當時像是正在害怕著什麼。具體來說，那是什麼樣的儀態？」

「儀態？」

「對。所謂的印象，是來自於剛開始的五官感受。你既然抱持被告像是正在害怕著什麼的印象，一定是接收到了相對應的五官感受。證人，請問被告當時表現出什麼樣的儀態？」

都築似乎沒料到御子柴會這麼問，皺起了眉頭不答。

這樣的反應，早在御子柴的意料之中。

趁對手啞口無言時繼續進逼，是令對手屈服的常套手段。

「任何細微的現象都沒關係，例如眼神的變化、嘴脣的抖動、手指的位置，請把你記得的全說出來。」

「細節我記不得了。」都築的話中帶著一股怒意，「要我說出細節，我做不到。但所謂的印象，指的當然是整體的印象。我承認印象來自於五官感受，但總不可能連細節也記得清清楚楚。」

「你不記得細節？」

「對。」

「既然不記得細節，表示記憶相當模糊，對嗎？」

「抗議！審判長，辯護人刻意誤導證人！」

「不，這只是在釐清筆錄中的曖昧不明處。」

「抗議駁回。辯護人，請繼續。」

「我再問一次。你說被告當時像是正在害怕著什麼，其實是依據非常模糊的記憶，對嗎？」

「不……可是……」

「請明確地說出來，不要吞吞吐吐。你在站上證人台時，不是已經宣誓過了嗎？」

「唔……是……」

「接著你檢查人工呼吸器，並未發現任何異常，設定也沒有遭到變動的跡象。這一段的敘述是事實嗎？」

「是的。」

「『後來我又請醫療器材的製造商派人來檢查，還是沒有找出任何問題。我原本擔心這是院方的醫療過失，看了檢查報告後才鬆了一口氣』，這一段也是事實嗎？」

「是的，就如同筆錄上所寫的。」

「我實在百思不解，你為何會突然擔心起醫療過失的問題？一般來說，最大的可能性是患者病況突然惡化，不是嗎？有什麼理由讓你在醫療過失這一點上如此焦慮？」

「這……這個嘛……」

都築的態度陡然轉變。

御子柴見機不可失，立即追問：

「今天並不是你第一次站上證人台，對吧？」

都築一聽，登時臉色大變。額田則是露出了不悅的神情。

看來額田對都築的過去也瞭然於胸。

「證人，請回答。」

「是……是的……」

「如果可以的話，請你說明一下前次作證的案子是起什麼樣的案子。」

「這……這個嘛……」

「審判長，這與本案無關。」

額田似乎察覺了御子柴的意圖。御子柴當然不會如此輕易鬆手。雖然有點可憐，但這名證人已無法全身而退。

「看來你的記憶實在不太可靠，就由我來替你說明吧。三年前，你任職於橫濱市立醫療中心。事情發生於八月三日，當時醫療中心急診室內的心肺輔助裝置突然停止運轉，造成一名昏厥中的男性病患死亡。原因相當單純，是裝置的電源插頭自插座上鬆脫了。雖然是異常死亡，醫療中心卻直到兩天後才通報縣警處理。據傳醫療中心內部人員企圖湮滅事實，但還是曝了光，主治醫師依業務過失致死及違反醫師法的罪名遭到移送。後來檢方一直無法充分證實裝置停止與病患死亡的因果關係，而且在一審宣判前，醫療中心便與死者家屬達成了和解。證人，請你回答我，這名主治醫師後來怎麼了？」

此時都築臉上已不再有一絲一毫身為第三者的泰然自若。他以迷茫的眼神瞪視著站在面前的御子柴。

「審判長，請容我再次強調，以上的問題與本案……」

額田試圖從旁相助，都築卻打斷了額田的抗議。

「你問這個做什麼？這些都是過去的事了。」都築說。

「請回答我的問題。」

「……他成了人人喊打的過街老鼠，最後為此丟了工作。一切只能怪他運氣太差。那名病患是在深夜被送進急診室，他只是剛好擔任值班醫師而已。電源插頭會鬆脫，也是因為愚蠢的護士不小心勾到電線。這跟他毫無關係，為什麼他必須為此負起責任？」

「當時你是心臟科的副部長，站在管理者的立場，你對這名主治醫師的懲處方式有何看法？」

「這年頭醫療糾紛愈來愈多，對醫生而言彷彿成了疾病以外的另一頭號敵人。因為這個緣故，大多醫生都選擇治療起來較輕鬆的科別，各科之間的醫生人數產生嚴重落差。慢性的人力不足，也成了導致醫療疏失的遠因之一。另一方面，病患跟家屬卻是一副只要醫生稍有閃失，就隨時準備打官司的態度……」

「因此你變得對醫療疏失極度敏感？」

「這也是沒辦法的事。如今我淪落為基層醫生，假如又鬧出這類事情，恐怕會丟飯碗。」

「我可以理解。所以當你察覺病患狀況有異時，馬上便擔心起了醫療疏失的問題。你以懷疑的眼神望向被告，心裡想著電源關閉不知是儀器故障，還是人為結果。你說被告當時的神情『不像是悲傷，反而像是正在害怕著什麼』，其實是為了徹底排除醫療疏失的可能性，對吧？」

「審判長！辯護人的發言並非提問，而是他自己的個人見解！」

「抗議成立。辯護人不得將自己的見解強加在證人身上。」

御子柴不再提問，但庭內氣氛一如預期。在旁聽席上眾人的眼中，恐怕都築已不再是個值得信任的證人，而是個為了自保而刻意抹黑被告的缺德醫生。在眾法官眼裡，當然也是如此。

旁聽者們再度像剛剛一樣交頭接耳。這發自不信與猜疑的騷動，如同宣告著御子柴在第二回合也獲得了優勢。御子柴辯論的主軸只有一點，那就是證明被告東條美津子不具殺意。要讓這個論點成立，就必須將包含筆錄在內一切足以證明殺意的證據一一駁倒。

都築這才回過神來，將上半身探出證人台，說道：

「我可不是滿腦子只想著保護自己。我嘗試了數次急救，才斷定病患死亡，並且檢查裝置有無異狀，這些完全符合醫療中心的處理程序。」

「我的提問到此結束。」

「等等……」

都築還想替自己辯護，真鍋審判長出言制止：

「證人，不用再說了。」

都築一愣，先是不知如何是好，接著沮喪地微微垂下了頭。

「審判長，我想進行反方詢問。」

額田站了起來。他的眉心皺紋更深了，宛如是個面對不成材學生的教師。

他來到都築面前，與都築正眼相對，口氣溫和得與現場氣氛極不協調。

「都築先生，你在這件案子上只是單純的第三者，不必受他人言語誤導。只要依你的記憶，將你的所見所聞說出來就行了。」

這句話宛如一句魔法咒語。

額田並不口稱「證人」，而是以對方的姓氏相稱，這有助於讓對方回想起日常生活，藉此恢復平常心。

都築一聽，臉上的惶恐之色逐漸消褪，彷彿附在身上的妖魔終於離開了。

「我可以提問了嗎？」

「請說。」

都築的聲音已恢復一開始的冷靜。

「你從監控系統察覺被害者……不，病患的病情出現變化，於是急忙趕往加護病房。首先你嘗試對病患進行急救，但病患的腦波沒有恢復。正因為你忙著急救病患，所以沒有時間深入追究為何不該關閉的電源竟然關閉，以及站在儀器旁的東條太太是否按下了主電源開關，對吧？」

「是的。」

「確認病患死亡後，你開始確認人工呼吸器有無異常。請詳細說明你當時的檢查順序。」

「好的。所謂的人工呼吸器，簡單來說就是以電池連接幫浦，將氧氣強行灌入病患的肺臟。這是一種相當單純的裝置，因此需要檢查的部位也不多。首先我檢查了監控面板，接著我檢查了吸氣罩、吐氣罩及本體之間的連結管，然後是最重要的電池。但檢查完之後，我並未發現任何異狀。為了慎重起見，我後來又委託製造商進行檢測，結果同樣沒有異常，這些在製作筆錄時都提過了。」

「到目前為止，你使用過相同的儀器多少次？」

「自從進入心臟科後，差不多用過四、五十次。」

「在同業之中，這樣的次數算多嗎？」

「嗯，算多吧。」

「這麼說來，你在使用及檢查該儀器上算是相當熟練？」

「應該是吧。」

「好，依你經常使用的經驗，當你要確認儀器運轉狀況時，首先會看哪裡？」

「當然是監控面板。這台儀器是嘉蘭德公司製造的八二〇型人工呼吸器，詳細資訊會出現在顯示窗及監控面板上。」

「請盡量以淺顯易懂的方式說明，讓我這門外漢也能理解。」

「這台儀器每次使用在不同病患身上，就必須重新進行設定。肺活量會因理想體重的不同而改變，所以得先輸入理想體重，然後設定換氣的壓力、流速、流量及時間。儀器響起警示音，表示儀器不正常停止或設定突然改變，因此我首先檢查了設定項目。」

「設定是否改變了？」

「沒有改變，跟原來的一模一樣。」

「確認設定沒有變化後，你認為異常的原因是什麼？」

「假如不是儀器故障，就是人為結果。所以我詢問一直待在病房裡的東條太太是否關掉了電源開關。」

「換句話說，這是儀器突然停止的唯一可能原因，對嗎？」

「是的。」

「我的提問到此結束。」

額田轉身對眾法官說道：

「請容我班門弄斧，相信諸位都知道構成犯罪的三要素為『機會』、『方法』及『動機』。依據都築醫師的證詞，人工呼吸器遭人為停止的可能性極高。加護病房的攝影機正好面對人工呼吸器，依科學搜查研究所對攝影畫面進行數位解析的結果，被告的手指確實曾碰觸儀器的電源開關。事前提出的甲三號證物，為事發當時的現場平面圖，而甲七號證物，則是當天的護士巡房紀錄。儀器出現異常是在下午兩點三分，在這之前的兩小時之內，沒有任何人進入加護病房，病房裡只有被告及四肢行動不便的長男。基於以上兩點，『機會』及『方法』皆已成立。」

額田說得振振有詞，對象彷彿不是眾法官，而是法庭內所有人。內容雖然死板無趣，但搭配上宛如演員般的宏亮嗓音，散發出一股令人不得不信服的力量。

「至於最後的『動機』，也在一開始的證詞中得到印證。被害人的家庭背負龐大債務，加上不尋常的高額保險，這顯然是起保險理賠金詐領案。剛剛辯護人利用其高明的法庭策略，或許令諸位產生了被告不具殺意的錯覺，但這起案子的內情其實相當單純，就是妻子為了貪圖高額保險金而殺害了丈夫。」

攻防再度陷入了拉鋸戰。辯方發動攻勢，檢方就會立即還以顏色。御子柴採用的是類似游擊戰的強行突破，相較之下額田採用的卻是條理分明的正攻法。這是相當妥善的因應策略，同時亦表現出額田的穩健個性。

御子柴所欠缺的優點，正是「穩健」這兩個字。過去御子柴承接過不少辯護工作，但絕大部分都是處於劣勢的案子，因此不習慣宛如蓋高樓般逐步建立事實根據的穩健踏實手法。將原本建構好的樓閣自根基徹底顛覆的粗魯做法，更加符合御子柴的性格。

「審判長，我想申請傳喚第三名證人。」

符合性格的手法，就會成為慣用手法。既然是慣用手法，就會知道最能發揮效果的做法。

「好。」

「證人請上前。」

一名男人離開了旁聽席，走向證人台。宛如格鬥家一般高高隆起的肌肉，與身上的西裝顯得格格不入。除了提出證人申請的御子柴之外，沒有人清楚這名證人的詳細來歷。額田只是輕輕瞥了一眼，似乎並不特別在意，但眼神除了狐疑外依然難掩一抹不安。

「證人請先告知姓名、年齡及職業。」

「門前隆弘，四十一歲，任職於醫療器材製造公司的研發部門。」

「你是醫療器材製造公司的職員，請說出公司名稱。」

「嘉蘭德醫療器材製造公司的日本分公司。」

「剛才另一名證人提到的人工呼吸器，正是嘉蘭德公司的產品？」

「是的，嘉蘭德八二〇型人工呼吸器是我們公司的產品，我是研發團隊的成員。」

「你是研發團隊的成員，這麼說來你全程參與了這座儀器的研發？」

「不，嘉蘭德公司的人工呼吸器具有相當悠久的歷史，不斷推陳出新，我是在十三年前投入研發工作，當時研發的是如今造成問題的八〇〇系列的第一代機型。」

「依八二〇這數字來推測，這是相當舊的機型？」

「是的，八二〇型自二〇〇〇年開始販售，在研發團隊的眼裡，這已經是骨董了。附帶一提，如今的最新機型是九四〇型。」

「明明是骨董，卻出現在醫院裡，不會造成問題嗎？」

「對不起，骨董只是我們研發團隊的認知，在臨床的操作及運用上完全沒有任何問題。醫療儀器的功能是代替執行部分人體機能，很難從一開始就完美無缺，因此通常必須接納使用者的感想與建議，不斷進行精進與改良。」

以上這些對話，早在御子柴前往工廠時便與門前交談過。御子柴與門前事先套好，刻意將這些話再對答一次，目的是為了強調醫療儀器的日新月異，現階段的性能不見得就是最完美的性能。

「從造成問題的八二〇型到最新的九四〇型，中間經過幾次改良？」

「十二次，但絕大部分都是細部調整。依據各醫療現場的建議與期望進行修改，因此型號每次更新，就會變得更容易使用。」

「那麼，請你回答我，關於八二〇型，最常聽到的建議是什麼？」

御子柴刻意以「建議」取代「抱怨」字眼，是為了不對協助者門前造成困擾。

「我不是不願意回答，只是……怕口頭說不清楚。」

「這麼說也對，那麼就以實際的儀器來解釋吧。」

御子柴此話一出，整個法庭的人都愣住了。御子柴的下一句話，更是讓眾人錯愕不已。

「請搬進來。」

法庭的門應聲而開，一座高一公尺半、寬六十公分的嘉蘭德八二〇型人工呼吸器出現在眾人面前，眾人都露出了難以置信的眼神。

旁聽席上一片譁然，所有人早已忘了這裡是莊嚴肅穆的最高法院，甚至有人發出笑聲。御子柴將這種東西搬進最高法院，可說是空前絕後的舉動。

真鍋審判長不禁面露慍色。

「辯護人，你這是在玩什麼把戲？」

「審判長，這不是把戲，我在申請書上已寫明了嘉蘭德八二〇型人工呼吸器。案發現場所使用的人工呼吸器，正是這一台，這點可以透過醫療中心加以證實。」

「申請書上寫的是辯七號證物。」

「上頭並未記載證物是採書面形式，何況也沒有證物必須以書面形式提出的規定。」

「在你陳述論點的過程中，這是不可或缺的東西嗎？」

「是的，百聞不如一見，請諸位一邊看實際儀器一邊聽我陳述，更能彰顯被告不具殺意的事實。」

「請等一下，審判長！」

額田再也按耐不住，霍然起身說道：

「這是對法庭的侮辱。辯護人的行為明顯藐視最高法院。」

「這難道不是證物嗎？檢方若有必要，也會將與案情有關的證物帶進法庭內，不是嗎？檢方如今無法接受，應該是因為證物大小的問題。但是一枚指紋跟一座儀器，在證物的立場上應該一視同仁。審判長，我能請問一個問題嗎？」

「什麼問題？」

「審判長，你是否曾在法庭內看過犯案使用的凶器？」

「看過。」

「這座人工呼吸器造成被害者死亡，與凶器並無不同。因此當然有必要將之帶進法庭內。」

真鍋審判長瞪了御子柴一眼，心裡似乎想不出駁斥御子柴的法律依據，只好無奈地點頭說道：

「好吧，辯護人，依你的主張進行陳述。」

「謝謝。」

巨大的儀器佇立在證人台旁，御子柴便在這樣的詭異狀況下重新展開了詢問。

「回到剛剛的問題。證人，關於這台八二〇型，最常聽到的建議是什麼？」

「呼吸罩裝設步驟繁雜，以及運轉狀況標示不清。此外還有一點，就是開關有點太緊。這可以說是我們公司的初期產品的通病。現在的最新機型，開關小了許多，只要一點力量就可以進行開關的切換。這是在八四〇型推出時所進行的修正，主要是使用者普遍認為開關太緊會造成緊急狀況下使用困難。在開發八二〇型時，我們故意將開關設計得較緊，是為了讓開與關的切換更加確實，沒想到這樣的設計在使用上反而帶來了詬病。」

「你們原本希望讓開與關的切換更加確實，是基於什麼樣的理由？」
「當然是為了防止誤觸。不過並非擔心醫療人員的疏失，而是擔心病患或家屬不小心碰觸開關。當時觸控式面板已相當普及，而且電子基板的成本也低，但我們還是堅持採用傳統開關，正是基於這個原因。」
「原來如此。現在請你實際操作看看。」
「辯護人。」真鍋審判長插嘴說，「你要在這裡啟動儀器？」
「當然。雖然現場沒有病患，但藉由實際啟動儀器，可以印證當天發生的狀況。」
御子柴不等審判長回應，催促門前插上了電源插頭。
「證人，請實際操作。」
「首先，插上電源之後，儀器會進入待機狀態。這時必須先將呼吸罩的接頭蓋子打開，否則等等會出現錯誤訊號。接著，就按下這個電源開關。」
門前一邊說明，一邊指著儀器下方面板正中央的一顆邊長約兩公分的四方形黑色按鈕。門前一按下按鈕，儀器響起運轉聲，面板也亮起了燈光。
「如果使用對象與切斷電源前相同，只要選擇設定內的『同病患』就行了。」
門前設定完後，儀器發出細微運轉聲，電池響起低鳴，呼吸罩口也傳來若有似無的換氣音。
此時發言者變成了御子柴。

「檢方在一審提出的甲九號證物，上頭載明了事發當時的設定值，包含壓力、流速、流量及時間等等。此時雖然沒有病患，但為了保持客觀，我們完全採用當時的所有設定。」

「審判長，這根本是毫無意義的作秀行為。」額田打斷了御子柴的說明，「他只是讓證人說明儀器的使用法，卻沒有提及被告的舉動，顯然是想要拖延時間。」

「辯護人，對於檢方的主張，你如何應答？你說你想要證明被告不具殺意，但我看不出來這跟說明儀器使用法之間的關係。」審判長問。

「審判長，我這麼做是想針對檢方提出的甲五號證物，也就是電源開關上的被告指紋進行驗證。」

御子柴回到辯護人席，抓起桌上的文件，翻開其中一頁。上頭正是甲五號證物，也就是電源開關與上頭指紋的擴大圖。

「在一審及二審中，檢方想方設法要證實被告的犯行，但足以認定為直接證據的證物，卻只有這枚指紋而已。這枚指紋同時證明了檢方剛剛所提的『方法』及『機會』。換句話說，只要能指出這項證物本身的謬誤，針對被告的犯行論斷當然也就不攻自破。」

真鍋審判長不再說話，御子柴半強硬地將此反應視為同意，繼續說道：

「我剛剛說過，為了保持客觀性，一切設定都必須與案發當時相同。既然如此，關掉電源開關的動作，當然必須由被告來執行。」

旁聽席上再次譁然。

就連美津子也一臉吃驚地望著御子柴。

包含真鍋審判長在內的五名法官再次互相對望。

額田起身說道：

「你想在法庭上重建犯案過程？」

「法院審理醫療糾紛的訴訟案，在這年頭已不是什麼奇事。最讓審理案情的法界人士感到頭痛的一點，就在於醫學是一門具有高度專業性的學問。我們法律界的用字遣詞，在外人眼裡往往艱澀難懂，然而醫學界的用字遣詞也不遑多讓。光是閱讀文書資料，很難理解真正的內涵。唯有像這樣實際演練一遍，才能對事發的來龍去脈擁有通盤的理解。而且由被告親自操作，就沒有手指粗細或柔軟程度不同的問題。」

御子柴嘴上說著，心裡不禁苦笑，自己簡直像是舞台上的魔術師，或是舌燦蓮花的金光黨。這些人與律師的共通點，就是必須靠三寸不爛之舌混飯吃，而這也正是此時御子柴最需要的能力。

「再現性是科學實驗所不可或缺的條件。我們即將進行的這場驗證，雖以完全重現事發當時狀況為宗旨，但為了提高再現性的精確度，我們在電源開關上增加了一項限定條件。」

御子柴高高舉起甲五號證物，也就是美津子的指紋照片。

「這是經過放大的照片，實際指紋尺寸為長九公釐寬七公釐。換句話說，被告的食指按壓在開關上，在達到這個接觸面積之前，電源就會關閉。」

御子柴一面說明，一面暗中窺探真鍋審判長的神色。真鍋聽得相當入神，臉上有一半詫異及一半好奇。

「藉由證人的幫助，我們在電源開關上裝設了感應裝置及指示燈。當被告的食指接觸面積達到證物指紋面積時，指示燈就會亮起。詳細的迴路圖，記載在我所提出的辯八號證物上。」

五名法官各自拿起手邊的辯八號證物。

「被告請上前。」

美津子聽到御子柴的呼喚，一臉茫然地走到儀器前，畏畏縮縮地在儀器旁安排好的椅子上就坐。

「這是我向醫療中心借來的椅子，正是事發當時被告在加護病房裡所坐的那一張。位置跟高度，也跟事發當時完全相同。來，東條女士，請按下電源開關。」

美津子將食指伸向電源開關，表情簡直像是要觸摸某種可怕的物體。

眾法官、額田及旁聽者皆屏息注視著美津子的手指。

指尖終於碰觸到了電源開關。

就在這一瞬間，附加的指示燈驟然亮起。

但是儀器電源並未關閉。
電池依然持續發出規律的聲響。
美津子的表情逐漸恢復神采。
整座法庭再度變得嘈雜。
真鍋審判長微微將上半身探出來，說道：
「辯護人，能不能再試一次？」
「沒問題。」
美津子再度碰觸電源開關。
指示燈同樣立即亮起，但儀器依然持續運轉。
「審判長，正如你所見，被告在事發當時按壓開關的力道，根本不足以將電源關閉。」
法庭內的喧鬧聲更加高漲。
「肅靜！辯護人，請問這是怎麼回事……」
額田臉色大變，起身說道：
「抗議！審判長！辯護人企圖以條件相異的實驗來扭曲事實！」
「這你就錯了，檢察官。在開關旁加裝一顆指示燈，並不會對開關的鬆緊程度造成影響。
何況感應裝置採用的是光線感應原理，更不會對開關的鬆緊程度造成絲毫改變。這一點，可以從我提出的迴路圖獲得證實。如果你不放心，可以請縣警的科學搜查研究所進行驗證。不過即使是科搜研的驗證，其可信度也不及儀器研發人員的親自驗證。證人，請你告訴我，這個額外加裝的感應指示燈是否會對開關造成一絲一毫的影響？」

「絕對不會。」門前信心十足地說。

「為了保險起見，被告，請再次按壓開關。這次請妳慢慢往下壓，就算指示燈亮起也不要停止。」

美津子依照指示，在碰觸開關的食指上逐漸施加力道。

指示燈亮起，電源同樣沒有關閉。

美津子繼續往下壓。

「啪」的一聲輕響，面板上的燈終於熄滅。

「裝設在儀器上的感應裝置，可以檢測出手指碰觸開關的面積及壓力。證人，請問剛剛電源關閉時，手指面積及壓力與甲五號證物那張照片有多大的差異？」

「根據檢測結果，照片裡的狀況為長九公釐寬七公釐，推估壓力約二十克，而關閉電源時的接觸面積為長二十五公釐寬十五公釐，壓力約九十克。」

「這樣的結果，該如何解釋？」

「還能怎麼解釋？就如同我一開始所說的，八二〇型的開關特別緊，剛剛的檢測，只是以數字來驗證了這個事實而已。依照片中指紋尺寸所推算的壓力，根本無法將儀器的電源關閉。」

「審判長，正如證人的供詞。」

轉頭一看，真鍋審判長的臉色相當凝重。任何人都看得出來，意料之外的事態已讓他有些失了方寸。

「事發當時，被告確實觸摸了電源開關，但按壓的力道卻不足以關閉電源。可見得在被告用力按下開關之前，電源早已切斷了。換句話說，儀器電源關閉是基於其他因素，並非被告的行為所導致。」

法庭再度陷入一陣騷動。旁聽席上，有人與身旁的人面面相覷，有人不停交頭接耳，有人指著額田檢察官品頭論足。

「肅靜！」

御子柴望向檢方。額田擺著一張臭臉，眼神惡狠狠地在儀器與證人門前之間來回移動，卻沒有出言反駁的意圖。他並非不想反駁，而是無法反駁。研發者親自在儀器上裝設感應裝置，並且親自證實了證物所推算的壓力無法將電源關閉。對製造公司而言，開關不夠靈敏可說是一大缺失，研發者卻自願為這種有損名譽的事實出庭作證。不論檢方如何雞蛋裡挑骨頭，都無法撼動其說服力。

「根據以上驗證，可以得到被告不可能殺死被害者的結論。審判長，我在此重申被告無罪的主張。」

法庭內的騷動逐漸轉變為驚歎，如波紋般靜靜擴散開來。

真鍋審判長乾咳一聲，俯視御子柴問道：

「辯護人，既然被告沒有關閉電源，儀器為何會停止運轉？」

「審判長，請恕我直言，這並非本庭爭辯重點，亦不在我的辯護範圍之內。老實說，我也不知道原因是什麼。雖然對證人有些過意不去，但我想再提一點，那就是這台八二〇型人工呼吸器並不符合目前的國際規格，販賣後曾遭到美國伊利諾州立醫院等各醫療單位投訴產品缺失。」

「但筆錄裡明明說製造廠在檢查後確認儀器無異常，不是嗎？」

「據說八二〇型在遭受電磁波干擾而出現異常運轉的情況，事後幾乎不會留下任何跡象。當然，嘉蘭德公司在接獲投訴後便以最快速度推出了改良機種，倘若真的因機器發生異常而導致死亡意外，該負責的也不是嘉蘭德公司，而是繼續使用舊型機種的醫療中心。」

都築霍然起身，瞪大了雙眼。原本只是以第三者的身分出庭作證，沒想到立場卻逐漸轉變為被告，難怪他會如此震驚。他的臉上滿是無端受到牽累的無奈。

「檢方有何陳述？」

所有目光聚集在額田身上。御子柴也偷偷朝額田瞥了一眼。前兩審都贏得理所當然，到第三審卻逆轉落敗，這對檢察官而言可說是奇恥大辱。此時額田心中一定有片憤怒的岩漿在翻騰著。

然而額田只是以毫無抑揚頓挫的語氣說道：

「沒有。」

旁聽席上忽傳來一聲歎息。那聽起來像是鬆了口氣，卻反而帶給御子柴一抹不安。

真鍋聽了額田的回答後輕輕點頭，環顧庭內說道：

「既然如此，判決將在兩星期後的上午十點公布，閉庭。」

審判長此話一出，數名看起來像是記者的人物宛如脫兔般朝著門口飛奔。

3

閉庭後，御子柴打發了蜂擁而來的記者，回到休息室。一旦走出休息室，肯定會再度遭記者包圍，不如在這裡躲一陣子。

此時御子柴心中既沒有充實感也沒有勝利感，卻有一股舒暢的疲勞感。額田檢察官是個相當難纏的對手，但最後一擊應該已分出了勝負。在短短的一瞬之間，那副宛如鐵甲面般的撲克臉因驚愕而扭曲變形。

如果可以的話，實在不想再與這個男人交手。雖然這次額田表現得極有風度，但他絕對不是個挨打不還手的男人。假如令他產生了此仇不報非君子的復仇心態，將給自己帶來不少困擾，暫時還是對這號人物避而遠之為妙。

御子柴想到這裡，眼前剛好出現了正想見上一面的人物。

「原來你在這裡。」高城推著幹也走了進來。高城一看見御子柴，連忙握住了御子柴的手，「律師先生！真是太謝謝你了！你真是厲害，簡直像是地獄裡的救星！」

「不敢當。」

「多虧了律師先生的高明辯護，才能讓夫人無罪開釋。」

「判決還沒出爐，是否無罪開釋目前還說不準。」

「律師先生，你不用這麼謙虛。你沒看見法官跟審判長的表情嗎？我雖然沒有打官司的經驗，但我敢打賭，這次一定能反敗為勝。啊，糟了。我一時太開心，竟忘了將這好消息告訴工廠的其他員工。」

御子柴見高城掏出手機，刻意誇張地皺起眉頭，說道：

「高城先生，目前還有不少記者在這樓層走動，我勸你別在這裡打電話。」

「噢，我倒忘了。」

「可以到下一層樓打，那裡應該沒人。」

「好，那我先打電話去了。」

高城說完後，轉身走了出去。

休息室內僅剩下御子柴及幹也。

御子柴目視著高城的背影，眼角餘光卻察覺了幹也的視線。幹也的臉朝上偏斜，兩眼卻直盯著御子柴不放。

「怎麼，你好像有什麼話想說？」

幹也一如往常掏出手機，按下一串字後將畫面轉向御子柴。

〈謝謝你救了我的母親。〉

御子柴目不轉睛地凝視幹也，半晌後說道：

「這是你的真心話嗎？」

〈是的，以剛剛的結果來看，應該是贏定了。〉

「我不是那意思。我想問的是，你真的期望打贏官司嗎？」

〈……？我不懂你為何這麼問。〉

幹也表現出狐疑態度，臉上表情卻絲毫沒變。御子柴以輕描淡寫的口氣問道：

「你為何要殺害加賀谷龍次與自己的父親？」

〈……？我不懂你為何這麼問。〉

幹也將相同畫面再次遞到御子柴面前。

「我的意思非常簡單。幹也，是你殺害了加賀谷與東條彰一。」

〈律師先生，你怎麼突然胡言亂語？〉

「這並非胡言亂語。你殺死父親，我還沒想通，但你又殺死加賀谷，我就有點懷疑了。只不過你的身體特徵，阻礙了我的正常思考。」

不僅如此，而且幹也的身體特徵令御子柴想起了另一名人物，自然而然逃避了將其認定為兇手的想法。

「剛開始的時候，我看見加賀谷倒在工廠裡，原本還以為是自然死亡。」

那一天，御子柴處理完所有訴訟，正準備回家時，收到了來自幹也的簡訊。

〈律師先生，請你快來一趟。大事不妙了，有人死了。〉

御子柴看了這不得了的內容，旋即趕往東條製材所。進入廠內一瞧，一具屍體橫躺在辦公室前，正是加賀谷。御子柴立即想通了加賀谷來到這裡的理由。沒錯，一定是為了威脅勒索，就跟他這陣子纏著自己不放一樣。御子柴不清楚加賀谷打算以什麼樣的籌碼來威脅東條家，但肯定是對美津子不利的證據，例如美津子現在依然持續吸毒之類。

御子柴大致檢查了加賀谷的屍體，並未發現任何外傷。幹也只有一隻手能動，根本不可能殺人。御子柴於是推測，是某種疾病突然發作而暴斃。

要不要報警？這念頭在心中一閃而過，但御子柴立即將之否決。警方只要稍加調查，就會發現加賀谷正企圖勒索東條母子及御子柴自己。如今官司正在緊要關頭，當事人東條母子及辯護律師御子柴絕對不能傳出這樣的醜聞。

加賀谷的死，本身並不是什麼大不了的事。反正曾遭加賀谷勒索的人多如牛毛，警方不見得會懷疑到東條母子及自己頭上。然而一旦加賀谷的屍體在這裡遭人發現，東條母子及自己肯定會立即成為警方的頭號調查對象。

唯一的辦法，就是將屍體搬到遠處丟棄。死因根本不重要，重要的是不能讓加賀谷的死跟東條家扯上關係。

打定主意後，御子柴立即著手脫去加賀谷的衣物。這些衣物因大雨而溼漉，此時早已沾上不少製材所內的木屑。如果就這麼棄屍，警方很容易便可以鎖定死亡地點。

雨勢愈來愈強，絲毫沒有減弱的跡象。這對御子柴來說是求之不得的事。在這傾盆大雨之中，路上的行人一定極少。

為了不讓加賀谷的體液及毛髮殘留在後車廂，御子柴以塑膠布包裹住屍體。接著御子柴開著車子將屍體載往入間川丟棄。川面因豪雨而形成滾滾濁流，御子柴原本以為屍體會就這麼漂入大海，沒想到後來竟卡在橋墩下，這可說是御子柴的一大誤算。屍體立即遭人發現，警方鎖定東條家及御子柴的速度更是遠超越御子柴的預期。

「後來我仔細一想，加賀谷並非自然死亡，而是死在你的手裡。」

〈我只有一隻手能動，要怎麼殺他？〉

「你得了腦性麻痺，連站也站不起來，確實無法與人搏鬥。但只要運用機器的力量，一般人能做到的事，你也做得到，這輪椅就是最好的例子。就算是殺人，對你來說也不是什麼難事。」

〈靠機器殺人？〉

「所謂的機器，說穿了就是堆高機。」

御子柴回想製材所內的景象。工廠入口處的天花板很高，但愈接近後頭的辦公室，天花板便愈低。辦公室前的天花板，只要站在椅子上就能碰到。陰暗的地面上到處是堆高機用的軌道，通道左右排列著堆高機，只能容一名大人勉強通過。

「辦公室前的日光燈座壞了，造成燈管外露，你看準了這一點，安排下殺人計畫。」

幹也沒有回應，只是以那不帶感情的雙眸凝視著御子柴。

「操縱全自動化的堆高機，對你來說一點也不難。那一天，你知道加賀谷要來，於是事先設下陷阱。你先將堆高機集中在一起，只留一道縫隙讓加賀谷走，接著你抬高辦公室前那台堆高機的升降桅桿，使其碰觸到裸露在外的日光燈。」

御子柴頓了一下，偷眼觀察幹也的反應，卻依然看不出任何變化。

「加賀谷依約前來，完全沒發現你早已佈下陷阱。外頭下著豪雨，工廠內陰暗無光，他只能一邊靠雙手確認堆高機的位置一邊前進。當他的左手碰到那台接觸著日光燈的堆高機時，他的身體也化成了電流迴路的一部分。工業用三百伏特電壓的電流透過堆高機傳入加賀谷的身體，接著從鞋底的止滑釘傳入地面。當時他身上早已溼透，更是容易導電。面對強大的電流，他毫無招架之力。電流自左手進入，直接衝擊心臟，導致心臟機能停止及呼吸系統麻痺，加賀谷當場死亡。事後的處理，也相當簡單。你只要降低堆高機的升降桅桿，並且將聚集在一起的堆高機重新打散就行了。你將我叫到工廠裡，並不是為了與我商量，只是為了讓我處理掉加賀谷的屍體。我一看到屍體，馬上就斷定這會對東條家的案子及自己帶來不良影響，因此決定棄屍，但這早在你的預期之內。」

御子柴不再說下去。

室內一片沉默。

時間一分一秒流逝。

過了一會，幹也以不同以往的緩慢速度敲打按鍵，接著慢慢將畫面舉到御子柴面前。

〈正確答案。〉

御子柴忍不住朝幹也的臉上瞥了一眼，但依然看不出感情變化。

幹也手中的手機，此時竟令人不寒而慄。

〈律師先生，你實在厲害。這一題的答案，你回答得相當完美。〉

「為什麼要殺人？」

〈這牽扯到另一題的答案，我很難單獨回答。〉

幹也所打出的詞句風格與以往完全不同，此時流露在字裡行間的是對他人生死的輕視、訕笑與刻薄。

一般人是以五官表情來演戲，無法做出五官表情的幹也卻是靠文字風格來演戲。

「好吧，那我就先解答你如何殺死父親。這不是辯護，而是類似起訴，我只要答出機會、方法及動機就行了吧？」

〈洗耳恭聽。〉

幹也的形象與昨天完全不同，令御子柴產生了彷彿正透過手機畫面與陌生兇手交談的錯覺。

「我現在才發現，原來你這支手機這麼舊。」

〈只要能打簡訊就行了。這是我唯一的溝通工具，從小到大都沒換過。〉

「這手機不僅是你的溝通工具，更是你的武器。就如同我剛剛在法庭上所說的，美津子的手指還未將開關按到底，電源早已關閉了。我曾暗示或許是電磁波干擾，事實上確實是如此。嘉蘭德公司的八二〇型人工呼吸器正是因為外部電磁波干擾，才導致電源異常停止。該儀器的運作是以微處理器進行數位控制，一旦受到電磁波干擾，電子零件就會在內部產生雜訊，讓0與1的數字列發生變化，指令訊號當然也會跟著出錯。」

〈機器不會這麼容易就出問題吧？〉

「有實驗數據可以證明。美國梅奧醫院在二〇〇一年進行了一場實驗，在十七台心肺輔助類醫療儀器背後的通訊埠附近分別放置五種不同機型的手機，結果有七台儀器發生了異常運轉現象。其中最嚴重的是一台人工呼吸器，電源關閉了一段時間後才又重新啟動。」

〈你連這種事情也查得出來，真有本事。〉

「這不是我查的，是儀器研發者告訴我的。更耐人尋味的是，這台發生異常關機狀況的人工呼吸器正是嘉蘭德公司的八二〇型。」

御子柴接著從公事包取出甲三號證物，正是加護病房的平面圖。

「從這平面圖，可以看得清清楚楚，你跟美津子都坐在人工呼吸器的旁邊。美津子坐在儀器的正對面，你則坐在左手邊，剛好可以看見彰一的臉。美津子讓你坐在那裡，是為了不讓你看見父親得靠輔助器材才能活命的模樣，而你卻反而利用了這個位置。」

御子柴拿出自己的手機，接著說道：

「近年來手機不斷進步，機能越來越豐富，輸出功率卻越來越低。例如我這支手機採用數位PDC規格，平時輸出功率只有〇．二瓦特。然而不管是哪一家公司的手機都一樣，愈舊的輸出功率愈高，像你那種舊型手機，有的輸出功率高達一瓦特以上。」

幹也匆忙遮住手機，但下一秒又放開了。

「醫療中心的所有病房都裝設了電波防護系統，這套系統可以讓手機在特定區域收不到訊號。院方這麼做，是為了將院內區分為可通話區域與不可通話區域，以防範電磁波干擾醫療儀器。當然，彰一所住的加護病房屬於不可通話區域，然而這套系統有個盲點，那就是並未將非通話目的使用手機的情況列入考慮。而且手機有個特性，那就是一旦收不到訊號，就會為了搜尋附近基地台而將電波強度增至最大。」

御子柴取出筆錄，說道：

「很巧的是，美津子在筆錄裡說了這麼一段話。『剛開始的時候，還會試著跟丈夫彰一說話，但彰一完全沒有反應，我只好跟幹也天南地北閒聊』。若是一般人，這是很正常的行為，但你要聊天得透過手機。原本加護病房不准攜入手機，但這是你的溝通工具，所以她並沒有阻止，甚至不曾留意。你每天便是藉著這樣的機會，坐在彰一的枕邊，瞞著美津子偷偷將手機放在人工呼吸器後頭的通訊埠旁。電磁波強度與距離的平方成反比，那台人工呼吸器每天受到電磁波強大干擾，終於出現了異常反應。」

原本一動也不動的幹也突然舉起手機螢幕。

〈很有趣的假設，但以那實驗結果來看，十七台儀器只有七台出問題，機率只有百分之四十一，甚至不到五成。我若要殺人，怎麼會選擇如此不確實的手段？〉

「若是短時間之內就要達到目的，的確必須注重機率，但你的情況並非如此。」

御子柴若無其事地說道：

「彰一得了腦挫傷，躺在加護病房裡，短期之內甦醒的機率幾乎是零。你根本不必急躁，只要每天確實地將手機放在通訊埠旁邊就行了。如果儀器出問題當然最好，就算一直不出問題，反正謀殺對象躺在病床上動也動不了，你大可以慢慢思考其他謀殺方式。不過，你可不是抱著願者上鉤心態的樂觀主義者。你持續嘗試以電波干擾維繫父親生命的機器，是因為你知道這一型機器曾有因受手機電波干擾而異常關閉電源的實驗紀錄。我想你一定是記下型號，回家以網路蒐集了相關資訊，對吧？你的詭計相當成功，那天下午兩點三分，儀器異常關閉電源，面板上的紅色警示燈開始閃爍。」

御子柴再度攤開美津子的供詞，說道：

「『當時一直閃著紅燈，幹也耳力很好，也立刻察覺不對勁，他移動到我旁邊，跟著我吃驚地望著面板。他是個害羞的孩子，平時很少講話，但當時他太過慌張，指著面板高聲大叫』，光從這段描述，就可以看出你的心機。你故意露出慌張的模樣，讓美津子跟著不知所措，情急之中按下電源開關。如此一來，就可以將儀器停止運轉的責任推到她頭上。她就這麼中了你的計謀，像著了魔一樣連按數次開關……以上就是關於機會與方法的描述，是否有不完善之處？」

御子柴繼續觀察幹也的反應。幹也顯得滿不在乎，一如往常以極快速度敲打手機按鍵。

〈我真該為你鼓鼓掌，實在是太完美了。最後只剩下動機了。〉

「動機很簡單，就是為了錢。」

〈……！原來如此，真是單純的動機。不過我父親遲早會斷氣，到時我就可以拿到一半理賠金，何必弄髒自己的手？律師先生，這跟你剛剛的推論不是互相矛盾嗎？〉

「短期之內甦醒的機率幾乎是零，卻不見得會死，有可能以植物人的狀態繼續存活下去。雖說這種情況也可以領到理賠金，但東條家需要看護者會從一人增加為兩人，欠債當然是還不完，工廠也會跟著倒閉。就算運氣好，得到國家補助，但這年頭醫療補助經費大幅減少，恐怕難以靠補助金來維持現在的生活。所以對你來說，父親非死不可，只是不必急於一時而已。如果能夠讓母親揹上殺人罪名，那就更好了。一旦母親遭判有罪，原本屬於母親的理賠金也會落入你的手中。你們家的工廠已經完成全自動化改建，就算父母都不在了，你也有自信能經營下去。如此想來，你非殺死加賀谷不可的理由也呼之欲出。加賀谷為了尋找威脅勒索的籌碼，可說無所不用其極，他看了日本心肺輔助協會的網頁，上頭當然刊登了手機的電波會干擾醫療儀器的文章。加賀谷猜出了你殺死父親的手段，因此向你勒索，卻反而被你殺了。」

〈真是合理的動機。為了錢，為了未來的生計，不但殺死父親，而且讓母親揹黑鍋。原來我是這麼一個無血無淚的禽獸。〉

「但有一點令我想不透。」

〈哪一點？〉

「你殺害父親的動機相當充分，但陷害母親的動機卻讓我無法釋懷。就算你只拿到一半理賠金，也有一億五千萬，這金額也不少了。照理來說，你只要讓外人以為人工呼吸器是突然故障就行了，何必硬要母親揹上殺人罪名？以結果來看，殺死父親只像是幫助父親安樂死，但母親卻可能得為此吃一輩子的牢飯。不管怎麼想，對母親的做法都太絕情了。到底是什麼樣的理由，令你如此憎恨自己的母親？」

幹也的手指好一會沒有動靜。他以傾斜的角度凝視御子柴，一對看不出感情的雙眸似乎正在盤算御子柴的心中真意。

〈你想不透？〉

「我想不透。」

〈這動機也很單純。我的身體會變成這樣，全是那女人害的。〉

當幹也以「那女人」稱呼自己的母親時，僵硬的五官底下不知有著什麼樣的表情？

「你的身體？難道你認為罹患腦性麻痺是母親的責任？」

〈律師先生，你應該知道什麼樣的情況會引發腦性麻痺吧？〉

「當然。」

〈從受精到出生後四星期之內，只要腦部受到損傷，就可能引發腦性麻痺。我罹患腦性麻痺的原因，是那女人在懷孕期間吸食毒品。這可是從前的主治醫師親口說的，並不是我胡亂猜想。〉

幹也打在手機畫面上的字數突然大增，但這並不代表他突然變得饒舌。幹也的智力與常人相比，可說是有過之而無不及。在他的心裡，有著太多無法對他人傾訴的心事，以及從未獲得他人認同的想法。如今這思緒的洪流，終於在手機畫面上潰堤。

〈在生下我之前，那女人是個大毒蟲。律師先生，你應該很清楚，那女人有吸食大麻遭逮

捕的前科。這樣的人竟然還妄想結婚生子，真是不知羞恥。〉

「若不是她結婚生子，你可沒辦法來到這世界。」

〈你認為我該感謝她將我生下來？即使不能哭、不能笑、不能說話、不能走路，你認為還是可以活得幸福？律師先生，我想跟你說一件趣事。〉

這種情況下的趣事，通常一點也不有趣，但御子柴什麼話也沒說。

〈那女人明明吸毒成癮，生下我之後卻變得非常健康，完全沒有出現戒斷症狀。理由是孩子吸收了母親體內的全部毒素，你說這是不是很荒唐？這實在毫無道理，醫學上也解釋不通，但這樣的案例確實占了數千分之一。只能算我倒楣，最壞的情況發生在我身上了。〉

從手機螢幕噴發出來的怒意將御子柴緊緊扣住，幾乎無法喘息。

「即使如此，她還是你的母親。」

〈那種人根本稱不上母親。從我懂事以來，就是高城叔叔及看護師在照顧我，那女人連碰也不肯碰我一下，還老是抱怨這種怪模怪樣的東西不是她的小孩。〉

「原來這才是真正的動機。」

〈打從我父親一被送進加護病房，我就打算殺死父親，並且要那女人揹黑鍋了。這麼做不但可以拿到全部理賠金，將來不用照顧父親，而且可以報復那女人，真是一石三鳥。〉

真是可怕的惡魔，御子柴如此想著。

這是個披著人皮的惡魔。
就跟二十六年前的自己一模一樣。
這個惡魔將來是否有機會轉化為人？
他是否有機會遇見像島津小百合、稻見教官及雷也那樣的人物？
御子柴深深歎了口氣。心中既沒有遭到欺騙的不甘，也沒有被這樣的惡魔耍得團團轉的後悔，有的只是難以言喻的感慨。

「謝謝你長篇大論的深情告白，但我只想知道你接下來有何打算？」

〈接下來？什麼打算也沒有。〉

「假裝什麼也不知道，讓案子以醫療疏失收場？」

〈律師先生立了大功，名氣更加響亮，可沒有任何壞處。〉

「美津子一旦獲釋，你們就得兩個人過日子。」

〈只是恢復原本的生活而已。我跟她原本就互相憎恨，一直是爸爸在中間當和事佬。但爸爸到頭來什麼忙也沒幫上，因此就算他不在了，也不會有什麼差別。有了保險金，日子反而更好過了。當然，我還得小心別讓我的那一份被那女人奪走。〉

彰一將保險理賠的受益人指定為母子兩人，想必是希望自己過世後兩人能夠好好相處，相依為命過日子。直到這一刻，御子柴才體會了彰一的用心。

〈律師先生，相信你也很清楚，剛剛那些對話是無法證明的。既沒有錄音，也沒有影像，就算你喊破喉嚨，也不會有人相信我才是殺死父親的真兇。不，應該說是不願意相信。〉

「不願意相信？」

〈沒有人願意懷疑一個五官做不出表情、無法說話、四肢只有一條手臂能動的人。大家寧願相信，像這樣的人一定有著五歲小孩般的純潔心靈，對世上的邪惡事物一無所知。沒錯，每個人都將殘障者當成宛如神一般純淨無瑕的聖人。真是愚蠢。他們並沒有發現這也是一種歧視與偏見。或者該說，他們假裝沒有發現。〉

御子柴看著手機液晶螢幕，胸口突然產生一股嘔吐感，不知是字體太小造成的不舒服，還是惡意太深造成的不舒服。

「看來你完全沒有悔意。」

〈我為什麼要懺悔？我只是爭取自己的權利而已。〉

「我的委託人應該也會說出相同的話。為了奪回失去的尊嚴，她可能會跟你對簿公堂。」

〈你還是站在她那一邊？〉

「辯護人職務尚未解除。」

〈你想讓我變成被告？〉

「這得看委託人的決定。」

〈沒有任何證據可以將我定罪。〉

「剛剛那案子，一開始不也是如此？」

兩人不再說話，只是四目相對。

幹也的眼珠布滿血絲，瞳孔卻異常漆黑。

那深邃的黑色，彷彿要將御子柴吸入其中。

生理上的厭惡感，令御子柴不願意繼續凝視下去。

「後會有期。」

御子柴正準備走出休息室，高城剛好走了進來。

「工廠的人都開心極了！哎呀，律師先生，你要走了？要不要找個地方喝一杯，慶祝打贏官司？」

「謝謝你的好意，但我還得處理下一件案子。」

「真是可惜。好吧，預祝律師先生的下一件案子也能馬到成功。」

御子柴面對高城的淳樸笑容，心中產生了一絲迷惘。如果他知道下一件案子是為了對付幹也，不知臉上會露出什麼樣的表情？

御子柴敷衍了事地說了幾句客套話，轉身走出休息室。

遭人在背後瞪視的感覺，久久不曾消失。

最高法院的地下停車場一個人也沒有。自地面流入的熱氣與灰塵混雜在一起，形成了汙濁悶熱的空氣。

御子柴正陷入沉思。

幹也終於露出了猙獰面目，但目前只有自己知道這個祕密。有沒有什麼辦法能將他的惡行惡狀公布在世人面前？不，首先應該煩惱的是，必須依什麼樣的順序、採用哪些手法，才能讓世人願意接受坐在輪椅上的殘障者是殺父兇手這個事實？幹也有沒有可能因疏忽而留下了某種證據？

御子柴一邊想著這些難題，一邊朝著自己的賓士車前進。驟然間，斜後方有道人影竄了出來。

御子柴一時措手不及，根本無法閃避。

「咚」的一聲悶響，那道人影撞在御子柴身上。御子柴忽感覺腰際似乎隱隱作痛。

「怎……怎麼回事……」

眼前看見的是女人的頭髮。頭皮的味道鑽入了鼻孔之中。御子柴使盡全身力氣將人影往外推，看見了一張意料之外的面孔。

「妳在這裡做什……」

安武里美在遭到推開的瞬間，用力扭轉了手中之物。

御子柴再也說不出一個字。

就在這一瞬間，御子柴明白了疼痛的原因。一把尖刀深深插入了腰腹之間。里美剛剛的動作，更讓刀刃在橫隔膜附近轉了半圈。

兩人分開之際，里美順手拔出了刀子。大量鮮血自御子柴的腰間噴出。

噗通。

噗通。

噗通。

心臟每跳一次，生命能量便流失一分。

御子柴全身力氣盡失，終於跪倒在地。

腹部的劇烈痛楚宛如紙面上的墨滴一般在全身迅速擴散。

「這是報應！」來自頭頂上的聲音說道，「你想靠那對母子再賺一次黑心錢，沒那麼容易！」

因過於亢奮而變得尖銳的聲音，在御子柴的耳裡聽來卻逐漸遙遠。即使以手掌按住傷口，鮮血還是汩汩流出。

御子柴以另一隻手取出了手機。靠著朦朧的意識，御子柴研判眼前的里美絕對不會願意幫自己叫救護車。然而里美忽然踢出一腳，御子柴用盡最後力氣取出的手機脫手飛出，沿著停車場地面滑向遠方。

「你的死期到了！」

里美丟下這句話後轉身離去。

御子柴倒在地上，在上下顛倒的景色中眼睜睜看著里美的背影完全消失。

意識逐漸模糊，痛楚卻毫不消褪。受損的內臟與皮膚不斷刺激著痛覺神經。即將陷入昏厥狀態，疼痛感卻變本加厲地侵蝕精神世界。

好痛苦……

好難受……

小綠也嘗到了這種感覺？

對不起……

對不起……

「喂，別亂動！」

突然鑽入耳中的聲音，打碎了從前的記憶。

這粗獷又沙啞的口音……最近好像在哪裡聽過……

啊啊……原來是你……

「我已經叫救護車了。醫院就在附近，你撐著點。要是死在這種地方，我可不饒你。」

渡瀨將手掌蓋在御子柴的手掌上協助止血。在這危急關頭，竟然遇上這個與自己同類型的獵犬……或許正是命運的安排吧。

「……你聽……我說……」

「有話晚點再說。」

「兇手是……」

「你這傻小子，我叫你別說話，聽不懂嗎？兇手是那個坐輪椅的兒子，我早就知道了。」

原來……你都知道了……

其實御子柴早有預感。就連自己胸中牽掛的心事，似乎也瞞不過這個男人。

使命感一消失，意識頓時更加朦朧。

「喂！律師！振作點，還有重要的工作等著你去做呢！」御子柴已聽不見這最後一句話了。

＊

里美逃回了公寓。後頭並沒有人追趕，里美卻不由自主地匆忙扣上兩道門鎖。

心臟鼓動依然劇烈。刺殺御子柴已是數十分鐘前的事，精神及肉體卻依然處於亢奮狀態。

雖然是下定了決心才動手，但殺人所帶來的心理壓力卻遠超越原本的想像。

里美奔到佛壇前，對著晃的遺照合十膜拜。

「晃，媽媽成功了，媽媽讓那傢伙遭到報應了。」

里美相信晃天上有知，一定會稱讚自己。這段日子，來自晃的讚美及對仇人的憎恨一直是支撐著里美的原動力。

但是這一次，遺照中的晃維持了沉默。

「晃，怎麼了？」

貼在一起的手掌似乎有些溼溼滑滑。

低頭一瞧，才發現手上沾滿鮮血。

里美霍然回過神來，又察覺襯衫前襟也是血跡斑斑。為什麼直到現在才發現？

在搭電車的過程，以及走回公寓的一路上，難道自己都是這副模樣？

等等，刀子呢？從御子柴身上拔起來之後，難道隨手扔了？

各種思緒在腦海中宛如光束般來回交錯投射，身體的每一個動作卻異常緩慢。里美仔細洗乾淨了手，換了衣服，再度回到佛壇前。

遺照裡的晃卻依然沉默不語。

里美陷入了彷徨。過去從不曾發生過這樣的狀況。只要雙手合十膜拜，晃一定會與自己交談。但是這一次，不管里美對晃說了多少句話，不管再怎麼將手掌緊緊貼在一起，耳中還是聽不見晃的聲音。

難道自己做錯了嗎……？

里美趕緊甩開這樣的念頭。

不，絕不可能。

那是伸張正義。懲罰御子柴，是任何人都能認同的正當行為。

但為什麼完成了正義使命的雙手，如今看起來如此陰森，如此邪惡？

撞上御子柴時的衝擊，以及手心感受到刀子插入肉裡的觸感，再度浮現心頭。耳中彷彿可以聽見扭轉刀子時，血管及組織遭割斷的聲音。

一股黑壓壓的恐懼情感，自胸口深處冉冉而升。

我殺的不是什麼惡魔。

是人。我殺了一個人。過去我是受害者家屬，口口聲聲稱主要加害少年為殺人魔，如今立場卻顛倒了。

一股寒意自背脊竄升。

里美緊緊抱住自己的身體，顫抖及寒意卻絲毫不見減緩。

狹窄的房間裡響起了尖銳而漫長的嘶吼聲。

4

御子柴緊急送醫的兩天後，渡瀨及古手川來到了埼玉看守所分所的會客室。

不久之後，會見的人物出現在兩人面前，以狐疑眼神朝兩人上下打量。

「東條美津子女士？我是埼玉縣警的渡瀨，他是古手川。」

「我以為……今天來的是御子柴律師的代理人……」

「確實是代理人，一點也沒錯。御子柴律師前天遭人刺傷，妳應該也知道了。」

「嗯……那時剛開完庭……我也嚇了一跳……」

「行兇的歹徒沒等警察出面調查，在當天就自首了。」

「那……律師先生的傷勢嚴不嚴重……？」

「目前還在生死關頭，沒辦法會客。不過他在昏厥前，託我傳一句話。」

「傳一句話？給我嗎？」

「是啊，殺死妳老公的兇手，跟我目前在查的自由記者加賀谷謀殺案的兇手，都是東條幹也。」

美津子驚訝得整個人向後仰。

「這……這不可能……」

「殺死妳老公的手法，是將輸出功率極大的手機放在人工呼吸器的通訊埠旁，干擾正常運作。殺死加賀谷的手法，則是利用外露的燈座及堆高機來導電，使被害者觸電而死。」

「那孩子是冤枉的！以他的身體，怎麼可能做到這些事？」

「殘障人士沒辦法殺人？這正是最大的盲點。他利用這先入為主的刻板印象，靠著唯一能動的左手，成功殺死了兩個人。真可說是以最少的勞力，換來最大的成果。」

「證據呢？你有證據嗎？」

「今天我們對府上進行了搜索。妳兒子的電腦裡，留下了相當耐人尋味的網路瀏覽紀錄。其一是美國梅奧醫院的實驗報告，裡頭記載著嘉蘭德公司八二〇型人工呼吸器因電磁波干擾而異常斷電的細節。其二則是美國工學顧問公司發表的堆高機觸電意外報告。此外還有一個收穫，那就是堆高機控制電腦裡的斷電紀錄。全自動化系統雖然方便，卻有一個缺點，那就是電腦會記錄下電源在什麼時間因什麼理由而關閉。根據紀錄，那次斷電並非因為打雷，而是因為刻意要讓加賀谷觸電，才導致短路而跳電。」

美津子驚訝得說不出一句話。

「妳兒子一輩子無法離開輪椅，因此想出來的殺人計畫都是參考了網路上看來的真實事件。對了，還有一點，你兒子有本袖珍型六法全書，裡頭關於遺產繼承部分貼了枚標籤紙。」

「這麼說來……」

「沒錯，動機是貪圖父親工廠及死亡理賠金。妳是理賠金的另一受益人，只要妳因謀殺丈夫而遭判有罪，就會自動喪失受益人資格。如此一來，他就可以拿到全部理賠金。至於父親的負債，除了設定了抵押物的債務之外，也會因主債務人死亡而一筆勾銷。到那時候，妳那年紀輕輕的兒子就是東條製材所的社長。」

「那孩子竟然做了這麼過分的事……」

美津子趴在會客室的桌子上不停哽咽。

許久之後，她微微抬起了頭，臉上流露的盡是母親對孩子的憐愛。

「請問……御子柴先生的工作，將由哪一位律師接手？」

「聽說是東京律師公會的谷崎會長。堂堂律師公會會長竟然肯接這種公設辯護案，可說是破天荒的事情，聽說在司法界引起不小騷動。」

「那真是太好了……幹也的辯護，也能拜託這位會長嗎？」

「谷崎會長似乎也正有此打算。」

美津子頻頻拭淚。

「那孩子……會被判重刑嗎？」

「目前只是查出了手段，卻難以認定殺意。何況以電波干擾醫療儀器，卻不在乎何時死亡，或是利用堆高機讓人觸電的謀殺手法，都很難找到明確證據。他從小生長在特殊環境，也是從寬量刑的考量因素之一。還有最重要的一點，是我們懷疑他根本不是主嫌。」

「咦？」

「妳沒聽清楚嗎？謀殺加賀谷應該是東條幹也一人所為，但謀殺父親卻不見得。當然，東條幹也是實際執行者，但背後主謀恐怕另有其人。」

「抱歉……我不懂你的意思……」

「幹也似乎以為一切都是他自己安排下的計畫，但事實上他只是受母親操控的棋子。真正的首謀者是妳，東條美津子。」

美津子張大了口，露出一臉納悶的神情。

「別再演戲了，我實在受不了跟妳這種人打交道。」

「該……該抱怨的人是我！你憑什麼認為是我在操控兒子？我跟他連溝通也有困難！」

「溝通有困難，不代表妳看不出他腦袋裡在想什麼，畢竟妳是他的母親。」

「御子柴律師已經證明我是無辜的！」

「御子柴只是證明了妳不是謀殺計畫的執行者。只要仔細詳讀筆錄，就可以發現其中的各種矛盾。例如都築醫師已經向妳強調過數次，那台人工呼吸器是維持丈夫生命的重要儀器，妳明明知道這一點，卻還是默許兒子將手機帶進加護病房。這不是很不合理嗎？還有，妳兒子必須伸直手臂，才能將手機放在儀器通訊埠旁邊，而妳就坐在兒子身邊，難道會沒察覺兒子在幹什麼?其實妳早就知道了，只是沒有說破而已。妳坐在那狹窄的病房裡，只是為了等待兒子的計謀成功。」

美津子的臉色逐漸變得難看。古手川屏住了呼吸，緊張地守在一旁。渡瀨逼人招供的話術，還是如此犀利，令人難以招架。

「最後那場法庭辯論，更是彰顯了妳行為上的矛盾。當時人工呼吸器異常斷電，幹也開始大吵大鬧，妳故意配合幹也演戲，按了三次電源開關。請注意，妳按了三次，而不是一次，這是重點。一般狀況下，按第一次卻發現儀器沒反應，第二次及第三次就會按得更加用力。但妳按那三次，全都只用了二十克的力氣，簡直像是明白繼續往下按會有什麼後果一樣。這不是挺古怪嗎?還有，從監視影像看來，妳在儀器發生異常之後，兩隻眼睛就不會從幹也身上移開。」

「若你認為這是真相，那也沒關係。」美津子挺直了腰桿，與渡瀨正眼相對，「沒錯，我知道幹也一直憎恨著我。但我一想到他的殘疾為他帶來的痛苦，實在是狠不下心責備他。如果可以的話，我願意代替他接受懲罰。」

「不，我可不認為妳願意代替他接受懲罰。妳原本打算等案子上訴至最高法院，在最後一刻自行說出真相。只不過御子柴律師太過優秀，因此省下了這個麻煩。」

「你這推論才充滿了矛盾。如果我要揭穿幹也的犯罪行為，早在第一審的時候就說了，何必等到第三審？」

「憲法第三十九條。」

渡瀨這句話一出口，美津子登時全身僵硬，彷彿遭到凍結一般。

「『人民於行為時適法或經判定無罪者，不追究其刑責。又，針對同一犯罪，不重複究其刑責』，這正是刑事訴訟法上的大原則，也就是所謂的『一事不再理』。這就是妳的目的。妳故意拖到最後一刻才肯說出真相，正是為了獲取最終的無罪判決。如此一來，妳就不會因謀殺丈夫一罪而遭追究刑責。其實妳真正害怕的不是加護病房裡的謀殺案，而是讓木材跌落丈夫頭上造成腦挫傷的謀殺案。埼玉地檢署針對妳的案子提起公訴時，是以加護病房裡的案子為主軸，那是因為檢方在這方面擁有較多情境證據及物證，較容易推動訴訟。因為這個緣故，檢方對木材跌落事件一直沒有多加注意，這說起來實在是檢方的疏失。正因為如此，這一點反而成了妳心中的隱憂。」

渡瀨從胸前口袋掏出一張紙，上頭印著鋼纜斷面的放大圖。

「科學搜查研究所終於有了回應。這條鋼纜並非金屬疲勞或負荷過重而斷裂，切斷面上有明顯以銳利物切割過的痕跡。製材所的入口有個死角，協助卡車進出是彰一每天必定要做的工作，站的位置也完全相同。載滿了木材的卡車一彎過門口的直角，鋼纜的負擔會達到顛峰，只要事先在鋼纜上劃幾刀，就很有可能在那時候斷裂而造成木材跌落。這手法就跟妳兒子的犯行一樣，多少仰賴了運氣成分，但是成功機率相當高。」

「別開玩笑了，你憑什麼說這是我的計謀？什麼『一事不再理』，我根本連聽也沒聽過。像這種法律知識，我怎麼會知道？」

「妳沒學過法律？」

「很抱歉，我沒那麼高的學歷。」

「沒讀過六法全書？」

「我就是不愛讀書，不可以嗎？」

「呵呵。」渡瀨以若有深意的目光瞧著美津子，「我剛剛說過，妳兒子手上有本袖珍型六法全書。那枚標籤紙上，確實有著他的指紋。但是在刑事訴訟法的那一部分，卻隱約有著摺角的痕跡。翻開那一頁，正是『一事不再理』的條文。妳不認為這很奇怪嗎？一個習慣在書裡貼標籤紙的人，怎麼會靠摺角來做記號？而且辦公室櫃子抽屜裡，還有一些標籤紙，並不是用完了。為了這點，我特地又採了那頁摺角上的指紋。妳倒是猜猜看，我找到了誰的指紋？」

渡瀨的攤牌技巧實在高明至極。每掀開一張底牌，美津子的假面具與虛張聲勢便被揭穿一分。

「這時我又想到了另一號人物。木材堆上卡車時，一定會經過這個人檢查。沒錯，那就是工廠主任高城。」

高城這個名字成了最後一擊。

美津子偽裝成母親的虛假面具完全剝落，露出了平凡女人的面孔。

「就算妳有機會對鋼纜動手腳，只要一被高城察覺，也會前功盡棄。如此想來，你們一定是聯手殺害了東條彰一。今天早上，我們要求他到案說明，他已經屈服了。他說早在兩年前，妳跟他就有了不尋常的關係。這男人跟妳或妳兒子不同，並不是徹底的壞胚子……噢，原來已經這個時候了。耽誤妳這麼多時間，真是不好意思。」

渡瀨故意賣了關子，起身不再說下去。就在這時，美津子顯露出過去不曾出現過的猙獰面孔，說道：

「審判已經結束了，不管你說什麼也沒用！」

「對了，有一點忘了提。」渡瀨轉過身，背對著美津子說道，「據說繼任的谷崎律師、真鍋審判長及額田檢察官正在商量接下來的開庭行程。」

「接下來的……？什……什麼意思……？」

「真鍋審判長不愧是眾人口中特立獨行的實務家。為了勿枉勿縱，即使採取打破前例的做法也在所不惜。額田雖然看起來沉著穩重，卻也是個受到了屈辱一定加倍奉還的人物。光是殺人未遂、協助殺人及教唆殺人，恐怕就得在牢裡蹲一段很長的時間。」

「……該死！」

怒罵聲在會客室內迴盪。

古手川心裡明白，最後所見的醜陋面貌，才是這女人的真面目。

渡瀨離開看守所，坐上副駕駛座，依然是一副撲克臉。不管是辦案過程，或是案情水落石出後，這男人都不會改變這號表情。

每偵破一起案子，就得目睹一次醜惡人性。古手川這陣子已逐漸能體會這個悲哀。

尤其是這次的案子，更是令人搖頭歎息。東條彰一之死，竟然是遭兩個家人及工廠裡的老員工聯手殺害。

古手川心裡忽浮現一個疑問，於是問道：

「班長，那個御子柴到底是什麼樣的人物？」

渡瀨默默遞出一枚Ａ４紙張。那是張存摺影本，戶名是園部信一郎。

「我到銀行弄來的。你看看，每月十五號，這個戶頭就會匯出一百萬圓。」

「匯入帳戶的戶名是……佐原成美？」

「遭園部信一郎殺害的佐原綠的母親。」

據說御子柴榨取錢財無所不用其極，原來背後有著這樣的原因。

古手川凝視紙面半晌，深深歎了口氣，發動汽車引擎。

「班長，我能再問個問題嗎？」

「嗯？」

「他為何要接下公設辯護人這種報酬微薄的工作？何況這次的案子，搞不好會害他因協助殺害加賀谷的罪名而遭逮捕。為了救那對母子，他為何要付出這麼多心血？」

車子載著兩人離開了看守所。

渡瀨凝視著前方說道：

「他是為了救自己。」

【系列導讀】

高唱不協和音向地獄伸手的反英雄
留名日本推理小說青史的「罪與罰」

／喬齊安

「犯罪是對社會組織的不正常現象的抗議。」

——杜斯妥也夫斯基《罪與罰》（一八六六）

二〇〇〇年出現一本在媒體上大量報導、引起日本大眾搶購熱潮，甚至排隊在書店等待補書的暢銷書——作者來自一位致力為更生少年犯辯護的女性律師大平光代，她的親筆自傳《所以，你也要活下去》，光是當年度的銷量就逼近三百萬冊。

大平光代的經歷十分傳奇，曾因遭受嚴重霸凌而自殺、尚未成年就刺青加入黑道逞兇鬥狠，被黑道老大拋棄後，又淪落酒店陪酒。在貴人．義父大平浩三郎的多番勸導與協助下，她重拾學業苦讀，以原本只有國中的學歷，不可思議地接連考取職業證照，甚至通過了被譽為全日本最難考的司法考試，在三十一歲時正式取得律師資格。光代此後活躍於幫助少年犯，晉身街頭巷尾讚不絕口的名人楷模。

然而，現實是並非每一位改過自新的律師，都能夠獲得諒解與肯定。推理作家中山七里便說，以前有一起被埋在角落的新聞讓他印象更為深刻。一個男孩砍下了朋友的腦袋，在少年院裡苦讀，當上了律師。但他被揭露了殺人犯的過去後，事務所遭受到各種惡意攻訐，終究倒閉並銷聲匿跡。正因司法考試艱難，通過考試，得以法條掌管人命的這群法界人上人：法官、檢察官與律師，在日本一向享有高收入與良好名譽。但是，就像上述的新聞，如果一個優秀的律師，其實有另一個身分的話，人們會怎麼樣看待呢？這就是「惡德律師．御子柴禮司」系列的概念由來。

自二〇一一年發表的首作《贖罪奏鳴曲》起，本系列已經出版到第六集《殺戮狂詩曲》（二〇二三），是中山七里筆下最長青的系列之一，甚至兩度被改編為電視劇，分別由三上博史與要潤主演這位「惡魔辯護人」，受歡迎程度比起音樂偵探岬洋介系列、刑警犬養隼人系列是有過之而無不及的代表作。與其他兩位主角不同的是，御子柴禮司是一個光看設定便讓讀者感到震撼、極具強勢存在感的主人翁。

《贖罪奏鳴曲》的開頭，佩戴著律師徽章的他便背著一具屍體進行棄屍；第二集《追憶夜想曲》（二〇一三）的開頭中，年少的他更在殘忍地分屍幼童……原來，御子柴是入獄後取的新名字，他過去是十四歲就毫無理由地殺害幼女，四處擺置屍塊，被冠上「屍體郵差」惡名的殺人犯園部信一郎。因為少年法的保護，他無須被判刑，在醫療少年院受到教官稻見武雄的教誨、以及某名服刑少女美妙的鋼琴聲喚醒了「感情」，從原本對一切無感冷漠的反社會人格，逐漸生成「人性」。他與同伴逃亡導致的意外令稻見受到半身不遂的傷害，也就此將稻見告別的箴言銘刻至靈魂：

「你必須贖罪！贖罪並非義務，而是鑄下大錯者應得的權利：回歸正道的權利。有些人放棄了這個寶貴的權利，真是太悲哀了。這些人將一輩子無法爬出自己所挖的深穴，一直到臨死前心中依然充滿黑暗與悔恨。但願意贖罪的人，將可以獲得安祥與光明。」

不惜以非法手段的魔功來行正道，在布滿荊棘的贖罪之旅中蹣跚前行，便成為御子柴禮司這號人物的中心思想。而中山七里也將「前科犯」人設的可塑性發揮得淋漓盡致，筆者認為本系列有三大引人入勝之魅力：首先是每一集都設計了與其黑暗過去關聯的角色，並在這些深入御子柴生命的事件埋藏戲劇性衝突，甚至是石破天驚的爆點。如第三集《恩仇鎮魂曲》（二〇一六）中，御子柴視為再造父母的稻見，一生俯仰無愧，卻在安養院中動手殺了看護師，並一心求刑；第四集《惡德輪舞曲》（二〇一八）裡親生妹妹園部梓找上門，要求他為再婚後疑似吊死第二任丈夫的生母郁美辯護……藉由這些撕扯主角內心的艱困挑戰，小說也跟著探討了犯罪者本人、受害者家屬、加害者家屬在捲入刑案後的悲哀處境。

第二是社會派、本格派寫作能力兼具的中山，不喜玩弄複雜的詭計或猜兇手，卻能在每一集設計富含懸念的獨特謎團，做為令讀者想要持續看下去的閱讀推進器。例如《追憶夜想曲》裡，總是從無良客戶身上榨取大筆金錢的御子柴，不惜請黑道協助，也要爭取為一名殺人嫌疑百分百、態度又糟糕的平凡主婦辯護，幕後有何玄機？第五集《復仇協奏曲》（二〇二〇）更在開頭就下了猛料，在前四集看似NPC的寡言事務員日下部洋子，暗藏驚人的身分。她主動前來應徵，在御子柴底下工作這麼久，是否正如書名預示，燃燒著伺機而動的復仇之火？

由松本清張發揚光大的社會派推理小說中，描寫人類的「行為動機」是一大精髓。但御子柴系列並非只著重在傳統的「兇手為何要犯罪」，而是奠基於主角遊走邪惡與正道極端的特殊性上，賦予上述配角群和犯罪者們心理的謎團。有的人可能是冤枉的卻主動頂罪、有的人動手殺了人卻刻意隱藏真正的動機，更有的人是在毫不自覺中手染鮮血，到底過程發生了什麼事？除了指責他們以外，難道我們可以安心地置身事外旁觀？在抽絲剝繭這些行為意義的時候，宛如釀酒一般濃醇有力的社會派深度躍然紙上、叫人大呼過癮。

最後一點，就是中山七里素有「逆轉的帝王」稱號，每每在結局神來一筆、殺得讀者措手不及，也是筆者一向喜愛他的原因。高明的是，中山把擅寫逆轉的特徵搬到這套「法庭推理」

上後，為小說的娛樂性拉高了好幾個層次，塑造出與過去警察小說截然不同的痛快。因為御子柴是一名律師，他不能查案緝凶了事，真正的任務是「打贏官司」。而在日本律師要打贏官司，難度比起當偵探還要大得多。

日本刑事案件只要檢察官立案起訴，法官判罰有罪的機率高達99.9%。這個特色常被法庭作品拿來運用。先天環境不利，御子柴往往還得在故事中面臨看不到半點勝算的絕境。可能是「點」（案件起點及發生事由）與「線」（審判前的事態發展）都奇差無比、找不到酌量減刑機會的案子；或者更糟糕的三大事實證據「機會、方法、動機」俱全，根本無可開脫的情況。有時候還有委託人本人隱瞞祕密、不願坦誠相告的情況。迷霧中的御子柴不僅需要查出真相，更得擬定辯護戰略，用口才與證據正面擊敗占有優勢的檢察官，打破日本書面證據審理的法庭傳統，以破天荒的戲劇手法逆轉鐵一般的事實以及法官、裁判員的認知。精彩的演出讓小說中作者也忍不住借用檢察官之口幽了一默：「刑事法庭的有罪判決率，不是99.9%嗎？大家都說剩下的0.1%，大多是御子柴的傑作。」

比日本頭號律政劇《王牌大律師》（二〇一二）中的古美門還要早問世的御子柴禮司，儘管主角人設爭議，但完成度與業界口碑、銷售量都是無庸置疑地出色，本來中山七里根本沒預計把這個角色寫成系列，卻在講談社的敲碗下，就這樣延續了十幾年。為什麼這套作品如此受到喜愛？江戶川亂步賞得主下村敦史指出，過去日本的法庭推理大多讓律師扮演偵探，蒐集新證據後回到法庭上開戰。但他更喜歡歐美的法庭作品橋段：以「言語的力量」顛覆陪審團的心證。正好日本在二〇〇九年中開始實施裁判員制度，國民開始有參與判決權力。御子柴那種在場上說服人心的辯論技巧相當吸引讀者，非常符合時代的需求。這個制度對社會是好是壞？小說中更以數據、專業人士的想法，提供發人深省的思考空間。

中山七里以塑造了巨大的「中山宇宙」聞名，幾乎筆下角色都活在同一個世界，彼此相互連結、甚至在別的系列作品中登場。這是他想成為職業作家的鬥志：一開始就構思四種類型，每一種都寫下去，即使有一種賣不好，其他類型還是能夠讓他謀生。喜歡御子柴系列的讀者，建議萬勿錯過中山起源作《連續殺人鬼青蛙男》（二〇一一）。本作與《贖罪奏鳴曲》互為表裡，御子柴與曾碰面過的《青蛙男》兇手具備類似的成長軌跡，為何他能回頭是岸、對方卻淪為更恐怖的惡魔？再一塊與今年也改編成電視劇的《嘲笑的淑女》系列主角蒲生美智留對比，勢必有番宿命般的感慨。曾有讀者質疑御子柴被音樂喚醒良知的設定過於「奇幻」，但《青蛙男》中早已透露出作者的理念：

「世界上，一方面是虛偽與慾望、瘋狂與憎惡胡纏蠻攪，一方面是真實與奉獻、理性與愛情和諧共生。汙濁之物和清淨之物始終並存著，而清淨物當中的一個，就是音樂。那麼，可能用音樂來淨化精神上的汙濁嗎？」

音樂具有洗滌邪惡的能量，但不同的「父親」帶來的境遇，也讓惡德律師與殺人鬼青蛙男最終蛻變為日本社會的光與影。青蛙男留下的遺憾，由御子柴的熱血填補，也是繼岬洋介系列後，再度呼應「音樂」在中山七里文學中的崇高地位。另一方面御子柴的原始人設來自《怪醫黑傑克》（一九七三），無照醫師黑傑克因臉部傷痕和向患者索要巨額手術費而惡名昭彰，不為醫界所容。起初看似反派人物，但後續展現出重視生命與醫療資源，義無反顧奉行信仰的醫學之道令人動容。御子柴那不擇手段、不惜自曝前科身分等代價贖罪，承擔罵名唾棄甚至人身傷害也無所動搖的決心，正與中山七里所崇敬的手塚治虫思想相互輝映。

筆者綜觀中山七里出道以來發表的七十七本小說，除了「中山宇宙」的相互串聯，亦與時俱進地深化他關懷社會弱勢、司法癥結的創作核心。《贖罪奏鳴曲》是中山在《再見，德布西》（二〇一一）勇奪「這本推理小說真厲害！」大獎出道後開寫的第一部作品，當時訂下的主題是「沒有被法律懲罰的人要如何贖罪？」由於法律是重要一環，主角就自然而然成為了律師。東野圭吾曾指出，日本司法制度有著過度優待犯罪加害者，還對被害者及其家屬刻薄的狀況，中山七里也認為，「上級國民」犯了罪可能被輕輕放過，但有一些人因為做錯事卻遭受過重的處罰，這種不平等現象衍生的種種問題被他長年著力詰問，如《青蛙男》中的「心神喪失者行為不罰」、《泰米斯之劍》（二〇一四）裡環環相扣的冤罪悲劇、《零目擊者現場》（二〇二三）的「私刑處刑人」也不再是幻想中的產物。

環繞在司法爭議的職人角色也逐漸擴增，從《青蛙男》的基層警察古手川到御子柴律師、《交給靜香奶奶》系列的祖母孫女檔法官、《能面檢察官》系列的不破俊太郎，他們站在不同的立場與觀點抵抗荒謬的現實，在阻礙重重的組織規範、社會常識中奮力維護自我的信念，為讀者撥開被主流媒體所掩蓋忽視的思辨空間。中山在二〇二四發表的新作《AI告訴我有罪》裡，更探索了「人工智慧法官」引入日本後可能會發生的事，AI總是擁有正確答案，但時常欠缺正確答案的人類，真的該將審判結果交給AI來決定嗎？

而位居於中山七里創作核心裡最不可或缺的一塊拼圖，肯定就是御子柴系列。每日讀報、關注時事的作者，在這套小說中融入了第一手的思維與資訊。從系列最新的《殺戮狂詩曲》中可以發現，內容大膽引用了發生在二〇一六年的日本戰後最大規模屠殺案——相模原市身心障礙者福利院殺人事件。兇手是福利院離職員工植松聖，他「淘汰障礙者」的優生學說引發社會恐慌，人人疑惑為何精神正常的陽光青年會培育出如此扭曲思想。中山則將其事件的影響、漣漪，以另一種可能的動機轉化為嘗試救贖犯罪關係人的故事，再展大師身手。

御子柴系列鏗鏘有力地刻劃時代的印記、紀錄律師產業的變遷、批判裁判員制度的弊病、以及描繪歧視更生人的人性卑劣與良善之現象，筆者認為這個系列之成就，乃足以留名日本推理小說青史的《罪與罰》經典。引言俄國文豪杜斯妥也夫斯基的金句意指，有的罪惡純屬個人行為，但有更多源於「不公」的犯罪是社會上每一份子可以挺身相助的。御子柴禮司這位以「贖罪」為原動力、高唱著「不協和音」向身處地獄的人們伸出援手的反英雄，或許正是中山七里本人的化身，以筆鋒控訴當代失序亂象，並渴求著理想中的「正義」吧。

導讀者簡介／喬齊安（Heero）

台灣犯罪作家聯會理事，百萬書評部落客，日韓劇、電影與足球專欄作家。本業為製作超過百本本土推理、奇幻、愛情等類型小說的出版業編輯，成功售出相關電影、電視劇、遊戲之ＩＰ版權。並擔任 KadoKado 百萬小說創作大賞、島田莊司獎、林佛兒獎、完美犯罪讀這本等文學獎評審，興趣是文化內涵、社會議題的深度觀察。

TITLE

贖罪奏鳴曲

STAFF

出版	瑞昇文化事業股份有限公司
作者	中山七里
譯者	李彥樺
創辦人 / 董事長	駱東墻
CEO / 行銷	陳冠偉
總編輯	郭湘齡
文字編輯	徐承義　張聿雯
美術編輯	朱哲宏
國際版權	駱念德　張聿雯
排版	朱哲宏
製版	明宏彩色照相製版股份有限公司
印刷	龍岡數位文化股份有限公司 紘億彩色印刷有限公司
法律顧問	立勤國際法律事務所　黃沛聲律師
戶名	瑞昇文化事業股份有限公司
劃撥帳號	19598343
地址	新北市中和區景平路464巷2弄1-4號
電話	(02)2945-3191
傳真	(02)2945-3190
網址	www.rising-books.com.tw
Mail	deepblue@rising-books.com.tw
港澳總經銷	泛華發行代理有限公司
初版日期	2025年2月
定價	NT$520/HK$163

國家圖書館出版品預行編目資料

贖罪奏鳴曲/中山七里作 ; 李彥樺譯.
-- 初版-- 新北市 : 瑞昇文化事業股份有限公司, 2025.01
336面 ; 14.8 X 21公分
譯自 : 贖罪の奏鳴曲
ISBN 978-986-401-796-6(平裝)

861.57　　113018601

讀小說
Reading Novel